GAOLAOTOU

高老头

【巴黎贵族社会人性的毁灭】

〔法〕巴尔扎克◎著

《青少年经典阅读书系》编委会◎主编

首都师范大学出版社

CAPITAL NORMAL UNIVERSITY PRESS

图书在版编目（CIP）数据

高老头／《青少年经典阅读书系》编委会主编.—北京：
首都师范大学出版社,2011.12(2020 年 7 月重印)
（青少年经典阅读书系.文学名著系列）
ISBN 978-7-5656-0586-4

Ⅰ.①高… Ⅱ.①青… Ⅲ.①长篇小说-法国-近代-缩写
Ⅳ.①I565.44

中国版本图书馆 CIP 数据核字（2011）第 255939 号

高 老 头

《青少年经典阅读书系》编委会 主编

策划编辑　李佳健

首都师范大学出版社出版发行
地　　址　北京西三环北路 105 号
邮　　编　100048
电　　话　68418523（总编室）　68908110（发行部）
网　　址　www.cnupn.com.cn
印　　厂　汇昌印刷（天津）有限公司
经　　销　全国新华书店发行
版　　次　2012 年 7 月第 1 版
印　　次　2020 年 7 月第 3 次印刷
书　　号　978-7-5656-0586-4
开　　本　710mm×1000mm　1/16
印　　张　14.5
字　　数　193 千
定　　价　36.00 元

总 序

Total order

　　被称为经典的作品是人类精神宝库中最灿烂的部分，是经过岁月的磨砺及时间的检验而沉淀下来的宝贵文化遗产，凝结着人类的睿智与哲思。在滔滔的历史长河里，大浪淘沙，能够留存下来的必然是精华中的精华，是闪闪发光的黄金。在浩瀚的书海中如何才能找到我们所渴望的精华——那些闪闪发光的黄金呢？唯一的办法，我想那就是去阅读经典了！

　　说起文学经典的教育和影响，我们每个人都会立刻想起我们读过的许许多多优秀的作品——那些童话、诗歌、小说、散文等，会立刻想起我们阅读时的那种美好的精神享受的过程，那种完全沉浸其中、受着作品的感染，与作品中的人物，或者有时就是与作者一起欢笑、一起悲哭、一起激愤、一起评判。读过之后，还要长时间地想着，想着……这个过程其实就是我们接受文学经典的熏陶感染的过程，接受文学教育的过程。每一部优秀的传世经典作品的背后，都站着一位杰出的人，都有一个高尚的灵魂。经常地接受他们的教育，同他们对话，他们对社会与对人生的睿智的思考、对美的不懈的追求，怎么会不点点滴滴地渗透到我们的心灵，渗透到我们的思想和感情里呢！巴金先生说："读书是在别人思想的帮助下，建立自己的思想。""品读经典似饮清露，鉴赏圣书如含甘饴。"这些话说得多么恰当，这些感

总　序
Total order

　　受多么美好啊！让我们展开双臂、敞开心灵，去和那些高尚的灵魂、不朽的作品去对话，交流吧，一个吸收了优秀的多元文化滋养的人，才能做到营养均衡，才能成为精神上最丰富、最健康的人。这样的人，才能有眼光，才能不怕挫折，才能一往无前，因而才有可能走在队伍的前列。

　　"首师经典阅读书系"给了我们一把打开智慧之门的钥匙，会让我们结识世界上许许多多优秀的作家作品，会让这个世界的许多秘密在我们面前一览无余地展开，会让我们更好地去感悟时间的纵深和历史的厚重。

　　来吧！让我们一起品读"经典"！

国家教育部中小学继续教育教材评审专家
中国教育学会中学语文教学专业委员会秘书长　苏立康

丛书编委会

丛书策划　李佳健
　　　　　王　安
主　　编　李佳健
副 主 编　张　蕾
编　　委（排名不分先后）
　　　　　张　蕾　李佳健　安晓东　王　晶　高　欢
　　　　　徐　可　李广顺　刘　朔　欧阳丽　李秀芹
　　　　　朱秀梅　王亚翠　赵　蕾　黄秀燕　王　宁
　　　　　邱大曼　李艳玲　孙光继　李海芸

阅读导航

作者简介

奥诺雷·德·巴尔扎克（1799—1850），19 世纪法国伟大的批判现实主义作家，欧洲批判现实主义文学的奠基人和杰出代表，法国现实主义文学成就最高者之一。

1799 年 5 月 20 日，巴尔扎克生于法国图尔城，15 岁随父母迁居巴黎。17 岁入法科学校就读并获文学学士。20 岁从事文学创作。为维持生计，曾先后涉足商业、出版业和印刷业，都以破产告终，并负债累累。这为他认识社会、描写真实的生活提供了宝贵的素材。他知识极为广博，对哲学、经济学、历史、自然科学、神学等领域都极为精通。1829 年，他的第一部长篇小说《舒昂党人》问世，从此开始了他伟大创作的全新时期。此后几年间，他接连创作了 17 篇中短篇小说，展现出一个文坛新秀惊人的创作速度与才华。特别是《高老头》、《欧也妮·葛朗台》以及《幻灭》的发表，标志着一个伟大的文学家就此诞生。

巴尔扎克一生共创作了 91 部小说，全部纳入《人间喜剧》系列丛书中。其中描写了 2400 多个人物。充分展示了 19 世纪上半叶法国社会生活的原貌，是世界文学史上公认的"丰碑"，被称为法国社会的"百科全书"。1850 年 8 月 18 日，年仅 50 岁的巴尔扎克，积劳成疾，因患血热症去世。在他的葬礼上，大作家雨果在致悼词中这样说："一位思想家不存在了，举国为之震惊，今天，人民哀悼一位天才之死，国家哀悼一位天才之死。"

故事梗概

1819 年冬，巴黎拉丁区一家平民租住的伏盖公寓中，集中了各式各样的社会底层的人：有吝啬的房东伏盖太太，穷大学生拉斯蒂涅，歇业的面粉商人高里奥，外号叫"鬼上当"的伏脱冷，被大银行家父亲拒绝相认的泰伊番小姐，老处女米旭诺等。高老头，是大家可以随意捉弄的老好人。

六年前高老头住进伏盖公寓。当时，他租用着公寓中最好的房间，衣着讲究，出手阔绰，随身带来很多金银器皿，连鼻烟匣都是金的，是所有房客中最有钱、最体面的人，人们都叫他高里奥先生。寡妇老板娘还向他搔首弄姿，并想方设法嫁给他。

第二年，高老头的生活就发生了重大改变，食宿条件大幅降低，整个冬天屋子里没有生火取暖。期间常有两个贵夫人来找他，人们都以为他把钱花在了艳遇上，并把他当做"恶癖、无耻、低能所产生的最神秘的人物"。高老头告诉大家，那是他的两个女儿：雷斯多伯爵夫人和银行家纽沁根太太。第三年，高老头所有的金银珠宝都不见了，人也越来越瘦，看上去活像一个可怜虫。

一次偶然的机会，从外地来巴黎读大学、出身破落贵族家庭的拉斯蒂涅，发现了高老头的秘密。英俊、善良、富有才气、原本一心想做一个清廉正直法官的拉斯蒂涅，被巴黎的豪华生活刺激，产生了对财富的欲望与出人头地的野心。他认为靠自己的勤奋学习求上进的路太艰苦，也太遥远，还不一定行得通，而现实社会依靠有钱的女人作晋升的阶梯则容易得多，于是他想"去征服几个可以做他的后台的女人"。因姑母的引荐，他结识了远房表姐、巴黎社交界地位显赫的鲍赛昂子爵夫人。但初入上流社会的他，却出尽洋相，还差点儿触动了贵族圈中的羞于示人的"疮疤"。比如不合时宜地说出了自己和高老头住在一起，引起了雷斯多伯爵夫妇的不快，把他赶了出来。拉斯蒂涅十分懊恼，只好赶去向表姐求教。鲍赛昂夫人告诉他，雷斯多太太便是高里奥的女儿。并详细介绍了高老头的身世。

原来，高老头曾经是法国大革命时期暴富起来的面粉商人，中年丧妻后，他把自己所有的爱倾注在两个女儿身上。为了让她们挤进上流社会，从小给她们良好的教育，她们出嫁时，他给了她们每人80万法郎的陪嫁，让大女儿嫁给了雷斯多伯爵，做了贵妇人；小女儿嫁给银行家纽沁根，当了阔太太。他以为女儿嫁了体面人家，自己便可以因女而荣，不想两个女儿却再不愿见他，怕父亲丢人而把他赶出家门。心里只有女儿的高老头，为了能见到心爱的女儿，不惜变卖所有家产，来到巴黎住进了伏盖公寓。可两个女儿见爸爸只是为要他的钱，已没了钱的高老头，只能用养老金来换取女儿的高兴。

在鲍赛昂夫人的教导下，拉斯蒂涅认识到在当今社会，什么都没有金钱、地位更重要。按照表姐的指点，拉斯蒂涅决心攀交高老头的二女儿纽沁根太太。

房客伏脱冷早已看穿拉斯蒂涅想往上爬的野心。于是拉拢拉斯蒂涅去追求同住公寓的维克托莉小姐，他表示自己可以设计除去泰伊番小姐的哥哥，让她当上继承人，这样银行家的遗产就会落到未婚夫拉斯蒂涅手中，只要他们肯付出 20 万法郎作报酬。心存善良的拉斯蒂涅被吓坏了，虽然被伏脱冷的赤裸裸的言辞打动，但没敢答应。

拉斯蒂涅通过鲍赛昂夫人终于结识了纽沁根太太，此时的纽沁根太太已在经济上失去了自由，被丈夫控制得很严，并且负债累累。无奈之下，只能要求拉斯蒂涅拿他仅有的 100 法郎去赌场碰碰运气，以偿还高利贷。最终输去了自己所有钱的拉斯蒂涅，只好答应实际上是逃犯的伏脱冷，向泰伊番小姐示爱。伏脱冷让同党寻衅跟泰伊番小姐的哥哥决斗并杀死了他。拉斯蒂涅又一次良心发现，不想再掺和此事，并选择了重新回到纽沁根太太身边。

在警察局暗探的密谋下，伏脱冷的真实身份终于被验明。由于米旭诺老处女的出卖，警察抓住了真名叫雅克·柯冷、诨名"鬼上当"、被判过 20 年苦役、罪恶累累、杀人无数的逃犯伏脱冷。

高老头为了能见到自己的二女儿，甘心为拉斯蒂涅与女儿牵线搭桥，并倾其所有购买了一幢别墅，供他们幽会。一天，纽沁根太太急忙来找高老头，说明她丈夫同意让她和拉斯蒂涅来往，但要夺走她的陪嫁钱，高老头要女儿不要接受这个条件："钱是性命，有了钱就有了一切。"这时，大女儿雷斯多夫人也来了。她哭着告诉父亲：丈夫现在已经把她的财产全部夺走，她要求父亲再给她一万二千法郎去救她的情夫。两个女儿吵起嘴来，高老头爱莫能助，气血攻心，一急之下中风晕了过去。

患了脑溢血的高老头，昏迷期间还在惦念着两个女儿，两个女儿却不见身影。

情场失意的鲍赛昂夫人，举行了退出巴黎上流社会前最后一次盛大的舞会，整个巴黎的王公贵族和名门阔人都齐聚一堂。纽沁根夫人与新情人拉斯蒂涅在舞会上光彩照人。病重的高老头早已被抛了脑后。

高老头终于没能再见到女儿，带着未了的心愿而闭上了眼。只有拉斯蒂涅和一个实习的医学学生张罗着高老头的丧事，两个女儿女婿只派了两辆空车跟在灵柩后面。棺木是廉价买来的，送葬费是由拉斯蒂涅卖掉金表支付的。目睹这一幕幕悲剧的拉斯蒂涅，随着高老头的埋葬也埋葬了自己最后的良知，一心想向上爬的他决心向社会挑战，"现在咱们俩来拼一拼吧！"

年过半百，吝啬而势利的伏盖太太，经营着丈夫遗留下的伏盖公寓。在这座散发出牢狱气息和刺鼻霉味的平民公寓中，常住着一群有着不同身世、心怀不同目的的房客。有被有钱的父亲拒绝承认的女儿、有大家都不敢惹的逃犯、有曾风骚一时的老处女，还有没落贵族的子弟，高里奥先生也是其中的房客之一。这位曾经阔过、行踪诡异的奇怪老人，让他身边的每个人都产生了想揭穿他秘密的兴趣。可当他带来的金银财宝一件件神秘消失后，却成了被大家肆意捉弄和无情嘲笑的"高老头"。

伏盖太太娘家姓龚弗朗，她已是一个上了点儿年纪的女人，在巴黎拉丁区和圣马尔索区交界的圣热内维埃弗新街开一家供食宿的平民公寓，算来已有四十年了。该公寓名伏盖公寓，客人无论男女老少，一律接待，而且名誉颇佳，从没遭到过任何人的中伤，但三十年来亦从无年轻的女客问津，青年男子除非家里供应微薄，否则也不会光顾。可是一八一九年本书讲述的悲剧发生之时，这里倒真的住着一个可怜的少女。尽管时下的文学作品充斥着悲惨的内容，悲剧这个字眼被人肆意滥用和歪曲，以致无人相信，但在这里却不得不用。并非故事自身符合悲剧一词的本义，而是小说写成以后，intra muros etextra 的读者看了可能为之一掬同情之泪。这部作品能否为巴黎以外的人所理解？的确值得怀疑。本书的特点是充满对当地的观察和地方色彩，非住在蒙马特尔和蒙鲁日高地之间的居民不能领略。两处高地间的平川，房子的灰泥不断剥落，地沟里满是黑糊糊的泥浆，在这里，欢乐是假，痛苦才是真的；人们整日蝇营狗苟，不知要

这里以旁白的形式，先向读者作一个铺垫：以下的故事确实是一幕人间悲剧。

拉丁文，城墙内外。

脱离剧中角色背着剧中人对观众说的话。主要用于表达剧中人物不能

直接表达的思想阐述和情景介绍。巴尔扎克及许多文学大师常在小说作品中运用这一形式。

有何等重大的事故才能使之激动一时。可是罪恶和道德会聚的结果倒使一些令人痛苦的事显得伟大而庄严起来，连自私且唯利是图的人也不免停下脚步，动起恻隐之心。但他们的感触转瞬即逝，好比一口吞下美味的人参果。文明的车子像毗湿奴的神车一样，被一颗较不易辗碎的心稍挡一下，立刻将之压碎，继续滚滚向前。诸位大概也会这样，用雪白的手拿着这本书，坐在柔软的扶手椅上自言自语地说："这一本也许有点儿看头。"看完高老头的伤心史之后，你们会心安理得地吃饭，而把自己的无动于衷归咎于作者，说他有意夸大，故弄玄虚。唉，诸君须知，这部悲剧并非杜撰，也不是小说。All is true，真实到每个人都能在自己身上，或者自己心里发现其中的某些成分。

悲剧：戏剧及其文学作品的类别之一。以表现主人公与现实的冲突和悲惨结局为基本特点。

英语，绝无虚假。

公寓所在的房子属伏盖太太所有，坐落在圣热内维埃弗新街的下半段，处于路面往下通向弓弩街的地方，坡很陡，难得见有车马来往。慈谷军医院和先贤祠之间那些狭窄的街道因此显得很清静。这两座黄色的历史建筑改变了周围的气氛，圆圆的穹顶庄严肃穆，使其下的一切黯然失色。这里路面干燥，沟里亦无泥水淤积，墙下杂草丛生。行人到此都心情抑郁，即使最乐观的人也不例外。车声成了空谷之音。房子死气沉沉，墙壁散发出牢狱的气息。一个人如果迷路而误入此地，目之所及只有几所平民公寓或者私立学校，到处不是贫困便是烦恼，老人苟延残喘，快活的年轻人也不得不拼命工作。说实在的，巴黎没有一个区比这里更悲惨、更使人感到陌生的了。尤其是圣热内维埃弗新街，仿佛一个青铜镜框，作为这个故事发生的地点是最合适不过的了。为使读者精神上有所准备，多用一些灰暗的色调和沉郁的气氛来描写实在也并不为过。就如同参观巴黎的地下墓穴，一级级走下去，光线随之渐弱，而领队的声音也变得空空洞洞。这样的比喻一点

以"镜框"来寓意小说中所述的故事，早已是尘封的旧忆了。

儿不过分。心如死水或者脑袋空空，二者之间哪样更可怕，谁能说得清楚呢？

公寓前面有一座小花园，房子与圣热内维埃弗新街成直角，从大街上可以看见整座房子。房正面与花园之间有一条凹进去的碎石路，宽约两米，正对着一条铺砂的小径，两旁蓝白相间的大陶瓷花盆里种满天竺葵、夹竹桃和石榴树。小径通向一扇大门，门上有块牌子，写着：伏盖公寓，下面是一行字：男女客房，兼包客饭。一道栅栏门，上面装有声音刺耳的门铃。白天，透过这道门可以看见小径尽头正对大街的墙上画着一个仿绿色大理石的神龛，大概是当地匠人的杰作，里面放着一尊爱情女神像，釉彩斑驳，喜欢联想的人也许会认为那是巴黎风流病的标志，这种病在离那儿两步远的医院便可医治。神像座下有两行铭文，从模糊的字迹可以追溯到制造这一装饰品的年月，即一七七七年巴黎热烈欢迎伏尔泰荣归的时代。铭文是这样写的：

伏尔泰：法国启蒙思想家、文学家、哲学家。被誉为"法兰西思想之王"、"欧洲的良心"。

　　不管你是谁，她都是你的良师，
　　过去是，现在是，将来也必然是。

天色将暮，一道板门便代替了栅栏。园子的宽度相当于房子正面的长度，两边各有一道墙：一道是街墙，另一道是与隔壁分开的界墙。旁边那所房子爬满了常春藤，把房子整个遮住了，在巴黎城中，这样优美的景色格外令行人瞩目：两面墙都爬满了结果的植物和葡萄藤，细小而尘土密布的果实每年都成了伏盖太太的负担和与房客聊天的话题。沿着两道墙各有一条狭窄的小径，通往一片菩提树荫。尽管伏盖太太出身于德·龚弗朗家族，但总把菩提树读成菩特依树，房客们按发音规则怎样给她纠正都不行。两条沿墙小径之间是一块种着朝鲜蓟的菜地，两旁是修剪成纺锤形的果树，边上

这里隐喻着女房东曾经家世显赫，如今却已落入市井之流。

还有酸模、莴苣或香芹。菩提树荫下支着一张绿漆圆桌，周围有几把椅子。每当炎夏，暑热如蒸的时候，喝得起咖啡的客人便到这里来细细品尝。

房子由方石砌成，正面有四层，上面还有阁楼，墙面刷的是难看的黄色，巴黎的房子几乎全都这样。每层有五扇窗，装着格子玻璃，百叶帘卷得有高有低，参差不齐。侧面有两扇窗，楼下的都装有铁栅和铁网。房后是一个宽约二十尺的院子，猪、鸡、兔在那儿和睦相处；靠里有一个棚子，堆放木柴。棚子和厨房窗子之间，悬挂着一个食品柜，下面滴着洗碗槽流出来的油腻腻的污水。院子有一扇通往圣热内维埃弗新街的窄门，厨娘从这里把屋里的垃圾扫出去，然后用大水冲洗，以免臭气熏天。

暗喻这个时代也是死气沉沉的。

房子按开公寓的要求安排，楼下第一间是客厅，有两扇朝街的窗户采光，一个落地窗可供出入。客厅和饭厅相通。饭厅和厨房中间是楼道，梯级是木头和擦得锃亮的彩色方块砖做的。客厅的景象可谓满目凄凉：扶手椅和椅子上蒙着一道明一道暗的马鬃布做的套，中间摆一张灰底白纹大理石面圆桌，上放一套白瓷酒杯，杯上的金线已经模糊不清，这种酒具今天还到处可以看到。房里的地板铺得很糟，护墙板有半人高，墙的其余部分糊着涂釉的壁纸，上面画的是《忒勒玛科斯历险记》里的主要几幕，传统人物都上了彩色。装了铁栅的窗子之间画的是卡吕普索设宴款待尤利西斯的儿子。四十年来，这幅画招引年轻的客人不断开玩笑，他们自视甚高，总看不上因自己囊中羞涩而只好将就的饭食。石砌的壁炉，灶里干干净净，说明只在重大节日才生火。壁炉上有两个插满旧纸花的瓶子，用玻璃罩罩着，旁边放一个俗不可耐的蓝色大理石座钟。

作者在这里精心设置了典型环境，以让典型人物活动于其中，并使故事的展开自然流畅，更具感染力。

这间屋子有一股难以形容的味道，大概该称之为公寓味道吧。总之，有一股潮湿发霉的哈喇味。使人闻了身上发冷，吸到鼻子里潮乎乎的，还往衣服里钻。那是刚吃完饭饭厅里的气味，杯盘酒菜的气味，济贫院的气味。如果能想出一个办法来分析一下每位老少房客因患鼻炎或 sui generis 的病而呼出的气息里所含的令人恶心的成分，也许能给这种气味找到一个形容词。可是，尽管令人作呕，和毗连的饭厅相比，客厅便算得上豪华大方、香气扑鼻，一如贵妇的绣阁了。饭厅整个装着护墙板，原来的颜色如今已难以辨认，油迹重重叠叠，形成千奇百怪的图案。靠墙有几个黏糊糊的食品柜，柜上摆着几个破旧发暗的水瓶，还有几个圆形的镀锡铁皮杯垫，一摞图尔内出产的蓝边厚瓷盘。角落里有个分许多格的小柜，格子标有号码，用以存放每个房客吃饭和喝酒时用的餐巾。还有一些用不坏的家什，没人要，扔在那里，像文明的残渣碎片摆在痼疾患者收容所里一样。你会看到一个晴雨表，每逢下雨，便有一只猴子跑出来，还有几幅倒人胃口的劣质木刻，镶在金线黑漆的木框里；一口嵌铜的玳瑁挂钟；一只绿色的炉子；几盏污秽的积满尘土的油灯；一张长桌，上面的漆布油迹很厚，调皮的非本公寓住客完全能够以手指代笔，在上面刻画自己的姓名；几把缺胳膊短腿的椅子，几块破旧的擦鞋垫，散了的草辫到处拖着；凹凹凸凸的脚炉，炉眼豁了，合页松脱了，木座子也成了黑炭。总之，这些家什不是残旧、破裂、腐烂、虫蛀，便是短胳膊、缺眼睛，一碰就碎，要一一说明，非来番长篇累牍的描写不可，这样不仅会破坏读者的雅兴，急于想知道故事的人也绝不会原谅。铺地的红色方砖因摩擦和上色被画出一道道的凹纹。总之，一派赤裸裸的贫困，一种因省钱而集中表现出来的破败景象，即使尚无污泥浊水，但已是秽迹斑斑，虽非百孔千疮、支离破碎，却也腐朽不堪了。

　　这个房间最辉煌的时刻是早上七时，伏盖太太的猫首先出现，跳上食品柜，嗅了嗅盖有碟子的多个圆边碗里的牛奶，

英语，独特的，自成一格的。

连续的排比句式，描述真实，仿若活灵活现地展示在读者面前。

然后呼噜呼噜地大睡早觉。不久，寡妇出现了，戴着珠罗纱做的睡帽，帽下露出一圈没戴好的假发，懒洋洋地趿拉着一双皱皱巴巴的拖鞋。徐娘半老的胖脸，中央突出一个鹦鹉嘴般的鼻子，一双肉乎乎的小手，身材臃肿得像教堂里的老鼠，胸脯鼓鼓囊囊、颤颤悠悠，这一切都和屋里穷酸而龙蛇混杂的氛围非常合拍，伏盖太太呼吸着这里温热难闻的气味如入鲍鱼之肆，久而不闻其臭。她的脸鲜妍得像初秋的第一阵寒霜，有皱纹的眼睛，表情可以从舞女般的满面堆笑一变而成银铺掌柜的铁青脸。总之，人如其公寓，公寓亦如其人。监狱少不了典狱官，诸位也难以想象有此而无彼。这位小个子女人虚胖的身躯是这种生活的产物，如同寒热病是医院气息的结果一样。她毛织的衬裙比外面的罩裙还长，而罩裙则是一件旧连衣裙改制的，衣缝已经开裂，棉絮从裂缝里钻了出来，可说是客厅、饭厅和花园的缩影，厨房和公寓的住客由此也就可见一斑。只要她在那里，公寓的全景便仿佛尽在眼前。伏盖太太年已半百，和一切饱经沧桑的女人一样。她目光呆滞，假惺惺的，神态活像个假装生气好漫天要价的老鸨，随时准备不择手段以损人利己，如果还有什么乔治或皮什格吕可出卖，她是绝对会出卖的。但是，房客们听见她和他们一样咳嗽、叫苦，以为她也是个穷人，便说她其实也是个好人。伏盖先生是个什么样的人？她从没谈起过。他是如何倾家荡产的呢？对此，她总回答说，倒霉呗。她男人对她很不好，只留给她一双眼睛好落泪，还有就是对一切不幸无动于衷的权利，因为，据她说，她什么苦都受尽了。胖厨娘西尔维一听见女主人急促的脚步声便赶紧给房客们开午饭。

不在公寓过夜的客人一般只包一个月三十法郎的一顿晚饭。本书的故事发生时，在公寓住宿的客人只有七位。整座房子最好的两个套间在二楼，伏盖太太住较小的一套，另一套住的是库蒂尔太太，一位前共和国国家预算拨款审核委员的遗孀。和她同住的是一位少女，名叫维克托莉·泰伊番，拿库蒂尔太太当母亲看待。她们的膳宿费每年达一千八百法郎。三楼有两个套房，其中一套住着一个老头，名叫波阿雷，另一套住着一个约莫四十岁的男子，头戴黑色假发，蓄着染黑的络腮胡，自称以前是商人，名叫伏脱冷。四楼有四个房间，两间已经租出，老处女米旭诺小姐占了一间，另一间住着一个从前做意大利面条和淀粉生意的商人，大家唤他高老头。另外两间租给过路的客商和穷学生，这些人和高老头以及米旭诺小姐一样，一个月连吃带住只能付四十五个法郎。伏盖太太不大乐意招待他们，除非实在找不到别的房客，因为他们面包吃得太多。故事发生时，这两个房间中有一间租给了一个从昂古莱姆附近来到巴黎学法律的年轻人，家里人口多，全靠节衣缩食每年给他寄一千二百法郎供他念书。这年轻人名叫欧也纳·德·拉斯蒂涅，属于那种因家贫而养成用功习惯的一族，从小便明白父母对自己的期望，已经在盘算仗着学业谋个好前程，预先考虑使学科适应社会未来的动向，以便向社会索取而不致落在别人的后面。如果没有他好奇的观察和他在巴黎沙龙里得心应手的周旋，这个故事便缺乏真实的色彩，当然，这全靠他敏锐的头脑和他想参透一出惨剧的个中原委这种愿望，而造成这出惨剧和深受其害的人是绝口不谈的。

　　四层以上是晾衣服的顶楼，另有两个小间，住着干粗活儿的杂役和胖厨娘西尔维。除了七位住宿的客人，伏盖太太不管年景好坏，还有八个读法律或医学的大学生和住在本区、只在公寓里包晚饭的常客。饭厅可以容纳十八个，最多可到二十个人进餐，但早上只有七个人，吃中饭时围坐一桌就像一家子。人人都跶拉着拖鞋下楼，毫无拘束地大谈包饭客人

伏盖太太的客
膏可见一斑。

跶(tā)拉：把鞋
后帮踩在脚后
跟下。

的衣着、神态和前一天晚上发生的事情。这七位客人是伏盖太太的宠儿，她按每人交纳膳宿费的多寡给予不同的待遇和照顾，其精确程度无异于天文学家。这些萍水相逢的客人也都有同样的算计。三楼的两位房客每月只交七十二法郎。这样便宜的价钱只能在圣马塞尔郊区慈善产院和精神病院之间那个地段才能找到。价钱便宜说明这些房客在不同程度上都受着穷困的压迫（库蒂尔太太是唯一的例外）。所以，房子内部寒酸的样子也反映在其常穿褴褛的衣衫上，男人穿的礼服已经很难说出是什么颜色，脚上的鞋子像是在富人区的街角捡的，衬衫已经破旧，衣服已经看不出款式。女人穿着黯淡的、染过却又掉了色的连衣裙，打补丁的旧花边，磨得发亮的手套，绉领发黄，围巾的经纬也已松散了。尽管衣服如此，其遮蔽的身体几乎个个都很壮健结实，抵抗过生活的暴风雨，面孔冷峻，像已经用旧不再流通的旧钱币一样线条模糊。嘴唇干瘪，却长着贪婪的牙齿。这些房客使人想起已经上演或正在上演的戏剧，不过并非在脚灯微弱的光线照射下和幕布包围之中演出，而是活生生的，虽然没有声音，冷冰冰的，却使人心头发热，不断演下去的戏剧。

老处女米旭诺眼神疲倦，戴着一个黄铜丝作箍的绿塔夫绸遮阳眼罩，油腻腻的，如果怜悯天使看见了准会吓一大跳。披肩的流苏稀稀落落，盖着瘦骨嶙峋的身体。她原先一定容貌美丽，身材窈窕。是什么使她失去女性体态的呢？是罪恶、忧伤，还是贪婪？是纵欲过度？是做过脂粉买卖，还是干脆当过妓女？难道年少时骄奢淫逸，不可一世，老来遭报，以致路人看见，躲之唯恐不及？她目光凝滞，使人心寒，面容憔悴，令人发瘆。她声音很尖，仿佛暮秋时节灌木丛中凄厉的蝉鸣。她自称伺候过一个患膀胱炎、被儿女认为已经无药可治而抛弃的老人。老人给她留下了一千法郎的终身年金，

萍水相逢：比喻向来从不认识的人偶然相遇。

这种发问是无须回答的，因为所有的问题也就是标准的答案。

隔一段时间继承人便来和她争吵，并背后散布她的谣言。尽管纵欲毁坏了她的面容，但肌肤还残留某些白皙细嫩的痕迹，使人想到她身上还有一些美的踪影。

　　波阿雷简直是一部机器。他沿着植物园小径走着，像一个逐渐伸长的灰色幽灵，头上戴一顶软绵绵的旧鸭舌帽，好不容易才拿住象牙柄已经发黄的拐杖，礼服早已褪色，盖不住几乎空荡荡的长裤；套着蓝色长袜的两腿晃晃悠悠，像个醉鬼，脏兮兮的白背心，皱巴巴的粗布襟饰和绕在他火鸡般的脖子上的领带配不到一起。看见他这副模样，许多人会纳闷，这个皮影戏似的人物和意大利人大街上趾高气扬的翩翩绅士是否同一个种族。到底是什么工作使他憔悴成这副模样？是什么样的情欲使他那张洋葱般的脸变成青紫色？如果画成漫画，简直不像是真的。他当过什么差？也许做过司法部的职员，管过刽子手送来的账单，如：处决弑君犯所用的黑纱、断头台上垫篮子的麦糠，以及挂大刀的绳子等的付款收据。也许他当过屠宰场入口的收税员，或者管卫生的副检查员。总之，此人似乎是我们社会这个大磨坊里的一头驴，巴黎一个为人火中取栗而不知他的贝尔特朗是谁的巴黎哈东，公众的灾难或卑劣行径之源，总之，他是这样一种人，我们看到他们时会说：毕竟这类人也少不了。他们被精神和肉体的痛苦折磨得面如死灰，巴黎上流社会是看不见这种脸的。巴黎实在是片汪洋大海，即使投下探海锤也永远测不出它到底有多深。你去探索、去描写好了。不管你如何用心探索和描写，不管有多少海洋探险家去热心搜寻，海洋总还有些人迹未到的地方，无人知道的洞穴、花朵、珍珠、妖魔鬼怪，某些文学潜水员闻所未闻，或因忽略而失之交臂的东西。伏盖公寓就是这千奇百怪中的一怪。

　　在这群房客和常客之中，有两张面孔显得特别与众不同。

以动物比喻人，影射或卑劣或高高的人性，是巴尔扎克的擅长。

这也正是作者间接告诉读者的：这出悲剧就是时代的缩影。

维克托莉·泰伊番小姐虽然面色苍白，带点儿病态，像患上萎黄病的少女，整天愁眉不展、举止局促、孤苦伶仃的样子，和这里整个贫苦的画面十分相衬。但她的脸毕竟不老，动作和声音还是轻快活泼的。倒霉的少女仿佛一株刚移栽的小树，由于水土不服，叶片已经枯黄了。她的脸黄里透红，头发稍带褐色，身材十分苗条，俨然现代诗人在中古的小雕像身上所欣赏的那种风采。她的眼睛灰中带黑，流露出基督徒般的柔和与坚忍。俭朴的衣着下隐现出年轻的体态。她之所以美是身体各部分搭配相宜。如果心情快乐，她一定十分诱人。幸福是女人诗意之所系，正如盛装才能显出脂粉之功一样。如果舞会的欢欣使这张苍白的脸庞泛起玫瑰的颜色，如果舒适的生活使这双已经微微凹陷的面颊重见丰满和再现桃红，如果爱情使这双忧郁的眼睛重新焕发出光彩，维克托莉足可与天下最美丽的姑娘比个高下。她缺的只是使女人恢复青春的东西：衣着和情书。她的生平足可以写一本书。她父亲认为有理由不承认她是自己的女儿，不愿把她留在自己身边，每年只给她六百法郎，还在财产上耍花招，好将全部产业留给儿子。维克托莉的母亲绝望之余投奔一个远房亲戚库蒂尔太太，后来便死在这个亲戚家里。库蒂尔太太把孤儿视同己出，抚养成人。可惜这位共和国的军事拨款审核官的遗孀除了亡夫的遗产和抚恤金之外一无所有，很可能有朝一日会撒下这个不谙世事、无依无靠的小姑娘，任由社会去摆布。好心的女人每星期天都带维克托莉去望弥撒，每半个月去做一次忏悔，使她至少成为一个虔诚的姑娘。她这样做是对的。宗教的感情给这个被遗弃的姑娘指出了前途，她爱她的父亲，每年都到父亲那里，并带去母亲对他的宽恕，但每年都吃父亲的闭门羹。能够居中斡旋的唯有她的兄长，而当哥哥的四年里一次也没来看望她，也不给她任何帮助。她祈求上帝使父亲睁开眼睛，使兄长心肠变软。她不怨他们而为他们祈祷。库蒂尔太太和伏盖太太则对这种野蛮行径深恶痛绝，只恨字典上骂人的字眼儿不够用。当她们诅咒这个灭绝人性的百万富翁时，维克托莉便柔声劝解，像一只受伤的野鸽，痛苦的鸣声仍然充满着爱心。

即使生活再不幸，贫穷也无法夺走一个善良之人的爱心。

　　欧也纳·德·拉斯蒂涅长着一张南方人的面孔，白皮肤，黑头发，蓝眼睛。举止仪态和姿势都显现出是贵族人家的子弟，从小学的无非是高雅的品位。虽然很爱惜衣服，平日穿的却都是前一年的旧衣，但有时出门也会打扮得像个翩翩少年。他日常只穿一件旧礼服，粗背心，蹩脚的黑领带系得歪歪扭扭，像一般大学生一样。长裤也和上装相仿，靴子已经换过掌。

　　在这两个人物和其他房客之间，有一个过渡的角色，那就是年届四十，络腮胡子已经染过的伏脱冷，属于谁看见都会说声"好家伙！"的那种人，肩宽，背厚，肌肉发达，一双蒲扇大手，指节上长着一簇浓密的火红色长毛。一张过早出现皱纹的脸看来有点儿冷酷，待人接物却又和蔼可亲。他的嗓子介乎中低音之间，和他乐观快活的性格非常合拍，一点也不招人讨厌。他还助人为乐，喜欢开玩笑。如果哪把锁坏了，他会立即把它卸下来，修理好，加上油，锉几下，再安装上，一边说："这我内行。"他的确什么都懂，举凡船舶、大海、法国、外国、商务、人物、时事、法律、旅店和监狱，无一不晓。如果有人叫苦连天，他立即给予援手。他曾多次借钱给伏盖太太和几位房客，但借他钱的人宁死也不愿赖他的账，因为尽管他外表随和，目光却深邃而刚毅，令人望而生畏。从他吐口水的架势，看得出此人坚定冷静，为了摆脱困境什么事都干得出来。他的目光像严峻的审判官，似乎能看透一切问题、一切人的思想和感情。他习惯了午饭后出门，吃晚饭时回来，整晚都在外面，半夜始归，因为伏盖

能对一个罪行累累的逃犯如此"夸赞"，体现了巴尔扎克独有的幽默风格。

太太给了他一把百宝钥匙，也只有他才有这份殊荣。他待这
位寡妇再好也没有，搂着她的腰喊她妈妈，可惜这样的奉承
对方理解得不够！天真的女人以为此事轻而易举，殊不知只
有伏脱冷才有那么长的胳膊，搂得住她粗大的腰围。他还有
一个特点，就是为了在饭后能喝上一杯带酒精的咖啡而大大
方方地每月多交十五法郎。不仅那些被巴黎生活的旋涡弄得
晕头转向的年轻人和事不关己高高挂起的老年人，甚至没他
们那么浅薄的人也不会对伏脱冷有半点儿猜疑。伏脱冷知道
或者能够猜出他身旁各人的事，而他自己的思想和所作所为
却无人知晓。尽管他以和蔼的态度、乐天快活的性格在自己
和其他人之间筑起一道藩篱，却依然使人感到他城府很深。
他往往会说出一句尤维纳利斯式的俏皮话，似乎在嘲弄法
律，鞭挞上流社会，指出其表里不一，使人感觉到他憎恨社
会现状，心底里埋藏着竭力不让人知道的奥秘。

　　这位四十岁的中年人有的是力量，而那个大学生则具有
俊美的容貌，泰伊番小姐也许不知不觉地被这二者吸引，总
是偷偷地瞟着他们，一颗心也不离他们左右。他们心里却没
有她，尽管世道会变，有朝一日她可能发迹，娶她未必不是
一门好亲事。再说这些人谁也不会耗费精神去核实旁人所诉
的苦是真还是假。他们彼此漠不关心，而且出于各自不同的
处境，相互猜疑。他们知道无力减轻对方的痛苦，何况苦诉
得多了，彼此安慰的话也已说尽，像老夫老妻，没有什么话
可说了。他们的关系是机械的生活关系，像一组没有油的齿
轮，轧轧地彼此推动。在大街上见到瞎子，他们会毫不理会
地径直走过，听别人说起什么倒霉事，他们会无动于衷，还
会将死亡看做贫困的解脱，对弥留时最可怕的景象也采取冷
漠的态度。在这群失意的人中，最幸福的要算伏盖太太了，
她俨然这所私人济贫院的主宰。那座花园虽小，却也和宽广

的草原一样，有寂静、寒冷、干燥、潮湿的时候，只有她才觉
得这方寸之地无异于一片秀丽的园林，也只有她才觉得这所颜
色发黄、死气沉沉、散发着一股柜台铜锈味的房子充满欢乐。
这一间间牢房都是她的。她喂养这帮被判终身要做各种劳役的
犯人，而犯人也尊重她的权威。以她所定的价钱，这些苦人儿
走遍巴黎，哪里能找到如此健康丰盛的食物和能够自己做主布
置得虽称不上华丽舒适，至少也算清洁卫生的住房呢？所以，
即使有时候她很不讲理，受气的人也自认倒霉，不予计较。

　　这些人凑在一起简直是，而且实际上也就是整个社会的
缩影。在同桌就餐的十八个人中，像在中学和交际场里一样，
总有一个遭人白眼的受气包，大家都拿他取笑。到了第二年
年初，欧也纳·德·拉斯蒂涅发现，在这群他命中注定还需
与之共同生活两年的人里，这个受气包的角色显得十分突出。
这个受气包就是以前做过面条生意的高里奥老头，如果有人
给他画像，一定会如历史家一样，把画面的光线集中到他头
上。为什么大家把半带着仇恨的轻蔑，掺杂着怜悯的折磨，
以及对别人的苦难毫不同情的态度都发泄在这个资格最老的
房客身上呢？难道因为他有什么古怪可笑之处比恶习还难以
原宥吗？这个问题可能源于社会的不公平。既然一个人真的
妄自菲薄、懦弱忍让，一切都逆来顺受，别人也就什么气都
让他受，这也许是人的天性吧。我们所有人不都喜欢牺牲别
人或乘人之危来证明自己的力量吗？只要天寒地冻，巴黎的
顽童这种最瘦弱的生灵便会按响各家的门铃，或者踮起脚尖
把自己的名字涂在洁白的建筑物上。

　　高里奥老头约莫六十九岁，一八一三年收了生意，隐居
到伏盖太太的公寓里来，最初住进现在库蒂尔太太住的那套
房间，一年的膳宿费一千二百法郎，手头之阔绰，仿佛贵五
个路易或便宜五个路易根本无所谓。伏盖太太用他预付的一

一个房东加上
七位房客，代
表了十九世纪
初的法国下层
社会生活。

笔补偿费，把三间房刷了刷，添置了些简陋的家具，如黄布做的窗帘，乌德勒支绒作套的漆木沙发，几张胶印画以及连郊区小酒馆也不屑用的糊壁纸等。那时高老头还被尊称为高里奥先生，也许是他那种满不在乎的慷慨大方，使别人拿他当做不谙世事的傻瓜。他来时箱笼充盈，行头体面，说明高里奥先生应有尽有，什么也不缺。他那十八件荷兰细布衬衫，让伏盖太太赞叹不已，尤其因为襟饰的花边上还系着两枚别针，有细链子相连，每一枚上面都镶着一颗大钻石。他习惯穿一件浅蓝色礼服，每天换一件白凸纹布背心，挺着个梨形的大肚子，一条缀着饰物的金链子沉甸甸地随着肚子一起一伏。他的鼻烟盒也是金的，里面有一个装满头发的小盒子，似乎说明他还有过几次艳遇。当房东太太打趣说他是个风流种子时，就像挠到他的痒处，使他嘴角露出一丝快活的微笑。他的橱柜（这个词他按小民百姓的发音念）装满了银器。寡妇殷勤地给他开包收拾时，见到这些东西眼都亮了，那里面有汤勺、调味用的匙、餐具、油瓶、装调味汁的杯子、盘子、吃早点用的镀金杯碟，总之，一件件不论好看与否，都是他舍不得撒手并有一定分量的金银器皿。这些礼品使他回忆起家里经历过的种种盛况。他拿起一个盘子和一个盖上有两只斑鸠细语呢喃的小茶杯对伏盖太太说道："这是结婚一周年我妻子送给我的礼物。可怜的好女人为这个花尽了她做姑娘时积攒的全部私房！太太，您明白了吧？我宁愿用十个指头去挖土也舍不得放弃这件东西，感谢上帝！今后我有生之年每天早上都可以用这个杯子喝咖啡，我知足了，现成的面包够我吃好长时间呢。"总之，伏盖太太那双喜鹊眼看得清清楚楚，几笔国家债券加起来，高里奥这好老头每年约莫有八千到一万法郎的收入。打这天起，娘家姓龚弗朗、年纪四十有八，但人前只承认三十九岁的伏盖寡妇便打起了主意。尽管

说明高里奥先生比较富有，活脱脱一副土财主的形象。

高里奥先生曾是个快乐、心情开朗、时时面露微笑的老人。

从前富有的家庭生活，让高老头心满意足，至今难忘。

高里奥眼睑外翻，眼袋浮肿，经常要用手去擦，伏盖太太仍觉得他相貌不错，还算体面。另外，他腿肚子多肉而突出，加上方方的长鼻子，都暗示着他具有这位寡妇似乎十分重视的某些优点，而他圆圆的脸盘和憨厚善良的表情也是一个很好的证明。此人一定身体健壮得像头牛，能把全部心思用在感情上。他的头梳成鸽翅式，综合工科学校的理发师每天早上都来给他的头发扑粉，在他低低的额头上梳成五个尖角，和他的脸很相称。他虽然有点儿土气，但衣服总是穿得整整齐齐。他大把大把地吸鼻烟，似乎烟盒里马库巴总装得满满的。所以他住进公寓来的那天，伏盖太太夜里欲火如焚，像只裹上肥肉在火上烤的鹌鹑，只指望离开伏盖这个死鬼去跟他另起炉灶，再结一次婚，把公寓卖掉，和这位市民阶级的头面人物去过日子，成为本区的显要，替穷人募捐，星期天到舒瓦齐、苏瓦西或让蒂耶组织聚会，随心所欲去戏院，坐包厢，而不必等到七月份某个房客给几张赠券才去。总之，她憧憬着一般巴黎小市民的幸福生活。她一个钱一个钱地积攒了四万法郎，这一点她谁也没有告诉。就这笔财产论，她当然认为自己身价不低。"其他方面，我也完全配得上此人。"她边想边在床上翻来覆去，仿佛要证明自己的身段如何媚人，以至于每天早上，胖厨娘西尔维总发现褥子因她身体的扭动而压出好几个坑。从这天起，差不多一连三个月，伏盖寡妇利用理发师天天来为高里奥先生理发的机会，也花点儿钱稍事修饰，借口公寓经常有体面的客人光临，出于礼貌，自己也有必要打扮打扮才能相称。她挖空心思想另换一批房客，公开宣布今后只接待从各方面看都是最出色的人。若有外人上门，她便夸耀说，巴黎最有名望、最受人尊敬的股商高里奥先生如何特别看中了她的公寓。她还散发广告，抬头赫然大书：伏盖公寓。下面写着："拉丁区历史最悠久也最受人青

有所图的贪心之人，所关心的全是对方的钱袋子，外貌如何常常被忽略。
——

能让伏盖太太动心并彻夜难眠，其魅力全部来自于高老头。作者用形象的描写，从侧面说明以前的高老头曾过得有尊严，很体面。
——

睐的高级公寓，凭窗远眺，戈伯兰峡谷之美景一览无遗（事实上要爬到四楼才看得见），还有一座美丽的花园，曲径通幽，两旁菩提树，蔚然成行。"此外还有空气新鲜、环境安静等。这份广告招来了一位德·昂倍梅尼伯爵夫人，三十六岁，是一位阵亡将军的遗孀，正等着公家结算抚恤金。伏盖太太为她精心料理饭菜，客厅里足足生了六个月的火，不仅广告单上的诺言全部兑现，甚至连老本也搭了进去。因此，伯爵夫人称她为亲爱的朋友，并答应她将来把自己的两个朋友沃梅尔朗男爵夫人和一位上校的遗孀皮克阿梭伯爵夫人也介绍来，她们当时住在沼泽区一家公寓，租金比伏盖公寓贵，而且租约也快到期了。再说，等国防部各有关单位把手续办完，这两位夫人手头便很宽裕了。可是她说："这些单位的手续总办不完。"两个寡妇吃完晚饭便一齐上楼，来到伏盖太太房间，一边聊天，一边喝果子酒，吃主人给自己准备的糖果。德·昂倍梅尼夫人非常同意房东对高里奥的看法，认为很中肯，<u>其实她来的第一天就猜到了</u>，觉得高里奥是个十全十美的男人。

"噢，我亲爱的夫人，"伏盖寡妇对自己的房客说道，"他身体很健康，保养得很好，还能给女人带来不少乐趣。"

伏盖太太不会打扮，往往事与愿违，伯爵夫人热心地给她出主意："你非武装起来不可"。两位寡妇经过一番盘算，一起去王宫市场，在木廊买了一顶带羽毛的帽子和一顶软帽。伯爵夫人又带她的女友去小冉奈特百货店挑了一件连衣裙和一条披肩。行头买齐，全副武装以后，伏盖太太便十足像饭铺招牌上那条时装牛。然而她自以为形象已大大改善，非常感激伯爵夫人。尽管她花钱小气，还是要夫人接受一顶二十法郎的帽子。其实，她是打算请对方去试探一下高里奥，在他跟前替自己说句好话。德·昂倍梅尼夫人欣然应允，去和老面条商拉关系。两人谈了一次。她本想假公济私去勾引高

遗孀（shuāng）：某人死后，他的妻子被称为他的遗孀。

在她们眼里，金钱实质上就代表着十全十美。

里奥，但发觉此人对诱惑不说无动于衷，至少也是非常腼腆。看见对方这样俗气，她一怒之下，转身就走了。

"我的乖乖，"她对亲爱的女友说道，"你别想在这个人身上捞到什么！他疑心重得可笑，一毛不拔，又蠢又笨，只能使你讨厌。"

说明了伯爵夫人的贪婪心理。

高里奥先生和德·昂倍梅尼夫人之间根本谈不拢，这位伯爵夫人甚至再也不愿与他为邻，第二天便搬出去，走时还忘了付六个月的膳宿费，只留下一堆最多值五法郎的破衣服。尽管伏盖太太在全巴黎拼命寻找，伯爵夫人依然踪影全无。她经常谈起这件倒霉的事，怨自己过分轻信，其实她的疑心比猫还重，就像有些人对邻居疑神疑鬼，但遇见第一个陌生人便上当受骗一样。这是个奇怪而又实实在在的现象，不难从人类的心理去找出其根源。也许有些人对与他一起生活的人已一无所求，觉得如果在他们面前暴露自己内心的空虚，只能招来他们背地里指指戳戳，但同时又热切需要求之不得的恭维，或者具备自己所缺乏的优点，希望博得陌生人的尊重和好感，哪怕将来露出马脚也在所不惜。总之，有些人天生自私，对待亲戚朋友，该帮忙的也不帮忙，因为那是分内的事，而对陌生人则乐意效劳，因为这样做可以获得一点儿自尊心的满足：在感情的圈子里，谁离他们越近，他们越不爱，离他们越远的，他们就越殷勤。这两种天性，伏盖太太可能兼而有之，本质上则都是庸俗、虚伪而且卑鄙。

伏盖太太的冷漠与殷勤，充分显示了其虚伪的本质。

"如果我在，"伏脱冷对她说道，"您就绝不会上这个当。那骗子的伎俩我一眼就能看穿，我很清楚他们的嘴脸。"

伏盖太太像所有没见识的人一样，不能站得更高去探究事情的原因，总喜欢把自己的过错都推在别人身上。遭到这次损失，她认为那个老实的面条商是罪魁祸首，自称开始把用伏盖太太的猜疑，引出即将发生在高老头身上有关女人的故事。

他看透了。而当发现自己忸怩作态、卖弄风情的手段统统是白费心思的时候，她立即猜出了原因，用她的话说，这位房客已心有所属。总之，这一切都证明，她这场春梦不过是空中楼阁，伯爵夫人倒似乎是位行家，曾经毫不客气地指出，从此人身上是绝对捞不着什么的。于是，她便化友好为敌视，而且敌视的程度更深，其仇恨并非出自爱情的失落而是源于希望的破灭。大凡人的心理在向爱情的高峰攀登时，往往会停下来稍事休息，而从仇恨的陡坡往下走便很少能收住脚步了。但高里奥先生到底是她的房客，她虽然自尊心受到了伤害，也只好忍气吞声，把失望的叹息深藏心底，按捺住复仇的冲动，像挨了修道院长申斥的僧侣一样，不敢还嘴。小人不论情绪好坏，要宣泄总会不断采取卑鄙的手段。那寡妇于

狡黠（xiá）：狡诈。

是凭着女人的狡黠，想出许多坏点子，去暗中折磨她的对头。她先是将公寓里多余的安排去掉，然后在一切都恢复旧观的那天早上对西尔维说："用不着准备小黄瓜和鳀鱼了，都是骗人的东西！"高里奥先生是俭朴的人，当年创业时节衣缩食，如今已成了习惯。晚饭时一荤一素，外加一碗汤便心满意足，过去如此，现在也一样。因此，伏盖太太想在这方面难为他实在不容易，他简直没有任何嗜好可供刁难。此人无懈可击，伏盖太太失望之余，只好想法败坏他的名声，让全体房客都来恨他，而房客们出于好玩，也着实替她出了气。第一年快到年底的时候，寡妇满腹狐疑，心想，这个商人那么有钱，每年七八千法郎的收入，精美的银器，耀眼的首饰，即使大富翁赠与金屋藏娇的相好也不过如此，为什么竟花与其财产极不相称的廉价食宿费，住到我这儿来呢？这头一年的绝大部分时间，高里奥每星期都有一两次在外面吃晚饭，稍后，不知不觉改为每个月两次。高里奥老爷那些甜蜜的约会太符合伏盖太太的利益了，所以后来他逐渐按时在公寓吃饭，就

这种变化表明：高老头的财富在急速缩水，他的钱袋子在不到一年的时间里，已经渐渐瘪下去了。

不能不招致她的不满。对于这种改变，她认为首先说明高里奥的钱越来越少，其次是成心想与她这个房东作对。小气鬼有一种最要不得的心理，就是认为别人也和他们一样小气。到了第二年，旁人在背后议论高里奥的话却不幸而言中。他向伏盖太太提出搬上三楼，并将膳宿费减到九百法郎。他必须紧缩开支，冬天也不烤火了。伏盖太太要他先付款，他答应了。从此，那寡妇便叫他高老头。大家暗地里都竞相猜测对他贬低称呼的原因，但百思不得其解。那位冒牌伯爵夫人曾经说过，高老头话虽不多，却居心叵测。没头脑的人全都爱胡说，因为他们说的无非是鸡毛蒜皮的事。根据他们的逻辑，闭口不谈自己做什么买卖的人，所干的绝非好事。这样一来，有身份的商人便一变而成骗子，风流人物就成了老怪物。正在这个时候，伏脱冷住进了伏盖公寓，他有时认为高老头是个炒股票的，炒糊了之后，用金融界精辟的术语说，现在赌债券，有时又认为他是个小本的赌徒，每天晚上都去碰运气，赢上十个法郎。有时大家又把他说成是警察局的密探，但伏脱冷说不可能，因为他不够狡猾。另外有人说高老头是个吝啬鬼，向他借钱一个星期就要你还本付息，说他追号码，加大注买彩票，总之，是一切罪恶、无耻、低能所衍生的最神秘的人物。不过，无论他的行为或者恶习有多么卑鄙，众人憎恨他的程度还不至于使他被赶出公寓，因为他的膳宿费是照付的。再说，他还有一个用处，就是大家无论心情好坏都可以在他身上发泄，开他的玩笑，或者挖苦他一下。最有可能并为大家一致认同的看法以伏盖太太为代表。据她说，此人保养得那么好、身体那么健康、又能给女人带来许多快乐，一定是个有嗜好的酒色之徒。伏盖太太的这些流言飞语有下列事实为证。

　　那个白吃白住了半年的丧门星伯爵夫人不辞而别以后几个月，有一天早上，她还没有起床，便听见楼梯里响起了一

从高里奥先生到高老头，从一心巴结到冷嘲热讽，金钱就是造成这种前后变化的元凶。

阵丝质裙裾的窸窣声和一个年轻女人敏捷轻快的脚步声，径直奔向高里奥的房间，而门早就心照不宣地虚掩着。几乎同时，胖厨娘西尔维来向女主人报告，有一个漂亮得邪乎的女郎，打扮像天仙一样，脚上穿的一双薄呢子短统皮靴一尘不染，从大街像鳗鱼般溜进她的厨房，询问她高里奥住在哪个房间。伏盖太太和厨娘侧耳倾听，听到了一阵温馨的喁喁细语，女郎在房间里待了好一阵子。高里奥先生送他这位女客出来时，胖厨娘西尔维立即挎起篮子，佯装到市场买菜，紧随着这对情侣。

回来时，她向女主人报告："太太，高里奥先生不管怎么说一定很有钱才能这样阔气。您想想，吊刑街拐角停着一辆豪华的马车，那女人就上了这辆车。"

傍晚吃饭时，阳光照进来，晃着高里奥的眼睛，伏盖太太怕他感到不舒服，立即站起身去把窗帘拉上。

"高里奥先生，美丽的女人都喜欢您，连太阳也来找您。"她话里有话，暗指早上来访的女客，"嘿，您真有品位，她漂亮得很呢！"

"那是我女儿。"高老头骄傲地回了一句，但其他房客都认为老头子想顾全面子才故意这样说。

一个月以后，女郎再次到访。上次是晨装，这次是晚饭后来，是要去应酬的打扮。众房客当时正在客厅里聊天，看见来的是一位漂亮的金发女郎，身材苗条，落落大方，高老头不可能有这样气度高雅的女儿。

"又来一位。"胖厨娘西尔维没把她认出来，说道。

几天之后，又有一位女郎来见高里奥先生，这一位身材匀称，高高的个儿，肤色较深，头发乌黑，目光敏锐。

"啊哟，竟有三个！"西尔维说道。

这第二个女儿头一次来找她父亲也是在早上，几天后再来时却是晚上，一身赴舞会的打扮，而且是坐着马车来。

"呀，居然有第四个！"伏盖太太和西尔维同声说道。她们从这位贵妇身上丝毫看不出她就是第一次前来、穿着朴素晨装的那个女郎。

那时候，高里奥每个月还付一千二百法郎的膳宿费。伏盖太太觉得一个有钱的男人同时养着四五个情妇是很自然的事，把情妇说成是女儿更是别出心裁。高里奥把她们招到公寓里来，她并不着恼。可是她们的到来说明了高里奥对她冷淡的原因。为此之故，从第二年开始，她便称高里奥为老公猫。到这位房客只能付九百法郎的膳宿费时，她有一次看见其中一位女郎下楼，便老实不客气地质问高里奥想把她的公寓当成什么场所。高老头回答她说，这位姑娘是自己的长女。

"这么说，您有三四十个女儿啰？"伏盖太太语带嘲讽地问。

"只有两个。"高老头回了一句，但口气温和，一个人破了产，穷困潦倒，只好逆来顺受。

到第三年年底，高老头再度压缩开支，搬上了第四层，每月只能交四十五法郎的膳宿费。他戒了烟，辞掉了理发师，头上也不扑粉了。他第一次不扑粉便下楼时，女房东看见他头发的颜色，不禁惊叫起来，原来他的头发灰里带绿，好不腌臜。由于心有隐忧，他不知不觉面露愁容，日甚一日，成了桌子周围最悲苦的一张脸。事情完全清楚了，高老头是个老色鬼，染了脏病，吃药又有副作用，不是医生有本事，两只眼睛早保不住了。纵欲过度和服药以维持纵欲的结果，头发便成了令人恶心的颜色。身心疲惫的样子证实了别人背后的闲话无疑言之有据。带来的行头穿破了，他买十四个苏一尺的棉布来替补原来的鲜衣美服。他的钻石、纯金烟盒、金链和各种首饰一件接一件都不见了。他脱下了淡蓝色外衣和名贵的衣服，不论冬夏都只穿一件栗色粗呢礼服、一件山羊

别出心裁(cái)：独创一格，与众不同。

"凤凰落魄不如鸡。"一个人由大富变贫穷，其巨大的心理落差，会让自己变得卑微并彻底失去尊严。

这些金银财宝会到哪儿去？又是出于什么目的被谁拿走了呢？为下文埋下了伏笔。

毛背心和一条灰色毛料长裤，人越来越瘦，腿肚子也没了。原先显得心满意足的一张胖脸，如今皱巴巴的，额头上出现了车道沟，颧骨突了出来。住到圣热内维埃弗新街这间公寓的第四个年头，他完全变了样。刚来时，这位面条商六十二岁，看上去只有四十；脑满肠肥、容光焕发，犹如尽享艳福，那股潇洒劲儿连过路人见了也痛快，笑起来还像年轻人一样，现在却成了步履蹒跚、脸色苍白、行动迟缓的七十老翁。原来顾盼有神的蓝眼睛此时已黯然无光，成了铁灰色，没有丝毫神采，连泪水也没有了，眼眶发红，像在流血。有人讨厌他，有人倒可怜他。几个学医的大学生发现他下唇低垂，颧骨高耸，使劲儿推搡他也无任何反应，说他患了老年痴呆症。一天晚上，吃完了饭，<u>伏盖太太语带嘲讽地问他：</u><u>"喂，您的那些女儿，她们再也不来看您了?"</u>语气仿佛对他的父亲身份表示怀疑，高老头闻言浑身一颤，像被女房东捅了一刀似的。

借房东之口，说出了事实：已经达到目的的两个女儿，现在像是根本没有这个父亲。

"她们有时还来。"他激动地回答道。

"不错，不错，您偶然还能见到她们，"大学生们大声嚷道，"好极了，高老头!"

但老头子已经听不见他的回答引来的这些讽刺话，因为他又陷入了沉思之中，别人粗略一看，会以为他因为年迈而智力衰退，显得迷迷糊糊，了解他的人也许会很感兴趣，怀疑他身心是否出了问题，但做到这一点可是太难了。虽然要弄清高里奥是否真的做过面条生意以及他财产的数字并不困难，但对他的情况产生好奇的那些上了年纪的人都从不离开本区，<u>住在公寓里像牡蛎紧贴着岩石，连窝也不挪</u>。至于其他人，巴黎的生活使他们练就一种特点，一走出圣热内维埃弗新街便把他们嘲弄的可怜老头忘得一干二净。这些思想狭隘的人和没心没肺的年轻一族认为，以高老头一贫如洗和浑

比喻句。形容这些人的固执或者说条件所迫不得不在此。

浑噩噩的样子，不可能有任何财产和本事。至于高老头称之为女儿的那几个女人，大家都同意伏盖太太的看法。老太婆一般晚上都爱聊天，对什么都瞎猜一气，所以，根据这种苛刻的逻辑，伏盖太太议论说："来看高老头的那几个女人似乎都很有钱，如果真的是他女儿，他就不会住到我公寓的四层楼上，每个月只交四十五法郎的膳宿费，上街穿得那么寒酸了。"什么也否定不了这个结论。所以到了这幕悲剧发生的时候，也就是一八一九年十一月底，公寓里每一个人都对可怜的老头儿有了固定的看法：老头子从来就没有过妻子和女儿。纵欲无度使他成了一只蜗牛，按在公寓包饭的博物馆职员的说法，是一位一种应归入帽壳类的人形软体动物。和他相比，波阿雷不啻鹰和有气派的绅士，因为波阿雷至少会说话、会议论、会回答，尽管事实上只不过在用别的字眼儿重复旁人说过的话，可总是参加谈话了呀，他是活的，似乎还有感觉，而高老头呢，还是用那个博物馆职员的话说吧，在温度计上永远指着零度。

　　欧也纳·德·拉斯蒂涅度假归来，精神饱满，俨然一位奋发有为的青年，或者如同那些因环境困难，暂时还表现得十分优秀的人一样。旅居巴黎的第一年，法学院低年级功课不多，完全有空闲去品尝巴黎举目可见的物质享受。一个大学生要想弄清每一个剧院的保留剧目、摸索出巴黎这个迷宫的各个出口，学会本地的规矩和语言，习惯首都所特有的种种娱乐方式，走遍好的去处和坏的地方，有趣的课程一门不落，对各个博物馆的收藏如数家珍，他决不会嫌时间太多。他会把无聊的事视为伟大而沉湎其中，将法国公学中某位被聘请前来为高才生讲课的教授视为偶像，故意整理领带，摆好姿势，好吸引滑稽剧院楼上前排某个女人的注意。逐样都学会了以后，便脱胎换骨，扩大生活的圈子，终于了解社会

小说中的主要角色登场亮相，对后面的人物心理解读和故事情节发展，是重要的参照。

沉湎(miǎn)：沉溺(nì)。

各层次的人生百态。对在明媚的阳光下络绎不绝地驰过爱丽舍田园大道的马车，先是欣赏，很快便想自己也有一辆。欧也纳在获得法学士和文学士资格回乡度假之前，已经不知不觉地学会了这一切。童年的憧憬、外省的想法早已无影无踪。知识变了，眼界也高了，对父亲的庄园、家庭的情况，看得非常清楚。他的父亲母亲、两个兄弟和两个妹妹，以及一位除了养老金别无财产的姑母，都生活在拉斯蒂涅家那块小小的土地上。庄园的收益每年约三千法郎，不过并不稳定，要看葡萄酿酒的行情，但每年还要拨出一千二百法郎供他念书。拮据的情形，家里一直瞒着他。小时候他一直觉得两个妹妹

拮据(jū)：缺少钱，境况窘迫。

很漂亮，现在不由得把她们和他梦想中典型的巴黎美女作一比较。家里人口多，前途渺茫，如今全得指望他了。他还看到家里对一切都很珍惜，省吃俭用，连饮料都是用榨了酒的葡萄渣做的。总之许许多多无足挂齿的琐事都大大增强了他奋发图强、出人头地的欲望。和一切有志之士一样，他想凭自己的本领去闯。但他完全是南方人的气质，实行起来决心往往会动摇，像一旦到了茫茫大海的年轻人，不知道力气该往哪里使，帆该扯到哪个角度。虽然最初想发奋用功，但不久便意识到人际关系的重要，发现女人对社会生活有很大的影响力，于是突然想投身社交界，以便征服几个贵妇做自己的保护人。一个年轻人，热情、聪慧，加上潇洒的风度和令女人见了难以自持的男性美，还怕贵妇们不上钩？从前他经常和两个妹妹在田野里散步，快活逍遥，现在和她们散步时被这些思想缠绕，她们都觉得他变了。他的姑母德·玛西阿克夫人从前也曾出入宫廷，结识过那里的高官显宦。她常常把当年的回忆告诉他，使他神往不已。现在，这个雄心勃勃的年轻人从这些回忆中突然发现可以利用多方面的社会关系，其重要性至少不亚于他在法学院的成绩。他问姑母还能攀哪

雄心与野心的区别，常在利用社会关系达到不同目的上体现出来。

些亲戚。老太太细算了一下家谱，觉得在众多有钱而自私的亲戚当中，能提携她侄儿的大有人在，但只有德·鲍赛昂子爵夫人好说话。于是，她用旧文体给这位年轻的夫人写了一封信，交给欧也纳，告诉他，如果在子爵夫人身上得手，还可以通过她找到其他亲戚。拉斯蒂涅到达几天以后，便把姑母的信寄给德·鲍赛昂子爵夫人，得到的回答是一张请他第二天参加舞会的请帖。

拉斯蒂涅的第一个"人生导师"即将出场。

这就是一八一九年十一月底这个平民公寓总的情况。几天以后，欧也纳去参加德·鲍赛昂夫人的舞会，夜里两点左右才回来。在跳舞的时候，勇气十足的大学生暗下决心，回去要学习到第二天早上，把浪费的时间补回来。他要第一次在这个万籁俱寂的街区里开夜车，其实他精神百倍只是个假象，不过是看见上层社会的繁华心里兴奋而已。他没在伏盖公寓吃晚饭，因此房客们以为他一定是第二天清早才回来，像有时到普拉多舞厅玩乐或者去奥德翁跳舞，归来时丝袜溅满了泥浆，皮鞋也踩歪了。克里斯朵夫在闩大门之前，开门往街上看了看，正好拉斯蒂涅回来，轻轻地上楼，而他身后的克里斯朵夫则弄出很大的声响。欧也纳脱了衣服，穿上拖鞋，披起一件破上衣，燃起自己准备的泥炭盆，打算开始用功。他的声音并不大，完全被克里斯朵夫那双大皮鞋没完没了的响声盖住了。欧也纳一头钻进法律书里之前，先思量了片刻。他看得出德·鲍赛昂子爵夫人是巴黎的时装王后，她的府邸也被公认为圣日耳曼区最惬意的地方。无论从门第或财富来说，她都是贵族社会中的第一流人物。可怜的大学生靠着他姑母玛西阿克的引荐，得以登此龙门，但自己还不知道这种恩宠有多大的意义。被接待进这些金碧辉煌的客厅，等于获得最高的贵族证书。能在这个一般人绝对不能进入的社交圈子里露面，便得到了处处通行无阻的权利。参加舞会

不同阶层的人，有着完全不同的社会圈子。无人引见和介绍是很难进入不符合自己身份的交际场的。

的都是盛装的贵人，欧也纳看得眼花缭乱，和子爵夫人只寒
暄了几句，他便在众多天仙化人般的巴黎美女群中发现了一
位能使青年人一见倾心的女子阿娜斯塔齐·德·雷斯托伯爵
夫人。此妹长得修长匀称，被公认为全巴黎身材最美的妙人
儿之一。诸位可以想象一下，大黑眼睛、一双玉手、纤足修
短合度、一举一动都散发着火一般的热情，正如德·龙克罗
尔侯爵称之为纯种马那样的女人。刚柔的性格毫不影响她的
优点。珠圆玉润而不流于肥胖。纯种良马、高贵血统的女人，
这些字眼已经逐渐取代了安琪儿，天仙般的容貌，以及时髦
的风流子弟早已撇弃的古代爱情神话。在拉斯蒂涅的心目中，
阿娜斯塔齐·德·雷斯托夫人简直就是绝代佳人。他想方设
法在她扇子上轮候的男士名单上登记了两次，并在第一个四
组舞时对她说："夫人，今后能在哪儿见到您？"这句话说得
突兀，且热情洋溢，让女人听了好受用。于是她回答："森
林、滑稽剧院、我家，哪儿都可以。"接着，这位来自南方的
冒险青年立即和追求女子的年轻人一样，在跳四组舞和华尔
兹时尽量和这位迷人的伯爵夫人在一起。<u>他自称德·鲍赛昂
夫人的表弟，他视为名门贵妇的这位太太便邀他随时造访。</u>
临了她嫣然一笑，拉斯蒂涅更觉得非去不可了。在场的有好
些狂妄自大的风云人物，如摩冷古、龙克罗尔、马克西姆·
德·特拉伊、德·玛赛、阿瞿达·潘托、旺德奈斯等，他们
赫赫有名，自命不凡，总和最风雅的女人在一起，像布朗东
夫人、德·朗热公爵夫人、德·凯嘉鲁埃伯爵夫人、德·赛
里齐夫人、德·卡里利阿诺公爵夫人、费罗伯爵夫人、朗蒂
夫人、德·哀格勒蒙侯爵夫人、菲尔米亚尼夫人、德·利斯
托迈尔侯爵夫人、德·埃斯巴侯爵夫人、摩弗里纽斯公爵夫
人和葛朗利厄公爵夫人等，在这伙人面前暴露自己的无知是
最糟糕的事。天真的大学生拉斯蒂涅幸亏遇见一位不笑他不

社交中也需要
拉大旗作虎皮。

谙世故的蒙特里沃侯爵，此公是德·朗热公爵夫人的情人，一位单纯得像孩子般的将军。他告诉拉斯蒂涅，德·雷斯托伯爵夫人住在海尔德街。

年纪轻轻、渴望晋升上流社会、急切想得到个女人，现在看见两个权势之家已经向他敞开了大门！一只脚踏进了圣日耳曼区德·鲍赛昂子爵夫人的府邸，另一只脚又已跨入昂丹大道雷斯托伯爵夫人的宅院！能够一眼看透一连串巴黎的沙龙，自认为英俊潇洒，足以在女人的心中获得扶持和庇护！自觉有足够的雄心壮志，敢于像走钢丝的艺人，满怀信心地一脚踏上横空的缆索，把一个美貌女人看做一根最好的平衡杆而无失足跌下之虞！带着这些想法，他似乎看见那女人亭亭玉立地站在泥炭盆前，就在他学习的法典与周遭穷困之间，谁又能不和欧也纳一样冥想自己的前途和憧憬明天的成功呢？他正浮想联翩，拼命去描画将来和德·雷斯托夫人在一起的欢乐，突然听见静夜中传来哼的一声叹息，仿佛垂死的人最后一声呻吟。他心里一动，轻轻把门打开，来到过道，发现高老头房门下射出一线灯光。他担心邻居病了，便把眼睛凑到锁眼，往房间里瞧，看见老头子的行动大为可疑。这个自称做面条生意的人半夜偷偷摸摸地干什么？欧也纳心想，一定要为社会做件好事，仔细看个清楚。原来高老头把桌子掀翻，在桌子的一根横杠上拴了一个盘子和一件镀金汤盆之类的玩意儿，然后用根粗绳绕在这两件刻工精细的器皿上，拼命收紧，看样子想将它拧成金条。拉斯蒂涅看见老头子凭着那根粗绳，毫无声响地用筋肉发达的两臂将镀金的银器像面粉那样揉着，不禁心想："嗬，好家伙！此人敢情是个贼或者是个窝主？为了掩人耳目，故意装傻装笨，生活得跟叫花子似的。"他边想边站直了身子。不一会儿，又把眼睛凑到锁孔。只见高老头松开绳索，在桌子上铺条被子，将银块放上

拉斯蒂涅急切地想进入上流社会。

窥探他人的隐私，虽然不太道德，但出于好奇，仍要看个究竟。

去，卷成圆圆的一条，动作干净利落。等他把圆棒卷好以后，欧也纳心想："他难道和波兰王奥古斯特一样力大无穷？"高老头惨切切地看了看他干出的活计，眼泪直往下掉。接着，把干活儿用的蜡烛吹灭。欧也纳听见他叹了口气，躺下睡了，不禁想到："他疯了。"

＊ 直入心底的描写，表现了其心理状态，一针见血，恰到好处。

"可怜的孩子！"高老头大声说了一句。

听了这句话，拉斯蒂涅认为这件事最好不要声张，也不要随随便便责怪这个邻居。他正要回房，忽然听见一阵难以形容的声音，好像是有人穿平底布鞋上楼。欧也纳仔细听了听，果然是两个男人此起彼伏的呼吸声，既没听见门响，也没听见脚步。忽然看见三楼伏脱冷先生的房间漏出一道微光，他心想："一个平民公寓怪事可真不少！"他走下几级楼梯，侧耳谛听，传来了金币的声音。很快地，灯熄了，重新响起了两个人的呼吸声，而门却没有声响。随着那两个人下楼，声音也逐渐减弱。

"是谁？"伏盖太太打开房间的窗子喊道。

"是我回来了，伏盖大妈。"伏脱冷的粗嗓门答道。

＊ 对于惯偷而言，任何门都是没有锁的。

"这就怪了！克里斯朵夫明明闩了门的呀。"欧也纳想着回到自己的房间，"在巴黎，夜里也得睁着眼才知道周围发生了什么事。"这些小事扰乱了他异想天开的爱情梦，现在重新把功课捡起来。但思想总集中不了，先是怀疑高老头，更有甚者，面前不时出现德·雷斯托夫人那张脸，似乎预示他将来必交好运。他没法子，只好上床躺下，马上便睡熟了。年轻人发誓开夜车，临了十之有七是睡觉完事，要能熬夜，得过了二十岁才行。

第二天早上，巴黎浓雾茫茫、遮天盖地，连最准时的人也弄错了时间。买卖洽谈也误了。中午十二点敲响时，大家还以为是八点。九时半，伏盖太太在床上还没有动窝。克里斯朵夫和胖子西尔维起身也晚了，正在把房客们牛奶上漂着的那层奶油放在自己的咖啡里，慢慢地喝。西尔维让牛奶在火上开了很久，以免伏盖太太发现他们揩油。

　　"西尔维，"克里斯朵夫边把第一片烤面包泡进咖啡里边说道，"昨夜又有两个人来看伏脱冷先生。伏脱冷先生倒是个好人。如果太太问到可别告诉她。"

　　"他给你什么东西了吗？"

　　"他这个月赏了我五法郎，意思是跟我说：'别声张。'"

　　"除了他和库蒂尔太太不吝啬，其他人都想把年初一右手给我们的钱，左手再要回去。"西尔维说道。

　　"再说他们给的什么呀！"克里斯朵夫说道，"一块银币，才一法郎。高老头自己擦皮鞋都两年了。波阿雷那个守财奴连鞋油都省下，宁愿吃了也不花在鞋上。至于那个瘦鬼大学生，只给我两个法郎，连买鞋刷子都不够，那还是他卖旧衣服的钱。真是个鬼地方！"

　　"算了吧，"西尔维边小口喝咖啡边说道，"咱们的工作还是全区最好的哩，起码生活不错。克里斯朵夫，关于那个胖老头伏脱冷，你听见别人说什么了没有？"

　　"听见了。几天前，我在大街上遇见一位先生，他问我：'你们那儿是不是住着一个胖胖的、把络腮胡子染得黑黑的先生？'我呢，我这样回答：'不，先生，他不染胡子。一个像他那样的乐天派，可没那个时间。'我把这件事告诉伏脱冷先生，他说：'伙计，你做得对，以后就这样回答。让别人知道咱们的缺陷就太糟糕了，没准连老婆也讨不上。'"

　　"而我呢，也有人在市场上套我的话，想哄我说出来是否看见他穿衬衫。简直开玩笑！噢，"她把话打住，说道，"瓦尔德格拉斯医学院的钟都敲响九点三刻了，还没一个人动窝。"

　　"欸，他们都出去了。刚八点库蒂尔太太便和她的小姑娘

揩（kāi）油：比喻占公家或别人的便宜。

罪恶的交易，从来都是在太阳下山以后才进行的。

这分明是他昨夜心疼得流泪的劳动杰作：已加工成银块的银器。

到圣艾蒂安教堂领圣体去了。高老头夹了个包裹也走了。那个大学生十点下了课才回来。我是打扫楼梯的时候看见他们出去的。高老头拿的包裹还碰了我一下，硬得和铁一样。这家伙在干什么？其他人把他像陀螺那样耍，不过，他到底是个好人，比他们都好。他不怎么给钱，但他派我去见的那几位太太赏钱给得多，也漂亮。"

"是他说的那些女儿吧？数目足有一打。"

"我只去过其中两个的家里，就是来过这儿的那两个。"

"太太起来了，很快就会嚷嚷，我该去了。克里斯朵夫，你当心牛奶，看着点儿猫。"

西尔维上楼走进女主人的房间。

"怎么搞的，西尔维，已经九点三刻了，你为什么让我睡到这么晚，真是从来没有过的事。"

"因为下雾，浓得用刀都切不开。"

"那午饭还吃不吃了？"

"算了，您的房客像鬼上了身似的，天麻麻亮就都开溜了。"

人物语言的个性化是作者深厚的文学功力的表现。

"说规矩点儿，西尔维，"伏盖太太又说道，"应该说一清早。"

"噢！太太，您要我怎样说我就怎样说好了。不管怎样，十点钟您准有饭吃。米旭诺和波阿雷还没动窝，屋里只有他们两人睡得跟木墩子一样。"

"可是，西尔维，你把他们俩摆在一起，好像……"

"好像什么？"西尔维嘻嘻傻笑着说道，"本来就是一对嘛。"

"真奇怪，西尔维，昨夜克里斯朵夫闩上了大门，伏脱冷先生怎么能进来呢？"

"不，太太。他听见伏脱冷先生回来，下楼给他开门，您以为……"

"把短裤给我，快去张罗午饭吧。把剩下的羊肉配上土豆，饭后甜点用煮梨，买两里亚一个的。"

几分钟后，伏盖太太下楼，正赶上一只猫用爪子打翻了盖着一碗奶的碟子，急急忙忙地舐。

舐（shì）：舔。

"弥斯蒂格里！"她大喊道。猫跑了，接着又回来在她腿边蹭来蹭去。"唔，唔，你就来事儿吧，这老坏猫！"她说道，"西尔维！西尔维！"

"有什么吩咐？太太。"

"看看猫喝了多少。"

"都怪克里斯朵夫，我早就叫他摆桌子，可是他到哪儿去了？您别担心，太太，那是给高老头喝咖啡的。我在里面掺点儿水好了，他不会发现的。他什么都无所谓，连吃的也这样。"

西尔维的弄虚作假心理一览无遗。

"这怪家伙到哪儿去了？"伏盖太太边摆盘子边问。

"谁知道？兴许和鬼做买卖吧。"

"我睡得太多了。"伏盖太太说。

"所以太太的脸色和玫瑰一样鲜艳……"

这时候响起铃声，伏脱冷一面走进来，一面用粗嗓门唱着：

> 我曾走遍世界，
> 人们见我无处不在……

"噢！噢！您早，伏盖妈妈，"他一眼瞥见房东太太，便潇洒地搂着她说道。

"得了，快给我撒手。"

"您就说我放肆好了，"伏脱冷又说道，"喂，您说呀。干嘛不说呀？您看，我和您一起摆桌子。瞧，我多好，不是吗？

追完棕发的姑娘又追金发的，

又是爱呀，又是叹息……

"我刚看见一件新鲜事……

纯属偶然。"

"什么事?"寡妇问道。

"高老头八点半去了王妃街一家收购旧餐具和旧肩章的首饰店，卖了一件镀金的银器，价钱不错。那件银器是拧成条子卖的。他不是干这行的，能有这样的手艺真不简单。"

"咦，真的?"

"我刚送一个朋友坐王家的邮车出国，回来路上看见高老头，想知道他干什么，找点儿笑料。只见他返回本区砂岩街，走进一个名叫高布赛克的人家里，此人放高利贷出了名，是一个骄横霸道、能将自己父亲的骨头当骨牌卖的家伙，大概是个犹太人或者阿拉伯人、希腊人、波希米亚人，总之是个一毛不拔、把钱都存在银行里的主儿。"

"那么高老头要干什么?"

"他能干什么，吃尽当光呗! 这蠢货玩女人不惜倾家荡产。"

"他来了。"西尔维说道。

"克里斯朵夫，"高老头喊道，"跟我上楼。"

克里斯朵夫随着高老头上楼，很快又下来了。

"你上哪儿?"伏盖太太问她的仆人。

"给高里奥先生办件事。"

"这是什么?"伏脱冷说着从克里斯朵夫手里一把抢过一封信，上面写着："呈阿娜斯塔齐·德·雷斯托伯爵夫人"。接着，把信还给克里斯朵夫，又问道："你是去……"

"海尔德大街。他吩咐我将这封信亲手交给伯爵夫人。"

"里面是什么？"伏脱冷边说边把信往亮处照了照，"一张钞票？不像。"他把信封稍稍拆开了点儿，大声说道："一张赎回来的借据。好嘛，老家伙真够巴结的。去吧，老滑头，"说着，他张开大手，按着克里斯朵夫的头，使他像骰子般就地转了几转，"你的赏钱一定少不了。"

高老头忙了一宿并心疼流泪的谜底终于被揭开，用银器赎回伯爵夫人（其实是他大女儿）的高利贷借据。

餐具摆好，西尔维热牛奶，伏脱冷一面帮伏盖太太生炉子，一面仍然哼着：

我曾走遍世界，
人们见我无处不在。

等一切准备停当，库蒂尔太太和泰伊番小姐从外面回来了。

"那么早到哪儿去了，美丽的太太？"伏盖太太问库蒂尔太太道。

"我们去圣艾蒂安教堂祈祷来着。今天不是该去泰伊番先生那儿吗？可怜的小姑娘，她冷得直哆嗦。"库蒂尔太太说着在炉子前面坐下，把鞋子伸向炉口，鞋子立刻冒出了热气。

"来烤烤火吧，维克托莉。"伏盖太太说道。

"小姐，祈求仁慈的上帝使您父亲发善心固然好，但这还不够，"伏脱冷说着拿把椅子给姑娘坐，"还得有个朋友去训训这可恶的老东西，听说这个蛮不讲理的家伙有三百万，可就愣不给您一份嫁妆。这年头，就算是美人也需要嫁妆啊。"

嫁（jià）妆：女子出嫁时，从娘家带到丈夫家去的衣被、家具及其他用品。

"可怜的孩子，"伏盖太太说道，"我的乖乖，您那魔鬼父亲会遭报应的。"

听了这几句话，维克托莉眼睛湿润了。寡妇见库蒂尔太太做了个手势，也就没往下说。

"要是咱们能见到他，要是我能和他谈谈，把他妻子的遗书交给他就好了。"军需官的遗孀接着说，"我一直不敢通过邮政寄给他，因为他认得出我的笔迹……"

"啊！天真无辜、不幸而受迫害的女人哪，"伏脱冷打断她的话大声说道，"这就是您目前的处境！过几天我就要插手管管您的事，一切都会很顺利的。"

"啊，先生，"维克托莉用湿润的眼睛热情地看了伏脱冷一眼，但伏脱冷无动于衷，"如果您有办法见到我父亲，请告诉他，对我来说，他的爱和我母亲的名誉比世界上一切财富都珍贵。如果您能使他稍稍回心转意，我一定为您祈祷。我将感恩不尽……"

"我曾走遍世界……"伏脱冷用讽刺的声音唱道。

这时候，高里奥、米旭诺小姐、波阿雷也许闻到了西尔维为剩羊肉准备汤汁的味道，都下楼来了。等七位房客入座并互道早安时，十点敲响了。街上传来了大学生的脚步声。

"好极了，欧也纳先生，"西尔维说道，"今天您跟大伙儿一块吃饭了。"

大学生向众人打了招呼，便在高老头身边坐下。

"我刚刚有一桩奇遇。"他说着舀了许多羊肉，又切了一大块面包，伏盖太太的眼睛一直盯着他，看他切多少。

"一桩奇遇！"波阿雷说道。

"欸，您干吗大惊小怪呀，老伙计，"伏脱冷对波阿雷说，"这位先生一表人才，自然会有奇遇。"

泰伊番小姐怯生生地偷偷看了大学生一眼。

"把您的奇遇说出来给我们听听。"伏盖太太说。

"昨天我参加了德·鲍赛昂伯爵夫人的舞会，她是我的表姐，住的房子很豪华，每间屋都装饰着绫罗绸缎，总之，晚会组织得很好，我乐得像个皇帝……"

"像只黄雀。"伏脱冷直截了当打断他的话，说道。

"先生，"欧也纳立即追问，"您什么意思？"

"我说，像只黄雀，因为黄雀比皇帝快活得多。"

波阿雷应声说道："说得对，我宁愿做这样一只无忧无虑的小鸟也不愿做皇帝，因为……"

"总之，"大学生不容他讲完便接着说道，"我和舞会上最漂亮的女人跳舞，是一位迷人的伯爵夫人，我从未见过这样美的人物。她头戴桃花，周围也装饰着鲜花，真是香风阵阵。唉，说也没用，你们必须亲眼看到才知道，她的翩翩舞姿，实在无法形容。你们说怎么着，今天早上九点钟，我却看见这位天仙般的伯爵夫人徒步在砂岩街上走。啊！当时我的心扑扑直跳，以为……"

"她到这儿来。"伏脱冷说着深深地看了大学生一眼，"她大概是去找那个放高利贷的高布赛克老爹。如果您仔细搜索一下巴黎女人的内心深处，您一定会先发现放高利贷的人，然后才是情夫。您那位伯爵夫人芳名阿娜斯塔齐·德·雷斯托，住在海尔德街。"

一听见这个名字，大学生瞪大眼睛看着伏脱冷。高老头也猛地抬起头盯着他们，闪闪的目光充满忧虑，使众人吃了一惊。

"克里斯朵夫到晚了，她一定已经去那儿了。"高里奥痛苦地叫了起来。

"我猜对了。"伏脱冷俯身在伏盖太太耳边说道。

高里奥机械地把东西往嘴里送，根本不知道自己吃的是什么，迷迷糊糊，心不在焉，这样的神态，以前从未有过。

"伏脱冷先生，她的名字是谁告诉您的？"欧也纳问道。

"欸，这个嘛，"伏脱冷回答道，"连高老头都知道，我哪能不晓得？"

"高里奥先生！"大学生惊叫了起来。

又是一句绝妙的批判与讽刺。

"怎么!"可怜的老人问道,"昨天,她真的很漂亮?"

"谁?"

"德·雷斯托夫人。"

"您瞧那个老抠门儿,"伏盖太太对伏脱冷说,"眼睛直发亮。"

"难道他养着那女人不成?"米旭诺小姐低声问大学生。

这时候,高老头正急不可耐地看着欧也纳,等着他的回答。

高老头关切女
儿的慈父之情
跃然纸上。

"噢,当然,"大学生又说道,"要是德·鲍赛昂夫人不在场,那位天仙般的伯爵夫人就一定是舞会的王后。年轻人眼睛都盯着她,我在登记和她跳舞的名单上是第十二名。没有一次四组舞缺了她。其他女人都气坏了。要问昨天谁最高兴,肯定就是她。世界上最好看的莫过于帆船破浪,骏马飞驰,美人起舞,这话一点儿没错。"

所谓上流社会
的贵妇人,在
作者的笔下,
其灵魂是如此
的肮脏和丑陋。

"昨日春风得意,出入公爵夫人的宅第,今天跌入谷底,求助于债主之门,这就是巴黎女人的写照。她们挥金若土,如果丈夫供不起,她们便出卖自己,不惜剖开母亲的肚子去寻找金银。总之,什么招都使得出来。这类事多了,多了。"

高老头刚才听见大学生的话,脸上犹如晴空万里、阳光灿烂,现在听了伏脱冷尖刻的议论,天又突然阴了下来。

"喂,"伏盖太太说道,"您的奇遇呢?您和她说话了吗?她有没有要您教她法律?"

"她没看见我。"欧也纳说道,"可是,早上九点在砂岩街碰见一个巴黎最漂亮的、肯定夜里两点才跳完舞回家的美人,难道不奇怪吗?而这种怪事只有巴黎才有。"

"得了,比这更怪的有的是。"伏脱冷大声说道。

泰伊番小姐几乎没听他说话,因为她心里正盘算着要去干一件事。库蒂尔太太示意叫她起来去换衣服。两个女人走后，高老头接着也走了。

"喂，你们看出来没有？"伏盖太太对伏脱冷和其他房客说道，"他显然已经为那些女人倾家荡产了。"

"我说什么也不相信美丽的德·雷斯托伯爵夫人是高老头的相好。"大学生高声说道。

"我们并非一定要您相信，"伏脱冷打断他的话说，"您太年轻，不了解巴黎，慢慢您就会知道，巴黎有一种我们称之为多情种子的男人……"（听到这个词，米旭诺小姐会意地看了伏脱冷一眼，仿佛战马听见了号角。）"当然，当然，"伏脱冷说到这里停下来，深深地看了看她，"咱们谁没有过几度小小的感情经历呢？"（老小姐闻言低下了头，仿佛修士看见了裸体雕像。）"再说，"他接着说道，"这类人有了一种想法就死抓住不放。只认定一口水泉喝水，这水往往还是臭的。为了喝到这种水，不惜卖老婆、孩子，或者把灵魂出卖给魔鬼。对某些人来说，这水是赌博、股票交易所、收藏油画或者搜集昆虫标本、音乐，而对另一些人来说，这水是一个能给他们做精美饭菜的女人。这种人，你把世界上所有的女人给他们，他们也不要，而只要能满足他们情欲的那一个。这女人又往往并不爱他们、既悍且泼，要他们付出高昂的代价才给予他们一点点满足。你猜怎么着，这些人可笑透了，竟乐此不疲，甚至将最后一床被也送进当铺，好换几个钱乖乖地送上。高老头就属于这类人。因为他不会乱说，所以伯爵夫人便利用他，这就是上流社会！可怜的家伙心里只有她。你们都看到了，除了这一点儿痴情，他简直是头蠢驴。一谈到这方面，他便容光焕发，像闪亮的钻石。要猜出他的秘密并不困难。今天早上，他把镀金的银器拿去熔化，后来又见他走进砂岩街高布赛克老爹家里。接着，回来以后，又派克里斯朵夫那呆子送一封信给德·雷斯托夫人，克

从这时起，拉斯蒂涅的第二个人生导师伏脱冷，开始行使"教诲"年轻人的职责。

里斯朵夫给我们看了信上的地址，里面装了一张赎回的借据，钱已经还了。伯爵夫人之所以也去那个放债人那里，显然是情况紧急。高老头很大方地替她还了债。不必把两件事联系起来就已经看得很清楚。这就说明了，年轻的大学生，当您的伯爵夫人欢笑、跳舞、嬉闹、摇晃着头上的桃花，纤手拈弄着裙裾的时候，其实她的处境正如俗语所说：穿着小鞋走路，脑子里净想着自己或者自己的情人到了期却还不起的债务哩。"

虽然这番话很尖刻，但无疑是在提醒想向上爬的年轻人：你所向往的上流社会，不过是金玉其外、败絮其中，外强中干罢了。

"听了您的话，我真想知道个究竟。明天我就去问德·雷斯托夫人。"欧也纳大声说道。

"对，"波阿雷说，"该去问问德·雷斯托夫人。"

"您也许在她那儿会遇见高里奥那家伙，正为自己做的好事收风流账呢。"

"这样说来，"欧也纳厌恶地说道，"您的巴黎竟是个臭泥塘了。"

"而且是个千奇百怪的臭泥塘。"伏脱冷又说道，"这里凡是坐车的都算正人君子，拖着两条腿走路的就是小人。你不幸扒窃一点儿什么东西，就给拉到法院广场上去示众，让人拿你当把戏看。若是偷了一百万，交际场上就说你功德无量。你们花三千万养着警察局和法院为的就是维持这种道德。妙哇！"

作者借一个逃犯之口，鞭挞那些道貌岸然的正人君子，痛斥维护有钱人利益的社会和法律。

"怎么，"伏盖太太大声问道，"高老头把镀金的银餐具拿去熔掉了？"

"盖上有两只斑鸠的不是吗？"欧也纳也问道。

"正是。"

"那可是他的宝贝啊。他折腾那个碗和那个盘子的时候都哭了。我是偶然看见的。"欧也纳说道。

"他把这些东西看做命根子。"寡妇回答道。

"你们看，这个人痴心到什么地步。"伏脱冷大声说道，"那女人简直把他弄得神魂颠倒。"

大学生上楼回自己的房间。伏脱冷出去了。几分钟后，库蒂尔太太和维克托莉叫西尔维雇了辆马车，也走了。波阿雷让米旭诺小姐挽着自己的胳膊，双双去植物园散步，享受一天中这两小时美好的时光。

"好嘛，瞧这两个人几乎像已经结了婚一样，"胖子西尔维说道，"今天是第一次一起外出。两个人就像干柴烈火，一碰准着。"

"可得小心米旭诺小姐的披肩，"伏盖太太大笑着说道，"像火绒一样易燃呢。"

下午四点，高里奥回来了，在两盏冒烟的油灯下，看见维克托莉两眼通红。伏盖太太听着她叙述早上造访泰伊番先生失败的经过。泰伊番先生听说他女儿和一位老太太来找他，不胜其烦，便答应见面，好和她们说个明白。

"亲爱的太太，"库蒂尔太太对伏盖太太说，"您想得到吗？他连坐也不让维克托莉坐，让她一直站着。对我嘛，他倒没生气，只是冷冷地说，我们不必来找他了，还说小姐（不说他女儿）老来纠缠（一年只不过一次，这魔鬼）！只能招他讨厌，维克托莉的母亲当年过门时没有陪嫁，所以女儿也不应要求什么嫁妆。总之，说了许多绝情的话，可怜的姑娘听了哭得像泪人儿似的，跪倒在父亲脚下，鼓起勇气说，她这样做只是为了母亲，她愿遵从父命，不敢埋怨，只要求父亲看看亡母的遗嘱。她拿出母亲的信递给他，好话说尽，声声出自肺腑，真不知道她从哪里学来的。大概是上帝的启示吧，她说得情深意切，我听了也不禁泪如雨下。您知道那个狠心的人怎么着？他径自修指甲，把那封被可怜的泰伊番太太用泪水浸透的信拿过来，扔在壁炉上，一面说：'好了，好了。'他想把他女儿拉起来，他女儿抓住他的手想亲吻，他却把手缩了回去。这不是太可恶了吗？这时，他那傻瓜儿子进来了，也不跟妹妹打招呼。"

"难道都是些魔鬼？"高老头说。

"接着，"库蒂尔太太没理会他的感叹，继续说道，"父子二人冲我点点头，抱歉说有要紧事就走了。这次拜访的经过就是这样。至少他见到了他的女儿，两个人长相一模一样，真不知道他怎么能不认她。"

包膳宿的和包饭的客人陆续来到，他们互相问好，彼此说一些废话，在巴黎某些阶层的人士中间，这些内容十分无聊的客套话，加上特别的手势和发音，就算是诙谐幽默，这些土语不停地变换，主要是开玩笑，流行的时间从不超过一个月。政治事件、刑事诉讼、街上的歌谣、演员的逗乐等，一切都可以成为插科打诨的内容，思想和词语像羽毛球一样，用拍子击过来，打过去。最近发明了一种透景画，把视觉的变幻推到更高的层次，比全景画更胜一筹，于是某些画室里便拿这个词开玩笑，说什么都带个"拉马"作词尾。有个年轻画家是伏盖公寓的常客，把这种玩笑带了进来。

"喂，波阿雷先……生，"博物馆职员问道，"您的健康拉马怎么样？"接着，不等对方回答，又对库蒂尔太太和维克托莉说道："太太们，你们有心事了。"

"能吃饭了吗？"荷拉斯·毕安训大声问道，他是拉斯蒂涅的朋友，一个医科大学生。"我的肚皮快usque ad talones 了。"

"瞧今天天气这冰拉马！"伏脱冷说道，"高老头，您过去点儿！见鬼，您的脚把整个炉口都挡住了。"

"大名鼎鼎的伏脱冷先生，"毕安训说道，"您干吗说冰拉马？错了，应该说：冷拉马。"

"不对，"博物馆职员说道，"按照规则，该说：够冰拉马的，意思是：我脚冷。"

"哦！哦！"

"瞧，歪法博士德·拉斯蒂涅侯爵阁下到！"毕安训大叫了一声，趋前钩住欧也纳的脖子，使他透不过气来，"哎，来人啊！哎！"

米旭诺小姐款款进来，一言不发地向大家点了点头，然后走到三位女士旁边坐下。

"我一见她就发颤，这只老蝙蝠，"毕安训指着米旭诺小姐，低声对伏脱冷说，"我是研究加尔理论的，总觉得她有犹大的反骨。"

"先生很了解犹大？"伏脱冷问道。

"谁没遇见过犹大呢？"毕安训回答道，"我以名誉起誓，我觉得，这个脸色苍白的老姑娘就像那一条长虫，连房梁也能蛀空。"

"这就对了，年轻人。"已届不惑之年的伏脱冷边梳着络腮胡子边说道。

> 那朵玫瑰，像所有玫瑰一样，
>
> 只活了一个早上。

"哈哈！美味的汤拉马来了。"波阿雷看见克里斯朵夫毕恭毕敬地端着汤出来，说道。

> 毕恭（gōng）毕敬：十分恭敬。

"先生，请您包涵，"伏盖太太说道，"是白菜汤。"

所有年轻人都哈哈大笑起来。

"输了，波阿雷！"

"波阿……雷特，输了！"

"给伏盖太太加两分。"伏脱冷说道。

"有人注意到今早的大雾了吗？"博物馆职员问道。

"那是一场疯狂的、前所未有的、凄凄惨惨切切的、高里奥式的雾。"毕安训说道。

"高里奥拉马的雾,因为昏天黑地,什么都看不见。"

"喂,高乌里奥特爵爷,说您哪。"

高老头坐在桌子的下首,靠近仆人端菜进出的门,此时正抬起头,从餐巾下取出一片面包,送到鼻子下去闻,这是过去做买卖时的老习惯,不时还会流露。

"怎么啦!您觉得面包不好吗?"伏盖太太语带讽刺,嗓门盖过了汤勺、盘子和说话的声音。

"恰恰相反,太太,"老头儿回答道,"面包是用质量一流的埃唐帕面粉做的。"

"您怎么看得出来?"欧也纳问他。

"冲它的白和它的味道。"

"既然您闻,就是冲它的香味了。"伏盖太太说道,"您那么节约,将来只要闻闻厨房的香味就能活下去。"

"那就申请发明专利吧,"博物馆职员大声说道,"这样您准能发笔大财。"

"算了,他这样做是要我们相信他做过面条买卖。"画家说道。

"这么说来,您的鼻子竟是个蒸馏瓶了?"博物馆职员还在追问。

"蒸什么?"毕安训问道。

"蒸面饼儿。"

"蒸肉丁儿。"

"蒸黄瓜丁儿。"

"蒸肉饼儿。"

"蒸萝卜缨儿。"

"蒸肝尖儿。"

"蒸羊腿儿。"

"蒸蹄筋儿。"

八个回答像连珠炮一样，从餐厅的四面八方飞来，可怜的高老头傻乎乎的，像竭力想听懂外国语似的，惹得众人哈哈大笑。

"蒸什么？"他问身边的伏脱冷。

"蒸猪爪，老兄！"伏脱冷说着用手往高老头头上一拍，老头的帽子便一下子压到了眼睛上。

可怜的老头儿被这突然的一下弄糊涂了，一时没有反应过来。克里斯朵夫以为老头儿已经喝完了汤，便把盘子收走了。高里奥推起帽子，拿勺一舀，却碰到了桌面，引起一阵哄堂大笑。

"先生，"老头儿说道，"您的玩笑太缺德，要是您还这样按我……"

"那又怎样？老头儿！"伏脱冷打断他的话，问道。

"怎样？总有一天，您会倒霉的……"

"下地狱，不是吗？进那个关坏孩子的黑房呗！"画家说道。

"喂，小姐，"伏脱冷对维克托莉说，"您吃不下，是不是您爸爸顽固不化呀？"

"冥顽不灵。"库蒂尔太太说道。

"总得让他讲讲理才行。"伏脱冷说道。

拉斯蒂涅的座位离毕安训很近，接着说道："不过，因为小姐不吃东西，所以大可就食物问题告他一状，嘿，嘿，您瞧，高老头正打量维克托莉呢。"

老头只顾看着可怜的姑娘，竟忘记了吃饭。姑娘眉宇间流露出真正的痛苦，那是爱父亲可又不为父亲所承认的孩子内心所感到的痛苦。

从受人尊敬到任人捉弄，高老头真切地感受到了世态炎凉。

冥顽：昏庸顽钝。

触景生情。这段描写形成了爱女儿与爱父亲的鲜明对比。

　　"亲爱的，"欧也纳低声对毕安训说道，"咱们错怪高老头了，他既不是傻瓜，也不是孬种。你试用加尔的理论给他看看相，然后把你的看法告诉我。昨天夜里，我亲眼看见他把一个镀金的银盘拧成一卷，跟拧蜡一样，而此时此刻，他的神态流露出一种异样的感情。我觉得他的身世太神秘了，很值得去探究一下。是的，毕安训，你别乐，我不是开玩笑。"

　　"此人是医学上一个实例，"毕安训说道，"好吧，如果他愿意，我给他作个解剖。"

　　"不，摸摸他的头就行了。"

　　"那好吧，不过他的傻气没准儿有传染性。"

▌情境赏析▐

　　本章中我们了解了一种写作手法，就如作者巴尔扎克作品中较常见的"旁白"的形式，在故事的叙述中，不时夹杂作者内心的想法，对社会现象或点评、或抨击、或引发读者思考。这些绝非可有可无的，我们可以从中了解作者的思想、观点，以及故事发生的社会背景、历史环境等有助于我们更深刻理解故事内涵及所展现的生活画卷。这一章中，作者逐一或详细或简略地介绍了故事中形形色色的角色，可以说，这些人物所在的公寓就构成了一个小型社会，更重要的是，它集中反映了当时社会各阶层人士的生活形态，也就是说，这是一个微缩社会，反映了社会大动荡之后各色人等的命运的沉沉浮浮。

▌名家点评▐

　　巴尔扎克是他那个时代的社会的洞察入微的历史家。他比任何人都善于使我们更好地了解从旧制度向新制度的过渡。从塑造形象和深度来说，没有人能比得上巴尔扎克。

——（法）法朗士

作者以拉斯蒂涅造访贵妇人的经历为线索，巧妙交代了高老头的身世和他两个嫁入豪门的女儿的虚伪与无情。伯爵府上与高老头的不期而遇，让这位富有同情心的年轻人，险些触犯了巴黎上流社会的"潜规则"。子爵夫人的色厉内荏，却让这位心存善良的大学生，明白了金钱交易下"人吃人"的道理。而神秘人伏脱冷的"开导点拨"，更是给这个早想打入上流社会的"淘金者"上了一课：要做人上人，金钱才是主宰，"财富就是道德"。

第二天，拉斯蒂涅穿得漂漂亮亮，下午三点左右，动身去德·雷斯托夫人家。他满怀着希望，一路上胡思乱想，而正因如此，年轻人才觉得生活既美好又使人激动。他们并不考虑艰难险阻，在任何事情上都只看到成功，凭想象认为自己的生活充满诗意。计划遭到挫折，便垂头丧气。其实这些计划还只是他们一相情愿的狂想。要不是他们无知和腼腆，社会秩序就不堪设想了。欧也纳小心翼翼地走，生怕弄脏了鞋，边走心里边考虑该跟德·雷斯托夫人说些什么。先准备些风趣的话，琢磨谈话中该怎样敏捷应对，妙语连珠，编造一些塔莱朗式的警句，设想一些表明心迹的合适机会，因为大好前程在此一举。后来不幸还是把鞋子弄脏了。大学生不得不在王宫市场叫人把鞋子擦擦，把裤子也刷一刷，拿出一枚留作应急的三十个苏的银币兑换成零钱。这时候，他心想："如果有钱，我就可以坐在马车里舒舒服服地考虑了。"他终于来到海尔德大街，求见德·雷斯托伯爵夫人。仆人没听见门口的马车声，又见他步行穿过院子，便向他投来轻蔑的目光。他冷静地强忍怒气，深信自己将来必有出头之日。更使他难受的是，一进院子，他便明白了自己低人一等，因为院子里停了一辆华丽的双轮马车，骏马雕鞍，装备齐全，说明车的主人生活奢华，挥金似土，习惯了巴黎的种种享受。他只好一个人生闷气。本以为自己满脑子聪明才智，此刻却茅塞紧闭，异常迟钝。仆人进去通报，欧也纳在前厅等待伯爵夫人的答复。他站在窗前，一脚支地，手肘靠在窗子的插销上，无聊地看着外面的院子，只觉得时间过得真慢。南方人天生有股韧劲儿，若能一直坚持，奇迹也会出现。此刻如果没有这种韧劲儿，欧也纳早就不等下去了。

"先生，"仆人出来说道，"夫人在屋里正忙，没有给我答复。不过，如果先生愿意，可以在客厅稍候，已经有客人在那里了。"

拉斯蒂涅很佩服这些下人有此惊人本领，一言半语便能说主人的坏话或判断主人的情况。他边想边随意推开仆人出来的那扇门，大概想让那些骄横的仆人知道，他认识宅里的主人。不料糊里糊涂走进了一间屋子，里面有灯，有碗柜，还有烘干浴巾的架子。屋子通向一条黑魆魆的过道和一道暗梯。此时，前厅传来一阵窃笑声，他茫然不知所措。

"先生，客厅在这边。"那仆人说时表面上毕恭毕敬，其实是多加了一分嘲笑。

欧也纳急忙转身，不料却碰到了浴缸，幸亏及时揪住帽子，没掉在浴缸内。这当儿，长长的过道尽头，一扇门打开了，出现一盏小灯，拉斯蒂涅听见德·雷斯托夫人和高老头的声音，还夹着一声亲吻。他回到饭厅，随着仆人一直走进第一间客厅，发现外面就是院子，便走过去，站在窗前。他想看清楚，这个高老头是否真的是他那个高老头。他心跳得出奇的快，同时想起了伏脱冷可怕的说法。仆人在客厅门口等他，但突然从门里走出一个衣着华丽的年轻人，不耐烦地说："我走了，摩里斯。你告诉伯爵夫人我等了半个多钟头了。"这个傲气十足的人（他大概有权这样）哼着一支意大利小曲，一面朝窗口走来，想看看大学生的模样，当然也想看一下院子。

"不过，伯爵先生最好再等一会儿，夫人的事办完了。"摩里斯说着回到了前厅。

这时候，高老头从那条小楼梯的出口走到了大门附近，抽出雨伞，准备撑开，没注意大门已经敞开，一个挂满勋章的年轻人驾着一辆轻便马车冲了进来，高老头连忙后退，才未被马车轧死。马被塔夫绸的伞面惊吓，往旁边一偏，直奔台阶。年轻人怒气冲冲地回头看了看高老头，趁他尚未走出大门之前，向他行了个礼，其勉强表示的敬意，仿佛对方是有时不得不有求于他的高利贷者，或者是你当面不敢得罪，回过头又为此感到脸红的坏蛋。这几件事接连发生，快如闪电。欧也纳全神贯注，没感觉到身边还有别人，突然听见伯爵夫人的声音传来。

"噢，马克西姆，您要走了。"夫人话里颇有责怪之意。

伯爵夫人刚才没有注意到马车进来。拉斯蒂涅猛地转过身子，看见伯爵夫人娇艳地穿着一件白色开司米晨衣，头发梳得很随便，巴黎女人早上都是如此。她浑身散发出阵阵香气，大概刚洗过澡，更兼明眸似水，柔媚中显得更加诱人。年轻人眼尖，一切都逃不过他们的目光，因为他们的思想与女人的艳光合二为一，有如一棵植物在空气中总能吸取到合适的营养。欧也纳不需接触便已感受到夫人纤手的柔嫩。透过稍稍敞开的开司米晨衣，已经看见夫人裸露的粉红色胸脯。他的眼睛不禁在上面流连。伯爵夫人不必鲸骨撑腰，素带一围，自显得身材窈窕，粉颈诱人，套鞋内的双足也纤腴合度。当马克西姆拿着夫人的手亲吻时，欧也纳才看见马克西姆，而伯爵夫人也刚看见他。

"啊，是您，德·拉斯蒂涅先生，看见您真高兴。"她说话的神态，聪明人一见便会唯命是从。

马克西姆看看欧也纳，又看看伯爵夫人，分明是向她示意，叫不速之客趁早离开："喂，亲爱的，希望你立刻叫这小混蛋滚开！"阿娜斯塔齐伯爵夫人称之为马克西姆的这个年轻人傲气十足，虽然没有这样说出来，但其眼神明确无误地表达了这个意思。而夫人也在观察他的脸色，柔顺之态无意中泄露了一个女人心里的全部秘密。拉斯蒂涅恨透了这个年轻人。首先，此人长着一头漂亮的金黄色鬈发，相形之下，自己的头发显得多么难看。其次，马克西姆精美的皮靴纤尘不染，而自己的靴子，尽管走来时处处当心，到底还是沾上薄薄一层泥土。再说，马克西姆的礼服优雅合身，使他形同美女，反观欧也纳，下午两点半还穿着黑色的外衣。这个身材修长、白皮肤、淡眼睛的花花公子，没父母照应的青年和他交往非被他毁了不可。来自夏朗德省的聪明孩子面对他的鲜衣美服，当然自愧不如。德·雷斯托夫人不等欧也纳回答，便像鸟儿般飞进了另一间客厅，晨衣的裙裾，翩翩起落，亚赛蝴蝶。马克西姆紧随其后。愤怒的欧也纳也跟着二人，亦步亦趋。三个人同时来到大客厅中央，壁炉附近。大学生明知可恶的马克西姆嫌自己碍事，却有意和这位公子哥儿捣乱，即使惹德·雷斯托夫人不高兴也在所不惜。忽然间，他想起在德·鲍赛昂夫人的舞会上见过这个年轻人，于是便猜到了马克西姆和德·雷斯托夫人之间的关系。他年纪轻，胆子大，行动不是闯下大祸，便是获得成功。他心想："他是我的情敌，我一定要击败他。"真是莽撞的家伙，他不知道，马克西姆·德·特拉伊伯爵惯常故意让别人向他挑衅，然后首先开枪，致人死命。欧也纳虽是打猎好手，但靶场二十二个人形木靶，还打不中二十个。年轻的伯爵在壁炉旁一张安乐椅上坐下，拿起火钳子，没好气地往炉膛里使劲儿乱拨，阿娜斯塔齐漂亮的脸上顿时忧形于色。伯爵转过头来，冷冷地盯着欧也纳，意思在问："你为什么不走开？"有教养的人一见这势头便知道是下逐客令了。

欧也纳装作若无其事地说道："夫人，我急着拜见您，是因为……"

他忽然停住，门开了，刚才驾马车的那位先生突然冲了进来。他没戴帽子，也不和伯爵夫人打招呼，只是不放心地看着欧也纳，同时把手递给马克西姆，一面友好地对他说："你好！"欧也纳大惑不解。来自外省的年轻人根本不懂得三人世界有多么甜蜜。

"这位是德·雷斯托先生。"伯爵夫人指着自己丈夫给大学生介绍。

欧也纳深深一躬。

伯爵夫人继续把欧也纳介绍给丈夫："这位是德·拉斯蒂涅先生，因玛西阿克一家的关系，和德·鲍赛昂子爵夫人是亲戚，我在她家上一次舞会上认识的。"

因玛西阿克一家的关系，和德·鲍赛昂子爵夫人是亲戚！宅子的这位女主人说这句话时故意加重语气，以便骄傲地证明在她府上往来的都是有身份的人物。这句话果然有魔力，伯爵听了便一改冷淡矜持的态度，和大学生打招呼，说了声：

"幸会幸会！"

马克西姆·德·特拉伊伯爵也不安地看了欧也纳一眼，脸上顿时傲气全消。一个姓氏竟有如此威力，像魔术棒一样，使这个南方人茅塞顿开，原先准备好的机敏言谈也全部恢复。巴黎上流社会对于他本是漆黑一团，此刻突然一道天光，使他看得透透彻彻。伏盖公寓、高老头已经被抛到九霄云外。

"我还以为玛西阿克家族已经没有后人了呢。"德·雷斯托伯爵对欧也纳说道。

"不错，先生，"欧也纳回答道，"先伯祖父德·拉斯蒂涅骑士娶了玛西阿克家的独女，只生了一个女儿，嫁给德·鲍赛昂夫人的外祖父德·克拉兰博元帅。我们是最小的一支。加之先伯祖父海军中将尽忠王室，财产荡然无存，从此一贫如洗。革命政府将东印度公司清盘时，不承认我们的股权。"

"令伯祖父一七八九年以前不是指挥复仇者号的吗？"

"正是。"

"那么，他一定认识先祖了。当时先祖指挥伏威克号。"

马克西姆耸耸肩膀，瞧了瞧德·雷斯托夫人，仿佛说："如果他和这家伙谈海军，咱们就插不上嘴了。"阿娜斯塔齐明白德·特拉伊先生的意思，便以女人那种巨大的魅力，笑着说道："来吧，马克西姆，我有点儿事要问你。先生们，你们就驾着复仇者号和伏威克号一起出航吧。"她站起来，向马克西姆做了个串通一气而略带讽刺意味的暗号，马克西姆便跟着她往她的小客厅走去。这临时组合的一对刚走到门口，伯爵便中断他和欧也纳的谈话，有点儿生气地喊道：

"阿娜斯塔齐！亲爱的，你别走，你明明知道……"

"我就来，我就来，"她打断丈夫的话说道，"我跟马克西姆说说我要托他办的事，一会就完。"

她很快就返回来。如同所有想要随意行动的妻子，不能不仔细研究丈夫的性格，懂得该做到什么地步才不会失去丈夫宝贵的信任，在生活琐事上不和丈夫顶撞。伯爵夫人从伯爵声音的变化知道，留在小客厅绝没好处。此等困难均缘欧也纳而起。因此，伯爵夫人满怀怨恨地指着大学生向马克西姆示意。而马克西姆则语含讥讽地对伯爵夫妇和欧也纳说：“各位，既然你们有事要谈，我就不再打扰，失陪了。”

“别走哇，马克西姆！”伯爵喊道。

“来吃晚饭吧。”伯爵夫人再次扔下欧也纳和伯爵，随马克西姆来到第一个客厅，并一起在那儿待了一段时间，等德·雷斯托先生把欧也纳打发走。

拉斯蒂涅听见他们接连大笑，时而说话，时而沉寂。这个狡黠的大学生故意在德·雷斯托先生面前卖弄，不断地恭维他，引他进行讨论，以便能再次见到伯爵夫人，弄清楚她和高老头之间到底是什么关系。这个女人显然和马克西姆有一手，丈夫对她服服帖帖，但她私下又和那个做面条生意的老头有来往。他实在捉摸不透，他想戳穿这个秘密，希望以此把这个典型的巴黎女人捏在手上。

“阿娜斯塔齐。”伯爵又喊了他妻子一声。

“得了，可怜的马克西姆，”她对那个年轻人说，“忍耐一下吧。晚上见……”

“娜齐，”马克西姆凑到她耳边说，“我希望你把这小子打发掉。刚才你的晨衣敞开了点儿，他的贼眼便灼灼放光。他会对你表明他爱你的心迹，连累你，最后逼得我只好把他杀掉。”

“你疯了吗，马克西姆！”她说道，“这些毛头大学生不是最好的避雷针吗？我会使雷斯托厌烦他的。”

马克西姆大笑着出去了，伯爵夫人送他，然后跑到窗前，见他登上车子，策马扬鞭而去。等大门关上，她才回来。

“我说，亲爱的，”她回到客厅时，伯爵对她说道，“这位先生家住的地方就在夏朗德河边，离韦尔特伊不远。他的伯祖父和我的祖父认识。”

“太好了，原来都是熟人。”伯爵夫人回答得有点儿心不在焉。

"还不止此。"欧也纳低声说道。

"怎么?"伯爵夫人立即问道。

"唔,"大学生又说道,"我刚才看见有位先生从您府上出去,他和我住在同一个公寓,而且是隔壁,高里奥老头。"

伯爵原来在拨弄火,一听见老头这个形容语,像被烫了似的,立即把火钳子一扔,站了起来。

"先生,您应该说,高里奥先生!"他大声说道。

伯爵夫人看见丈夫急了,先是脸色煞白,接着由白变红,显得颇为狼狈。她竭力装出无所谓的样子,用强作自然的声音回答道:"认识一位我们热爱的人,怎么可能呢……"她没有往下说,转而看着钢琴,仿佛突然想起了什么,问道:"先生喜欢音乐吗?"

"非常喜欢。"欧也纳满脸绯红,朦朦胧胧知道自己做了一件大傻事,不知如何是好。

"您会唱歌吗?"她边大声问边走向钢琴,使劲儿按所有的琴键,从最低音的 do 到最高音的 fa,琴音响成一片。

"不会,夫人。"

德·雷斯托伯爵在室内踱来踱去。

"真可惜,这样您就少了一种成功的手段了——Ca-a-ro, ca-a-ro, ca-a-a-a-ro, non du-bita-re。"伯爵夫人唱道。

刚才欧也纳说出高老头的名字时,也像是挥动了一下魔术棒,不过,其作用却与"德·鲍赛昂夫人的亲戚"这几个字截然相反。他现在的情形好比一个被人介绍进入一位古董收藏家屋里的人,不小心碰了一下摆满小雕像的陈列柜,弄倒了三四个没粘牢的头像。他真想地上有个洞好钻进去。德·雷斯托夫人板着脸,态度生硬,冷淡的目光故意躲开倒霉的大学生。

"夫人,"欧也纳说道,"您和德·雷斯托先生有事要谈,我就不打扰了,请允许我……"

伯爵夫人连忙做了一手势,打断了他的话,说道:"以后您每次光临,德·雷斯托先生和我,我们都无比欢迎。"

欧也纳对他们夫妇躬了深深一躬，便走了出去。德·雷斯托先生跟着他出来，不管他再三辞谢，还是一直把他送到前厅。

欧也纳来到台阶，发现天正下雨。他心想："得，我来办了一件蠢事，连原因和后果也不知道，另外还得赔上一件外衣和一顶帽子。我应该躲在一个角落，好好攻一攻法律，一心一意做个严厉的法官才对。要到上流社会混得像个人样，必须有几辆马车、锃亮的靴子、必不可少的行头、金链子、早上戴六法郎的麂皮手套、晚上一定要黄手套。而这些我有吗？混账的高老头，去你的吧！"

走到大门口，一辆出租马车大概刚送完新婚夫妇回来，车夫看见欧也纳没有雨伞，身上穿着黑外衣，白背心，戴着黄手套，脚蹬擦过油的皮靴，便向他打了个手势，想瞒着东家，拉一趟外快。欧也纳正憋着一肚子气，就像一个人已经陷进深渊，干脆再往下陷，希望能侥幸找到一条出路，于是点点头，也不管口袋里只剩下二十二个苏，便上了车。车内有几片零落的橘花和几截黄铜丝，说明刚载过新婚夫妇。

车夫脱下了白手套，问道："先生要上哪儿？"

欧也纳心想：活该！既然上了车，就该干点儿有用的事，便大声说道："去德·鲍赛昂府。"

"哪个德·鲍赛昂府？"

一句话把欧也纳问糊涂了。刚想充阔少爷，竟连有两个鲍赛昂府也不知道，他亲戚有的是，却没一个理他。

"德·鲍赛昂子爵，住在……"

"德·格勒奈尔街。"车夫点点头，打断他的话说，"您知道，还有德·鲍赛昂伯爵和侯爵府，在圣多明各街。"车夫边说边把踏脚板收起来。

"我当然知道，"欧也纳回答的声音干巴巴的。"今天大家都瞧不起我！"他边想边把帽子扔到对面的垫子上，"这一趟车钱准跟国王的赎金一样贵，不过这回去探访我那个表姐，我的派头至少和地道的贵族一样。高老头已经害我花了十法郎，这个老混蛋！真的，我一定要把今天的遭遇告诉德·鲍赛昂夫人，没准会逗她大笑一场。她一定知道这只秃尾巴老耗子和那美人罪恶关系的秘密。这个缺德的女人看来身价很高，去碰她的钉子倒不如讨好我表姐。美丽的子爵夫人凭姓字就有如此大的威力，她本人的分量该有多大？咱们还是走上层的关系吧。要在天上办什么事，非瞄准上帝不可！"

他思绪万千，想来想去，总离不开这个模式。他看着外面下的雨，心情又稍稍镇定了一些。心想，虽然要花掉每月开支中的十个宝贝法郎，到底幸运地保住了外衣、靴子和礼帽。只听车夫大喊一声：劳驾，请开门！他不由得心里一阵高兴。一个穿红色绣金制服的瑞士司阍吱吱嘎嘎地把大门推开。拉斯蒂涅心满意足地看着自己的车夫穿过门廊，在院子里转了一圈，停在台阶的雨棚下。车夫披着红边的蓝斗篷，下来放下踏脚板。欧也纳下车时听见过道里传出了一阵窃笑声。三四个仆人正笑这辆俗不可耐的结婚花车哩。他们的笑声使大学生恍然大悟，因为院子里正停着一辆巴黎最华丽的四轮双座轿式马车。和自己的那一辆比较，这辆车的两匹骏马耳朵装饰着玫瑰，不停地咬着马嚼子，车夫系着领带，头发扑粉，把马紧紧牵定，生怕一撒手，马便会跑掉似的。刚才在昂丹大道，德·雷斯托夫人院子里停着一位二十六岁少年精巧的双轮马车，而现在，圣日耳曼城关区，又有一位大人物的豪华车骑待命，这副行头，三万法郎也买不下来。

欧也纳心里纳闷："那么是谁来了呢？"直到此时，他才明白，在巴黎，没有男子追逐的女人实在太少，而想把这样一位身份有如王后般的女人弄到手，非付出比鲜血还高的代价不可。"见鬼！我表姐一定也有自己的马克西姆。"

他垂头丧气地走上台阶。不料刚一露面，玻璃门便开了。只见仆人们都规规矩矩的，像一群挨了打的驴子。他上次参加的那个晚会是在鲍赛昂府楼下大厅里举行的。他在接到请柬以后和去参加舞会之前这段时间没来得及来拜访他表姐，所以没到过德·鲍赛昂夫人的其他房间。现在是第一次看到她美轮美奂的室内陈设，其布置别出心裁，反映出这位上流贵妇的内心和情趣。将之与德·雷斯托夫人的客厅相比，另有一番风味。子爵夫人接待客人的时间是下午四时半。如果早来五分钟，连表弟也不会见。欧也纳对巴黎的规矩一窍不通，被仆人领着，登上一座有金漆栏杆，铺着猩红地毯，旁边摆满鲜花的楼梯，来到德·鲍赛昂夫人的内室。有关这位夫人的故事，天天晚上，巴黎各个沙龙中都有传闻，一天一个样。对此，欧也纳一无所知。

近三年来，子爵夫人与葡萄牙一位闻名遐迩、富甲一方的大贵族阿瞿达·潘托侯爵过从颇密。两人如此醉心于这种纯洁的情谊，绝不愿让别人分享。因此，子爵本人在公众面前，以身作则，不管乐意与否，也尊敬这种莫名其妙的结合。两人产生友谊之初，下午两点来拜访子爵夫人的客人总见阿瞿达·潘托侯爵在座。对客人，子爵夫人总不能闭门不见，这样做于礼不合，但招呼时态度冷淡，眼睛只看着天花板，使来者知道自己是不速之客。等全巴黎都晓得下午两点至四点到访会打扰德·鲍赛昂夫人以后，她才得到彻底的清静。她和德·鲍赛昂先生和阿瞿达·潘托先生一起去滑稽剧院和歌剧院看戏，但德·鲍赛昂先生很知趣，把他们安顿好便托故走开。阿瞿达先生该结婚了，要娶罗什菲德家的一位小姐。整个上流社会都知道了，只有德·鲍赛昂夫人还蒙在鼓里。几位女友曾经约略跟她谈起过，她却以为她们妒忌她的幸福而一笑置之。但是教堂的结婚公告即将贴出，那位葡萄牙美男子此来本想将婚事通知子爵夫人，却不敢说出一句负心的话。为什么？因为世界上最难办的事莫过于向一个女人下这样的最后通牒。有些男人在决斗场上被人用剑指着胸膛，觉得还好对付，但对着一个哭哭啼啼两小时、要死要活、大呼拿药来的女人就毫无办法。阿瞿达·潘托先生此时如坐针毡，欲一走了事，心想：等德·鲍赛昂夫人将来知道，我再给她写信，通过书信来斩断情丝总比亲口面告来得合适。当仆人进来通报，欧也纳·德·拉斯蒂涅先生来访，阿瞿达·潘托先生乐得跳了起来。要知道，一个动了感情的女人，固然善于变着方式寻欢作乐，但更加心细如发，易生疑窦。当她即将被情人抛弃时，往往能从一个动作，立即猜出对方的意思，其速度比骏马从空气中嗅出爱情的气息还快。所以，德·鲍赛昂夫人把潘托先生这不由自主的一乐看在眼里，虽然轻微，却直率得可怕。

欧也纳不知道，在巴黎，绝不能贸贸然到别人家里去，除非事先从这家人的朋友那里打听到这家人的丈夫、妻子或孩子们的情况，以免闹笑话。

一脚踏空，就得像波兰人那句形象的说法，用"五条牛套车"，才能把你深陷的泥足拔出来。在法国，谈话中的失言还没有什么固定的名称，因为恶语中伤已是司空见惯的事，无所谓什么言谈有失了。但也只有欧也纳这样的人，刚在德·雷斯托夫人家一脚踏进了泥塘，主人还没容他五牛套车以自拔，又跑到德·鲍赛昂夫人家来重蹈覆辙。不过，刚才他给德·雷斯托夫人和德·特拉伊先生添了很大的麻烦，现在却解了阿瞿达先生之困。

当欧也纳走进那间用灰色和玫瑰色装饰、小巧玲珑，典雅而不显奢侈的小客厅时，那个葡萄牙人说了声："再见！"便连忙向门边走去。

德·鲍赛昂夫人转过头来，看了侯爵一眼，说道："晚上见。咱们不是到滑稽剧院看戏吗？"

"我去不了啦。"侯爵说着手已经抓住了门把。

德·鲍赛昂夫人站起来，把他叫回自己身旁，看也不看欧也纳一眼。欧也纳被室内富丽堂皇的布置弄得眼花缭乱，傻乎乎地站在那里，以为真的置身于天方夜谭的世界。他面对这个对自己视而不见的女人，感到无地自容。子爵夫人用右手食指做了个优美的动作，指了指自己前面一个地方，叫侯爵过来。这动作具有感情上不容分说的力量，侯爵只好放下门把，乖乖地回来。欧也纳不胜艳羡地看着他，心想："这就是坐四轮双座马车来的那个人！难道非得有骏马健仆、腰缠万贯，才能博得巴黎女人的青睐吗？"他如饥似渴地向往着高度的物质享受、大量的财富和金钱，这种种欲望的煎熬，直弄得他口干舌燥，心似火燎。他每个季度有一百三十法郎生活费，而他的父母、兄弟姐妹和姑母加起来每月开销还不到二百法郎。他把自己目前的境况和追求的目标迅速地作了一个比较，不禁怅然若失。

"你为什么不能来滑稽剧院呢？"子爵夫人笑着问道。

"有公事。要参加英国大使的晚宴。"

"你可以先走一步哇。"

一旦要骗人，谎话必然会越编越多。阿瞿达先生于是笑着问道："你非要我这样做？"

"当然。"

"我希望你说的也就是这一句。"他边回答边多情地看着对方，任何女人见到这种目光都会深信不疑。接着，他吻了吻子爵夫人的手便走了。

欧也纳理了理头发，躬身施礼，心想德·鲍赛昂夫人这回该想起他来了。不料夫人腾地站起来，冲向走廊，奔到窗前，眼看着阿瞿达先生上了车。她侧耳细听他有什么吩咐，只听见他的仆人向车夫重复主人的命令："到德·罗什菲德府。"这句话和阿瞿达先生钻进车里的样子对她无疑是晴天霹雳。她垂头丧气地回到屋里。在上流社会中，即使发生天大的祸事也不过如此。子爵夫人回到卧室，坐到桌子前面，拿出一张精美的信笺，写道：

> 既然你是去罗什菲德家吃晚饭，而并非去英国大使馆赴宴，
> 你必须向我作出解释。我等着你。

因为她的手发抖，有几个字母写走了样。她描清楚以后，落款签了个C，那是克莱尔·德·勃艮第的缩写。完了拉铃叫人。

"雅克，"她对闻声而至的仆人说道，"你七点半钟去德·罗什菲德先生家，求见阿瞿达侯爵。如果侯爵在那儿，你就叫人把这张便笺给他，不必等答复，如侯爵不在，你就把便笺拿回来给我。"

"子爵夫人，客厅里还有人等着。"

"噢，对了。"她说着推门进去。

此时欧也纳已经觉得很不自在，现在终于看见子爵夫人出来了，而且说话的语气颇带感情，使他的心不禁为之一动。"请原谅，先生，刚才我有封短信要写，现在谨听吩咐。"她根本不知道自己在说什么，一心只嘀咕："唔！他是想娶德·罗什菲德家的小姐。不过，他能这样自由自在吗？今晚一定得把这门亲事破坏掉，或者我……但明天恐怕就来不及了。"

"表姐……"欧也纳回答道。

"嗯？"子爵夫人傲慢地看了他一眼，大学生心里凉了半截。

欧也纳明白这个"嗯"字的分量。这三个钟头他见了不少世面，心里马上警觉起来。

"夫人，"他红着脸改口道，犹豫了一下，他又接着说，"请您原谅，我太需要提携了，能拉上点儿亲戚关系总是好的。"

德·鲍赛昂夫人凄然一笑，因为她深知灾难已经迫在眉睫了。

"如果您知道我家庭的处境，"欧也纳继续说道，"您一定会像神话中的仙女一样，乐于为晚辈解困扶危。"

"那么表弟，"她笑着说道，"我能帮您什么忙呢?"

"我也说不好。找到您这么一位久已失去联系的亲戚，对我已是万幸。您使我心慌意乱，简直想不起此来要跟您说什么了。您是我在巴黎唯一认识的人。对了! 我是想来向您求教，请求您接受我这个可怜的孩子，作为您裙下不二之臣，我愿为您而死。"

"您会为我杀人?"

"杀两个都可以。"欧也纳回答道。

"真是孩子气! 不错，您是个孩子。"她强忍着眼泪说道，"您哪，您如果爱，一定会一心一意。"

"当然!"欧也纳点了点头。

这一豪爽的回答使子爵夫人突然对大学生产生了兴趣。这位南方青年的第一步打算开始实现。从德·雷斯托夫人的蓝色小客厅到德·鲍赛昂夫人玫瑰色的会客室，这短短的时间内，他仿佛修完整整三年的巴黎法课程。这种法虽然人们口头不提，却是巴黎社会最高的法律，学好以后，如果运用得当，必然会路路畅通。

"噢! 我想起来了，"欧也纳说道，"在您的舞会上，我结识了德·雷斯托夫人，今早我拜访过她。"

"您一定打扰了她。"德·鲍赛昂夫人微笑着说道。

"噢，一点儿不错，我年少无知，如果没有您的帮助，我非把所有的人都得罪了不可。我觉得在巴黎要遇到一位年轻貌美、有钱、优雅而又没有男士追求的女人，实在是太难了。可我缺的就是这么一位女士，能在你们女人知道得那么透彻的人生道路上，给我指点迷津。我到处都会遇见德·特拉伊式的先生。因此，我特来向您求教一个谜底，求您给我解释一下我做过的一件蠢事属于什么性质。我在那里提起过一个老头儿……"

"德·朗热公爵夫人到。"雅克前来通报，他打断了大学生的话。大学生做了一个非常恼火的姿势。

"如果您想成功，"子爵夫人低声说道，"首先您的感情不能如此外露。"

"噢！您好，亲爱的。"她站起来，趋前迎接公爵夫人，热情洋溢地紧紧握住她的手，似乎对方是自己的亲姐妹。公爵夫人也做出非常亲昵的表情。

"这两位是好朋友，"欧也纳心想，"今后我便有两个保护人了。这两个女人一定有共同的爱好。后来这一位也准会对我感兴趣。"

"亲爱的安东奈特，您怎么想到来看我呀？"德·鲍赛昂夫人问道。

"我看见阿瞿达·潘托走进德·罗什菲德府，心想您一定独自在家。"

德·鲍赛昂夫人闻言并没有咬嘴唇或脸红，而是目光依旧。公爵夫人这几句不祥的话反而使她的面色开朗起来。

"早知您家里有客……"公爵夫人说着转身看了看欧也纳。

"这位是欧也纳·德·拉斯蒂涅先生，我的一个表弟。"子爵夫人说道，"你有蒙特里沃将军的消息吗？赛里齐昨天跟我说，大家都见不到他了。今天，他到您那儿去了吗？"

公爵夫人对这位将军一往情深，但大家最近都说，她被将军甩了，现在听此一问，有如利箭穿心，红着脸回答道："昨天他在爱丽舍宫。"

"是值班吗？"德·鲍赛昂夫人问道。

"克拉拉，您应该知道，"公爵夫人狡黠的目光瞪着对方，"明天阿瞿达·潘托先生和德·罗什菲德小姐联姻的消息就要公布了。"

这一打击实在太大了，子爵夫人脸色煞白，笑着回答道："又是那帮傻瓜开玩笑造的谣。阿瞿达先生为什么要把葡萄牙一个最显赫的姓氏和罗什菲德家族联在一起呢？这个家昨天才刚刚接受王封。"

"可是，据说这家的小姐贝尔特能带来二十万法郎的年收入哩。"

"阿瞿达先生有的是钱，不必算计这个。"

"可是亲爱的，德·罗什菲德小姐长得够迷人的。"

"是吗?"

"总之,他今天在他们家吃晚饭,条件都谈妥了。您消息如此不灵,实在叫我惊讶。"

"先生,您到底做了什么蠢事了?"德·鲍赛昂夫人问道,"亲爱的安东奈特,这个可怜的孩子刚踏进社会,咱们说的这些话,他一句也不懂。您照顾照顾他,咱们的事,明天再谈吧。到了明天,您知道吗?一切都会真相大白,您想帮我的忙就绝对没有问题了。"

公爵夫人转过头来,轻蔑地扫了欧也纳一眼,目光从上到下,从头看到脚,其傲慢之状可说目中无人,或者把人都看扁了。

"夫人,我无意中伤了德·雷斯托夫人的心。我错就错在完全无意。"大学生心有灵犀,同时又发现这两个女人虽然言谈亲切,但彼此话里藏刀,尖利刺人。他接着又说道:"那些自知伤害了你们的人,你们会继续接待,也许还对他们有所顾忌,而那些得罪了别人,又不知道得罪到什么程度的人,则被视为傻子、什么也不懂得利用的笨蛋,谁也瞧不起。"

德·鲍赛昂夫人水盈盈的眼睛瞟了大学生一眼,既不失尊严,也表示感激,有修养的大人物都会这样做。刚才公爵夫人用拍卖行职员般的眼光打量欧也纳,刺伤了他的心,现在德·鲍赛昂夫人这一瞥不啻抚平了他的伤口。

"您知道,我刚刚获得德·雷斯托伯爵夫人的垂顾,因为,"说到这里,他转向公爵夫人,神态既谦逊又狡黠,"不瞒您说,夫人,我眼下不过是个可怜的大学生,既孤独,又贫穷……"

"别说这样的话,德·拉斯蒂涅先生。谁都不愿听这类话,我们女人何尝爱听。"

"好吧,"欧也纳说道,"我只有二十二岁,应当懂得忍受这个年龄遇到的苦恼,何况我正在忏悔。而要跪下忏悔,哪儿还有比这儿更美丽的告解座呢。至于在这里犯的罪孽就让我在另一个地方忏悔吧。"

公爵夫人听到这一番拿宗教开玩笑的话,认为是粗野不文,便沉着脸对子爵夫人说:"这位先生刚来……"

德·鲍赛昂夫人觉得表弟和公爵夫人太可笑了，便干脆大笑起来。

"亲爱的，他刚来，正想找一位女教师教他风雅的言谈呢。"

"公爵夫人，"欧也纳又说道，"喜欢一个人，想知道她的情况，这不是很自然吗?"（"得，"他心想，"和她们说这样的话简直成了剃头师傅了。"）

"我想德·雷斯托夫人是德·特拉伊先生的弟子吧。"公爵夫人说道。

"我毫不知情，夫人，"大学生又说道，"因此冒冒失失地闯到他们两人之间。后来，幸亏我和做丈夫的还谈得来，做妻子的才不和我计较，直到我又告诉他们，我认识一个人，此人刚从暗梯走出去，而且在走廊尽头吻了伯爵夫人。"

"此人是谁?"两位夫人同时问道。

"一个老头，和我一样住在圣马尔索区，每月只有两路易生活费，一个真正的倒霉鬼，大家都瞧不起他，我们叫他高里奥老头。"

"唉，您真是个孩子，"子爵夫人失声叫道，"德·雷斯托夫人是高里奥家的闺女呀。"

"她是面条商的女儿。"公爵夫人说道，"和一个糕点师的女儿同一天入宫觐见。克拉拉，您记得吗? 王上当时都笑了，还用拉丁文就面粉说了一句俏皮话。说这些人，什么来着? 这些人……"

"Ejusdlem farinae。"欧也纳接了一句。

"正是。"公爵夫人道。

"噢! 原来是她父亲。"大学生边说边做了一个厌恶的手势。

"是啊。这家伙有两个女儿，虽然都几乎不认他了，但他仍然疯了似的爱着她们。"

"二女儿是不是嫁给了一个有德国姓的银行家德·纽沁根男爵? 她叫但斐纳对吗? 长着金发，在歌剧院舞台侧面有个包厢，也到滑稽剧院看戏，动不动高声大笑，好吸引人注意，对不?"

公爵夫人笑了笑，说道："亲爱的，我真服了您了。您为什么如此注意这些人呢? 只有像雷斯托这样的痴情男子才会甘心沾上阿娜斯塔齐小姐身上的面粉。他可不会做买卖! 他妻子落在德·特拉伊手里，将来会倒霉的。"

"她们不认她们的父亲。"欧也纳重复了一句。

"是啊，不认父亲，自己的父亲。"子爵夫人接着说道，"一位慈父。据说，为了使她们得到幸福，嫁得好一些，这位父亲给了她们每人五六十万法郎，自己只留八千到一万法郎年金，以为女儿始终是女儿，将来自己便有两个地方可以栖身，有两个家可以住，有人爱，有人疼。

"谁知不到两年，两个女婿将他当老恶棍扫地出门，逐出他们的圈子……"

欧也纳闻言眼里闪动着泪花。他离家不久，对一家人融融泄泄、纯洁而神圣的骨肉之情记忆犹新，还有年轻人美好的信仰，在巴黎文明的战场上才第一天上阵。真情总能相互感染，所以三个人一时都面面相觑，默然无语。

"唉！我的上帝，"德·朗热夫人说道，"是的，这似乎很残酷，但这样的事情每天都能看到。这难道没有原因吗？亲爱的，请告诉我，您是否想过，女婿是什么？女婿就是你我辛辛苦苦为了他而把女儿养大的人，女儿和我们骨肉相连，十七岁以前是家庭欢乐的寄托，正如拉马丁所说，是家里的白雪公主，不料后来却成了家里的瘟神。女婿把她从我们手里夺走以后，便开始使她的爱情变成一把斧子，从这个天使的灵魂和肉体中砍断她与家庭在感情上的联系。昨天，我们是女儿的一切，女儿也是我们的一切，到了明天，她便成了我们的仇敌。这样的悲剧，难道不是天天可见？这里，媳妇对了为了儿子牺牲一切的公公颐指气使；那边，女婿将岳母逐出家门。试问在今天的社会，什么最可怕？女婿造成的悲剧最可怕，还不算咱们的婚姻，简直是糊涂透顶。我完全能理解那个老面条商的遭遇。我记得这个福里奥……"

"夫人，是高里奥。"

"对，这个高里奥在大革命时曾经当过他本区的区长，完全知道那次饥荒的底蕴，并以比来价高出十倍的价钱出售面粉起家。他不愁没有来货，我奶奶的总管曾经卖给他好几大批。当然，这个高里奥和他那类人一样，是和公安委员会利益沾沾的。我记得管家和我奶奶说过，她可以太平无事地住在格朗德维列，因为她的麦子就是一张绝好的良民证。话说回来，这个把麦子卖给刽子手的洛里奥只有一种感情，据说他很疼爱女儿，想办法让老大高攀了德·雷斯托家族，小的那个塞给了标榜保王党的大银行家纽沁根男爵。你知道，在帝国时代，两个女婿觉得家里有这个发革命财的老头并不讨厌，还能将就，因为当时是拿破仑当政。但后来波旁王朝复辟，德·雷斯托先生，尤其是那个银行家便觉得老家伙碍事了。两个女儿也许始终还有父女之情，想在父亲和丈夫之间两全其美。她们在没有客人时接待高里奥，编出种种温存的借口：'爸爸，您来吧，咱们单独待一会儿多好！'等等。亲爱的，我认为，真有情还是假有情，眼睛会看得出来，心也是能体会到的：可怜，那个发过革命财的老头伤心透了。他看得明白，女儿嫌他这个父亲丢她们的脸，她们爱丈夫，他却成了女婿的绊脚石。非有人作出牺牲不可。于是他主动牺牲，因为他是父亲哪，他悄然引退。看见女儿满意，他明白自己做得对。其实这小小的罪过，父女都是同谋。这种事到处都看得见。如果这个高里奥出现在他女儿的客厅，岂不等于白璧之瑕？连他自己也会感到局促不安。这位父亲的遭遇，在倾心于某个男子的美貌女人身上也会发生。如果对她的爱情感到厌烦，那男子会走，会用各种卑鄙的方式躲开她。一切感情无不如此。我们的心是一个宝藏，将它一下子掏空，你便一无所有。感情如果一下子表露无遗，就会像身无分文的人一样，得不到我们的原谅。上述那位父亲什么都给了，二十年间，他把他的全部心血，他的爱，都给了女儿，又在一天之内给光了所有财产。柠檬榨干，她的女儿便把果皮往街角一扔，不管了。"

"社会真丑恶。"子爵夫人边说边低下头撕弄披肩的丝缕，因为德·朗热夫人讲的时候，有些话刺中了她的痛处。

"丑恶！不，社会本来就是这样，没别的。"公爵夫人接着又说，"我这样说只是想告诉您，这个社会骗不了我。我的想法和您一样，"她轻轻捏了捏子爵夫人的手，"社会是个泥塘，咱们要站在高的地方。"说完，她站起来，吻了吻德·鲍赛昂夫人的前额，对她说："亲爱的，您现在真美，我从未见过您有这样好的气色。"然后看了看欧也纳，略一点头便走了。

　　"高老头真伟大。"欧也纳又想起了高老头那天夜里绞镀金银盘子的情形。

　　德·鲍赛昂夫人若有所思，根本没听见他的话，两个人沉默了一会儿。可怜的大学生羞惭地愣在那里，走也不是，留也不是，更不敢说话。

　　"社会既卑鄙又险恶。"子爵夫人终于开口了，"只要我们灾难临头，马上便会有朋友来告诉我们，拿刀子在我们心窝里剜来剜去，还露出刀柄让我们看，又是讽刺，又是嘲弄！哼！我是要自卫的。"她说着把头一扬，摆出一副朝廷命妇的姿态，眼里闪射出骄傲的光芒，突然看见了欧也纳，便说道："咦，您还没走！"

　　"还没走。"欧也纳毕恭毕敬地回答。

　　"我说，德·拉斯蒂涅先生，对付这个世界您绝不能手软。您想出人头地，我帮您。您不妨探测一下，看看女人有多么堕落，男人又有多么虚荣。社会这本书，我虽然读过，但其中某些章节还不甚了了。现在我全懂了。您越没有心肝，就越能步步高升。您心狠手辣，人家就怕你。您得把男男女女都当做驿马，把他们骑得筋疲力尽，到了站便扔下，这样您就能达到欲望的巅峰。您明白吗？若没有一个女人关心您，您将一事无成。这个女人必须年轻、有钱、漂亮。但如果您有真情，必须像宝贝那样藏而不露，永远别让人猜出来，否则您就完了，不仅做不成刽子手，反而会被人宰割。万一您动了爱情，千万要保守秘密！在没弄清楚对方的底细之前，别贸然表露心迹。为了保护这种爱情，尽管这种爱情您现在还没有，您必须学会不要轻信社会上的人。您听我说，米盖尔……（她喊错了名字，自己却没有发觉。）两个女儿扔下父亲不管，还希望父亲早点儿死，这还不算最可怕的，这两姐妹还彼此眼红，明争暗斗。雷斯托是贵族出身，妻子受到贵族社会的接纳，还曾进宫觐见，而她妹妹，她那个有钱的妹妹，美丽的但斐纳·德·纽沁根夫人，虽然丈夫是金融家，却烦恼不堪，忌妒得要死，因为她的地位比姐姐差远了，所以她只当没这个姐姐。两个女儿不认父亲，彼此也不相认。德·纽沁根夫人只要能进我的客厅，哪怕要她把圣拉扎尔街到格勒奈尔街之间的泥浆舔个干净她也乐意。她以为德·玛赛能帮助她达到目的，心甘情愿当他的奴隶，让德·玛赛烦得要死。德·玛赛根本不把她放在心上。您要是能介绍她来见我，您便成了她的偶像，她会把您当宝贝。往后，您能爱她便爱她，否则利用她也行。在盛大的晚会上宾客满堂时，我可以见她一两次，但上午接待则绝对不行。我和她打打招呼，这就足够了。您说出了高里奥老头的名字，等于给自己关上了伯爵夫人的大门。没错，亲爱的，就算您二十次拜访，二十次您都会吃闭门羹。她是不会见您的了。好吧，就叫高老头带您去见但斐纳·德·纽沁根夫人好了。您可以把美丽的德·纽沁根夫人作招徕，只要她对您另眼看待，其他女人便会发疯般追求您。她的情敌、女友、最好的知己都想把您从她手里抢过去。有些女人专门爱别人选中的男人，就像有些平民女子戴上了我们的帽子便以为有了我们的仪态一样。您一定能得到女人的欢心，而在巴黎，这就意味着得到一切，掌握打开权势之门的钥匙。倘若女人觉得您聪明、有才干，男人也会相信，只要您自己不露马脚。那时您就什么都能如愿以偿，到哪儿都能畅行无阻。您会发现，社会是骗子和受骗人的集合体。您不要做骗子，也不要被人骗。我把我的姓氏借给您，作为阿里阿德涅的线团，进入这个迷宫。但千万别玷污了它，”说到这里，她把脖子一扬，气概非凡地瞪了大学生一眼，“要清清白白地还给我。好了，您走吧。我们女人也有自己的仗要打。”

“您是否需要一个心腹人为您赴汤蹈火？”欧也纳打断她的话，说道。

“那又怎样？”她问道。

欧也纳拍了拍胸脯，他表姐微微一笑，他也报以微笑，然后走了。时正五点，他饥肠辘辘，担心不能及时赶回去吃晚饭，也感到若能迅速跻身巴黎上流社会，该是多么幸福。这种纯属自我陶醉的想法在他脑子里翻腾。一个像他这样年纪的年轻人一旦被人瞧不起，便会气得暴跳如雷，抡起拳头对着整个社会，要报复，同时对自己也产生怀疑。拉斯蒂涅此时正为他给自己关上了伯爵夫人的大门这句话而苦恼。他心想：“我一定要去！如果德·鲍赛昂夫人说得对，我被拒之门外……我……德·雷斯托夫人无论到哪家的沙龙，我都要跟踪而至。我要练剑，学射击，我要杀掉她的马克西姆!"继而又想:"那钱呢?你到哪儿弄钱?"顿时,眼前又闪现出德·雷斯托夫人家里阔气的陈设。他曾亲眼目睹高里奥的女儿所醉心的豪华、镀金和显然价值不菲的摆设,无非是暴发户那种俗不可耐的铺张,那种被富人金屋藏娇的女子式的浪费。景象虽然诱人,但和德·鲍赛昂府邸巍峨博大的气派相比立即如小巫见大巫。他想到巴黎社会的上层,心里陡然升起坏的想法,脑子豁然开朗,看到了世界的本来面目:法律和道德对有钱人无能为力,财富就是 ultima ratio mundi。他不禁自言自语道:"伏脱冷说得对,财富就是道德!"

到了圣热内维埃弗新街,他快步上楼,从房间里取出十个法郎,下来付了车钱。然后来到令人恶心的饭厅,看见十八个食客像围着马槽的牲口般正在吃饭。他们那种穷酸相和饭厅的景象使他实在看不下去。环境转变得太突然,对比太强烈了,他向上爬的野心不禁油然而生。一边是最高雅的社会各种新鲜活泼的迷人景象,被精美的艺术品和豪华气氛包围着的、年轻而生机勃勃的面孔,每一颗心都充满诗情画意;另一边则是溅满泥浆的凄凉画面,一张张脸上只留下欲望光顾过的陈迹。德·鲍赛昂夫人因被人抛弃,出于愤怒而给予他的教导和诱人的建议重新涌上他的心头,穷困的现实恰恰又对此作了很好的说明。拉斯蒂涅决定双管齐下去夺取财富,既凭借学问,也依靠爱情;既成为有学问的博士,也要成为时髦人物。他还是个孩子!不知道这两条路是渐近线,永远不可能连在一起。

"侯爵先生,您脸色不大好哇。"伏脱冷的目光似乎猜透了他内心的秘密。

"别叫我侯爵,我再也受不了这种玩笑了。"他回答道,"真要当侯爵,每年得有十万法郎的收入,而住伏盖公寓的人绝对不是命运的宠儿。"

伏脱冷以长辈和不屑的神态看着拉斯蒂涅,似乎在说:"小毛孩儿!还不够我吃一口呢!"接着回答道:"您情绪不好,也许在美丽的德·雷斯托伯爵夫人那里碰了钉子吧。"

"因为我对她说,她父亲和我们同桌吃饭,所以她对我闭门不纳。"拉斯蒂涅大声说道。

全桌人都面面相觑。高老头更是低下目光，背过身去直抹眼睛。

"您把鼻烟弄到我眼里了。"他对邻座说。

"以后谁欺负高老头就是欺负我。"欧也纳瞪着老面条商的邻座说道，"他比咱们所有人都强。当然女士们不算在内。"他转身对着泰伊番小姐又加了一句。

这无疑是一个结论，欧也纳说话时的神态使饭桌上的人默然无语。只有伏脱冷语带嘲弄地对他说："要做高老头的保护人和后台老板，必须剑术精良，枪法出众。"

"我就是要这样做。"欧也纳说道。

"那么您今天就上阵了？"

"也许，"拉斯蒂涅回答道，"但我的事不用别人管，因为我也不想猜测别人夜里干的勾当。"

伏脱冷斜着看了拉斯蒂涅一眼。

"小老弟，要看穿木偶的把戏，必须进后台观看，光从帷幔的缝隙探头探脑是不行的。"看见欧也纳要发火了，他又加了一句，"就聊到这儿吧，以后您想谈，咱们还可以一块儿聊聊。"

饭桌上的气氛变得阴沉而冰冷。高老头刚才听了大学生那句话，心里非常痛苦，竟不知道大家对他的看法已经改变，那个能制止别人折磨他的年轻人实际上已保护了他。

"高里奥先生的女儿真的是一位伯爵夫人？"伏盖太太低声问道。

"另一个女儿还是男爵夫人哩。"拉斯蒂涅回了她一句。

"他只能当父亲，"毕安训对拉斯蒂涅说道，"我相过他的脑袋，只有一个肉球，是做父亲的相，将来必成为天父。"

欧也纳神态严肃，听到毕安训这种玩笑也不觉得可乐。他想好好领会一下德·鲍赛昂夫人的劝告，琢磨怎样和到哪里去弄钱。看见世界这片荒原在自己眼前展开，既空旷，又充实，不禁暗中沉吟。大家吃完饭走了，只有他和高老头还留在饭厅里。

"这么说，您见到小女了？"高里奥激动地问他。

欧也纳从沉吟中猛然惊醒，拉着他的手，感动地看着他，回答道："您是个好人，高尚的人。关于您的女儿，咱们以后再谈吧。"他站起来，不愿再听高老头说话，回到房间，给母亲写了下面这封信。

> 亲爱的妈妈，请您考虑能否再赐予我一次哺育之恩。以我目前的情况看，发财致富，指日可待，但尚急需一千二百法郎。此事不必告诉父亲，他可能会反对。但如果我弄不到这笔款子，必将绝望而举枪自杀。需款的原因，以后见面时再详告，一纸书信，实难述其万一。亲爱的妈妈，我没有赌钱，故而并未欠债。但如果您想保全您给予我的生命，就必须为我筹措这笔款项。总之，德·鲍赛昂子爵夫人已答应提携我。我要到她府上，要进入上流社会，但我连买一双合适手套的钱都没有。我可以光吃面包、光喝水，必要时连饭都不吃，但在这块土地上种葡萄，我就不能没有刨地的工具。对我来说，这是关系到冲出一条路还是留在泥泞里原地踏步的问题。我知道你们对我期望之殷，也愿意尽快实现你们的心愿。亲爱的妈妈，卖几件您的旧首饰吧，我很快便会买些新的还给您。我深知家里的处境，会珍惜您所作的牺牲。您应该相信，我绝对不会要求您作无谓的牺牲，否则我就不是人了。我的请求实在是出于无奈。这笔款子是咱们前途之所系，我上阵之所需，因为在巴黎，生活本身就是一场无穷无尽的战斗。如果为了凑足这个数目，没有其他办法而必须卖掉我姑姑的花边，请转告她，以后我会以更漂亮的花边奉还……

他还写信给两个妹妹，要求她们把积蓄拿出来，心知她们必然会乐意奉献，同时为了使她们在家里不声张，他还动之以情，因为年轻人最讲面子，绝不会到处张扬。但是，信写好后，他不禁又犹豫起来，感到心惊肉跳。他虽年轻、有野心，但也知道她们在寂寞乡居之中所保留的一片高贵的赤子之心，知道自己会给两个妹妹带来多大的痛苦和快乐。她们僻处乡间，私下会如何高兴地谈论自己心爱的兄长。他心里突然一亮，似乎看见她们偷偷地细数自己那份小小的积蓄，然后玩起少女的小聪明，把钱匿名寄给他，有生以来第一次骗人，却总算又如此崇高。他心想："妹妹的一颗心多像无瑕的钻石，充满无限温情！"他惭愧写了那样的信。她们的许愿多么热烈！向上苍默祷时动机又多么纯洁！她们怎能不甘心情愿付出牺牲呢？母亲凑不齐那笔款子又怎能不痛苦万分？这些美好的感情、这种种巨大的牺牲，将成为帮助他到达但斐纳·德·纽沁根身旁的阶梯。几颗泪珠，犹如插上家庭圣坛的几炷香火，从他眼里夺眶而出。他踱来踱去，心乱如麻，痛苦万分。高老头从他半开着的门缝见此情景，便走进来对他说："先生，您怎么啦？"

"唉，我的好邻居，我是家里的儿子和兄长，犹如您在家里是父亲一样。您有理由为阿娜斯塔齐伯爵夫人担心，她跟一个名叫马克西姆·德·特拉伊的人交往，早晚必会栽在此人手里。"

高老头闻言嘴里嘟囔了几句欧也纳无法听清的话，便走了出去。

第二天，拉斯蒂涅拿信去发，但直到最后一刻还在犹豫。最后一咬牙把信扔进邮箱，嘴里说："我非成功不可！"这是赌徒和伟大将领孤注一掷的话，这句话往往不是使人超升而是夺人之命。几天以后，欧也纳去德·雷斯托夫人府，却不得其门而入。虽然他选择马克西姆·德·特拉伊伯爵不在的时候三次登门，却三次吃了闭门羹。子爵夫人说得对。大学生不再读书了，上课只是为了应卯，报到以后就走。他给自己找到了理由：大部分学生都是这样，临考试才抱佛脚，他决定把二年级三年级的课程一起上，到最后关头再猛攻一阵法律，毕其功于一役。这样一来，他便有十五个月的闲暇，在巴黎这个大洋上航行，追逐女人或者捞取财富。

这个星期，他去见过两次德·鲍赛昂夫人，挑阿瞿达侯爵的马车离开府门才去。这个声名显赫的女人，圣日耳曼区最有诗意的人物总算又得意了几天，使德·罗什菲德小姐和阿瞿达侯爵的婚礼暂时搁置。但最近几天，她生怕失去自己的幸福，感情变得更加热烈，这反而加速了祸事的到来。阿瞿达侯爵与罗什菲德一家串通一气，把这次闹意见和言归于好视作千载难逢之机。他们希望德·鲍赛昂夫人对这门亲事思想上有所准备，为了侯爵男大当婚而牺牲上午与阿瞿达侯爵的会面。尽管侯爵信誓旦旦，其实不过是在演戏，而子爵夫人也甘愿受其蒙蔽。用她最好的朋友德·朗热公爵夫人的话说："她不愿玉碎，宁作瓦全。"但这最后的微光还闪耀了相当长的时间，使子爵夫人依然留在巴黎，助她年轻的表弟一臂之力，因为她有点儿迷信，认为关心表弟必有好报。当一个女人从任何人的目光里都看不到怜悯和同情，男人的甜言蜜语也不过是别有用心的时候，欧也纳对她却表现出无限忠诚和体贴。

拉斯蒂涅想在接近纽沁根一家之前先充分了解一下棋盘上的格局。他要打听高老头前半生的经历，于是搜集了一些可靠的资料，简述如下：

大革命前，冉－若希姆·高里奥是一个普通的面条工人，勤快、俭朴。一七八九年第一次暴乱时，东家的铺子遭难，他大着胆子盘了过来。铺子开在瑞西安纳街，麦子市场附近。他很识时务，接受了区长的职位，使自己的买卖得到那个危险年月最有权势者的关照。在那个真真假假的饥荒时代，巴黎谷物的价格飞涨，他这种聪明的做法使他发了财。老百姓在面包店前面打得头破血流时，某些人却可以从从容容地去杂货店购买各种意大利点心。这一年，高里奥公民捞足了钱，后来便像所有资金雄厚的人那样，在买卖上处处占上风。他的经历和所有才干有限的人类似，平庸使他消灾免难。再说，他的财富只是到了发财并不构成危险的时代才为人所知，因此没有遭到旁人的妒忌。他的聪明才智似乎都用在了谷物的买卖上。凡是有关麦子、面粉、秕谷、质量鉴定、产地、保存方法、行情预测，收成好坏、廉价买入，以及去西西里、乌克兰收购等问题，无人能与他匹敌。如果看见他处事经商、解释谷类进出口的法律、分析这些法律的精神和缺陷时的老练程度，真会认为他可以做个国务大臣。他做事有耐心、有毅力、有恒心、行动迅速，目光如鹰，事事都走在前面，能预见一切，知道一切，包藏一切，老谋深算如外交家，勇往直前如军人。可是一离开他的本行，走出他那间简陋而阴暗的铺子，闲暇时站在门前，肩膀靠着门框，便又成了一个愚蠢粗俗的工人，没有头脑，没有情趣，看戏就打瞌睡，正是巴黎那种糊里糊涂的陶里庞，只会干蠢事。这类人几乎都是一个模式。但你会发现，他们内心都有一种崇高的感情。面条商人心中只有两种感情，像粮食耗尽了他的聪明才智一样，这两种感情也耗尽了他的心血。他妻子是布里一个富裕农民的独生女，是他极端崇敬和无限恩爱的对象。高里奥欣赏她，因为她既娇弱又刚强，既多情又美丽。如果说，男人天生有一种感情的话，不就是能随时保护弱者的那种自豪感吗？加上老实人对给予自己快乐的人心存感激而产生的爱，出现许多古怪的精神现象便可以理解了。这样经过琴瑟和谐的七年，正当妻子除了感情之外，开始能对高里奥发生影响，可以对丈夫木讷的天性进行培养，也许还可以使他懂点儿人情世故的时候，却不幸去世。在这种情况下，高里奥疼爱女儿的感情便发展到了非理性的程度。他把丧偶后全部的爱都倾注到两个女儿身上，女儿们最初也充分满足了父亲所有的感情。尽管有的商人和农场主争着要把女儿嫁给他，提出的条件也很优厚，他却不愿意续弦。他唯一的知心人——他的岳父很有把握地说，他知道高里奥曾经发誓不做对不起妻子的事，妻子虽死，此志不渝。市场上的人不理解他这种崇高的感情，笑他疯了，给他起了个不雅的外号。有一个人和高里奥做成了一宗买卖，喝酒庆贺时，喊他这个外号，被他一拳打中肩膀，头撞到了奥布兰街的界石上。高里奥对女儿的一心一意和无微不至的疼爱远近闻名，因此有一天，他的一个竞争对手想把他从买卖现场支开，好自己独霸行市，便对他说，但斐纳被一辆马车撞了。他吓得面如白纸，慌忙离开市场，结果是一场虚惊。他感情上受此刺激，病了好几天。事后，他虽然没有对此人飨以老拳，却在一次危机中将此人逼得破产，逐出了市场。

　　他对两个女儿的教育，不用说是谈不上合理的了。他有钱，每年高达六万法郎的收入，自己只花一千二百法郎，而对女儿各种异想天开的想法却是有求必应，并以此为乐。他请了最优秀的老师教导她们，使她们具备良好教育所给予的各种才能。还雇了一位小姐当女儿们的陪伴，好在此人颇有头脑而且品位高雅。她们有马可骑，有车可乘，生活就像豪绅的情妇一样阔绰，只要她们开口，哪怕最花钱的欲望，父亲都会立即满足，而要求的回报只是一点点亲热的表示。高里奥把女儿像天使那样供着，当然高高在他这个可怜的父亲之上！即使她们给他造成痛苦，他也甘之如饴。到了女大当嫁之时，她们能按自己的口味选择丈夫，每人都可以有父亲财产的一半作为嫁妆。阿娜斯塔齐生得美，被德·雷斯托伯爵相中，而她本人也想当贵族，便离开父亲，一头扎进了上流社会。但斐纳喜欢钱，嫁了原籍德国、后封为帝国男爵的银行家——纽沁根，而高里奥仍然做他的面条生意。尽管这是他的寄托，但他的女儿和女婿很快便对他继续做这种生意感到不满，唠叨了整整五年，他才答应带着他出售铺子的钱和最近几年的利润退了休。伏盖太太估算过，那两笔钱每年能给他带来八千到一万法郎的收入。高里奥看到两个女儿在丈夫逼迫下，不仅不敢留他住，还不敢在家里公开接待他，绝望之余，才毅然搬进了伏盖公寓。

买他铺子的是一个名叫缪雷的人，上面所说的就是他所知道有关高老头的情况，证明拉斯蒂涅从德·朗热公爵夫人那里听到的猜测是对的。巴黎这部可怕而又鲜为人知的悲剧，第一部分便到此为止。

不甘心久居人下的拉斯蒂涅，用母亲卖手饰换来的钱"武装"了自己，开始打入上流社会的"冒险"。他利用表姐的关系试图接近嫁给银行家、高老头的二女儿德·纽沁根夫人，准备借女人的势力向上爬。伏脱冷赤裸裸的说教，让怀有野心的拉斯蒂涅开始动摇了做人准则，一场图财害命的罪恶阴谋也在此时悄悄酝酿。面对高老头的爱女真情，拉斯蒂涅仍被感动。尽管在道德与欲望的搏斗中，拉斯蒂涅仍在坚持，但在生存的现实面前，他还是屈服了：一边在忏悔，一边越陷越深。

十二月的第一个周末，拉斯蒂涅接到了两封信，一封是他母亲，另一封是他大妹妹写来的。熟悉的笔迹使他的心高兴得怦怦直跳，同时又害怕得发抖。因为这两张薄薄的信纸所承载的是对他希望的生死判决。想到二老的艰难困苦，他固然有所不忍，但他过去太受他们的溺爱，现在即使吸尽他们最后几滴血，他也不会有太多顾忌。母亲的信是这样写的：

亲爱的孩子，你要的钱现在寄给你，你要好好使用。下回，即便要救你的命，我也难以瞒着你父亲为你筹措这样大的数目了，否则便家无宁日，因为那样做非把田地拿去抵押不可。我不知道你的打算，难以置评。到底是什么样的打算令你不敢告诉我呢？解释一下不需要作文章，我们做母亲的只需一句话便能理解，一句话便可以消除我的疑虑和牵挂。我不能不告诉你，你的信使我很痛苦。亲爱的孩子，到底是什么情绪令你使我心中如此不安呢？你写信给我时心里一定十分难受，因为我看你的信时心里也非常难受。你要入哪一行呢？为了一生的幸福，难道你就必须装扮出并不属于你的身份，挥霍你难以支付的金钱，浪费你宝贵的学习时间吗？亲爱的孩子，相信母亲的话吧，歪门邪道绝非正途。乐天知命才是处于你那种地位的青年应有的美德。我并不责备你，我不想我们对你的资助带有辛酸的味道。我的话是一个信任儿子而又高瞻远瞩的母亲的肺腑之言。你要知道你所肩负的责任，我完全清楚，你心地纯良，用心也善。因此，我可以放胆跟你说："去吧，我心爱的孩子，往前闯吧！"我担心，因为我是母亲。但你迈出的每一步都带着我们的愿望和祝福。爱儿啊，你要小心谨慎。你要像大人一样懂事。咱们一家五口的命运都寄托在你身上。是的，我们的吉凶祸福全在于你。你的幸福就是我们的幸福。我们祈祷上帝助你一臂之力。你姑母的心真是好到无以复加，这次甚至你对我提到的手套她也考虑到了，还快活地说：对长子嘛，心总是软一些。欧也纳啊，你要好好爱你的姑母，她为你做的事，我现在不说，等你成功之后再告诉你，否则，她给的钱会烫你指头的。你们做孩子的根本不知道，把纪念物也牺牲了意味着什么！但为了你，她有什么不能牺牲的呢？她要我告诉你，她亲你的额头，但愿你永远快乐。这个善良高尚的女人要不是手指有风湿病，一定会亲自写信给你。你父亲身体尚佳，一八一九年的收成比预期的好。再见了，亲爱的儿子。你两个妹妹的情况，我就不说了。洛尔要给你写信，就让她将家里的大小事给你唠叨吧。但愿上天保佑你成功！哦，对了，我的孩子，你一定要成功！你使我太痛苦了，我再也受不了第二次。我知道贫穷是什么滋味，所以希望能有这笔财富给我的孩子。好了，再见。望来信。母亲吻你。

母亲的用心良苦能挽回儿子的本质吗？

为了孩子的未来，善良的母亲会作出任何牺牲；而为了自己的虚荣，自私的孩子甚至牺牲母亲。

欧也纳看完信不禁泪流满面。他想起高老头把镀金器皿绞成条子，卖了给女儿还债的事。"你母亲也绞了自己的首饰！"他对自己说道，"你姑母卖自己的珍贵纪念物时一定也哭了！你有什么权利诅咒阿娜斯塔齐呢？她为了情人，你为了自己的前程，你不过是模仿她罢了。她和你两个人中间，谁又更好一些呢？"大学生觉得五内俱焚，真想放弃上流社会，不去取那笔钱。他受到良心的责备，深感后悔，这种高尚的感情，人类在审讯自己的同胞时是很少理会的，只有上界的天使才能赦免被人间法官判了刑而又诚心改悔的犯人。拉斯蒂涅拆开妹妹的信，信里天真烂漫的言辞使他内心稍稍好受一些。

此时的拉斯蒂涅，正处在天堂与地狱的岔路口。他心中那残存的善良，让他一时难以抉择。

亲爱的哥哥：你的信来得正是时候。阿伽特和我，我们想把钱花掉，但花钱的方式很多，正不知买什么才好。你就像西班牙国王的仆人，把主子的表摔碎，反倒解决了他的难题。你的信使我们的意见取得了一致。说真的，我们经常为先干什么后干什么而争吵，亲爱的欧也纳，可就是找不出两全其美、兼顾我们种种愿望的做法。现在找到了，阿伽特高兴得跳了起来。我们一整天都像疯了似的，惹得（这是姑母的话）妈妈把脸一拉，问我们："你们怎么啦？两位小姐。"我想，如果我们因此挨了骂，我们会更加高兴的。一个女人能为自己所爱的人受苦，一定非常甜蜜！只有我在高兴之中还担着心事。我将来不是一位贤妻，因为我太爱花钱了。我给自己买了两条腰带，一个给胸衣穿孔的漂亮锥子，一些没用的小玩意，所以钱就没有小胖子阿伽特的多，她可是节省，把钱都攒着，像喜鹊一样。她有两百法郎，而我，可怜的哥哥，我只有一百五十法郎。我这是活该。我真想把腰带扔到井里去，省得系起来就难受，像偷了你的钱一样。阿伽特真好，对我说："这三百五十法郎就算咱们一块寄的好了！"但我还是忍不住要把事情的经过告诉你。你知道我们是怎样按你的吩咐去做的吗？我们拿着我们那笔能派用场的钱，佯装去散步。一旦上了大路，便直奔吕费克，亲手把钱交给王家托运站站长格兰贝尔！回来时一身轻松得像两只燕子。阿伽特问我："我们这样轻松是不是来自快乐的缘故？"我们彼此还讲了许多话，在这里就不向你重复了，巴黎先生，都是关于你的。啊！亲爱的哥哥，一句话，我们非常爱你。至于保密嘛，按照姑母的说法，像我们这样的小鬼头，什么都干得出来，甚至守口如瓶。母亲和姑母偷偷去了一趟昂古莱姆，此行的目的她们始终秘而不宣，去前还商议了很长一段时间，就瞒着我们和男爵先生。拉斯蒂涅这个国度里的人纷纷猜测。公主们为王后陛下绣的镂空花细布连衣裙正在秘密赶制，只剩两幅边了。韦尔特伊那边已经决定不垒墙，修道篱笆算了。没有沿墙种植的果树，老百姓虽然会损失一些果子，但外地人到此便可以饱览美丽的景色。如果王太子需要手帕，有人会告诉他，母后德·玛西阿克已从刻有庞培和赫拉克勒斯名字的宝箱和金银细软中找出一块漂亮的荷兰细布，阿伽特和洛尔两位公主正整理针线，冻得通红的双手正在待命。两位小王子唐亨利和唐加布里埃依然恶习不改，猛吃葡萄，惹两位姐姐生气，他们什么都不愿学，只喜欢掏鸟窝，吵吵嚷嚷，置国家法令于不顾，肆意砍伐藤条做棍棒耍。教皇的使节——俗称本堂神父大人——威胁说，如果他们继续放着语法的神圣经书不念而去耍枪弄棒的话，便将他们逐出教门。再见了，亲爱的哥哥，没有一封信能像我这封一样承载着如此多对你的祝愿和对你的爱感到满足之情。你回来的时候一定有许多事情告诉我。你一定要把一切都告诉我——你的大妹妹。姑母曾经向我们暗示说，你在上流社会正在春风得意。

在虚伪浮夸的世俗面前，两个孩子的童心和所为，就像天使一般。

赫拉克勒斯：古希腊神话中巨人天神的后代，曾建立了伟大业绩。

只谈一位夫人，其他一概不提。

不提当然是对我们啰！我说，欧也纳，如果你同意，我们就不给你做手帕而给你做衬衣，如何定夺，快给我回信。如果你急需剪裁得当的漂亮衬衣，我们便必须马上动手；若巴黎有我们不知道的款式，给我们寄个样子来，尤其是袖口的样子。再见，再见！我亲你的左额太阳穴的地方，那是专属于我的。我把下一页留给阿伽特，她答应不看我给你写的内容。但为了保险起见，她给你写的时候，我留在她身旁。

热爱你的妹妹

洛尔·德·拉斯蒂涅

纯真的兄妹之情令人温馨之余又倍感叹息。

"唔！对，"欧也纳自言自语道，"对，非发财不可！这样的深情真是千金难买。我一定要把世界上一切幸福都带给她们。"停了一会儿又说道，"一千五百五十法郎！每个法郎都得用在刀刃上！糟糕！洛尔说得对，我只有粗布衬衣。一个姑娘为了心上人的幸福，会变得像小偷般狡猾。她还不谙世事，便已为我想得这般周到，就像上界的天使，尘世的罪孽未明，内心已存宽恕之念。"

真情带来的感动，瞬间就被"向上爬"的欲望撕扯得无影无踪。可怕的金钱魔力，可悲的无良人性。

欧也纳此刻似乎拥有了整个世界！他忙不迭地找来裁缝，经过试探，对方居然答应赊账。自打见过德·特拉伊先生，拉斯蒂涅便懂得了裁缝对年轻人生活的影响。可惜呀！这两者之间并无折中：在账单问题上，裁缝不是你的朋友便是你的死敌。欧也纳遇上的这个裁缝，很明白自身行业的重要性，自认为其手艺关系到年轻人的前程。后来拉斯蒂涅感恩图报，巧妙地说了几句好话，使此人发了财。他说："我知道他做的两条长裤，曾帮人攀上一门年息两万法郎陪嫁的亲事。"

一千五百法郎，外加能赊账定做的衣服！南方的穷小子顿时信心十足，下楼吃午饭的时候，俨然一个兜里有了几文的少年公子，自有一种说不出的神气。钱一旦入了口袋，大学生感到腰板硬了，走起路来也比以前有劲儿了，杠杆上有了支撑点，眼神饱满，直视前方，动作也灵活起来。头一天还畏畏缩缩，像挨了揍，现在见了总理大臣也敢去打上几拳。他内心正发生难以想象的变化。他什么都想要，什么都敢干，胡思乱想地要这要那，既快活，又豪爽，话也多起来了。总之，从前羽毛未丰的鸟儿，如今已能展翅高飞。没有钱的大学生尝到一点点欢乐，像冒着千难万险的狗偷到了一根骨头，一面咬碎，吮吸其中的骨髓，一面还在拼命地跑。年轻人一边拨弄着口袋里有数的几枚金币，一面仔细品尝快乐的感受，踌躇满志，似乎身在九霄云外，不复知贫困为何物，仿佛巴黎已经是他的天下。这是个一切都闪光、都火暴的年龄！成年以后的男女便无法再享有的充满欢乐和活力的年龄！虽然欠下债务，整天提心吊胆，反而更加快乐的年龄！谁没有在塞纳河左岸圣雅各街和圣父街之间混过就根本不懂得人生。当伏盖太太端上一里亚一个的煮梨时，拉斯蒂涅边大口吃着边想："啊！如果巴黎的女人都知道就好了！她们一定会到这里来寻找爱的归宿。"这时候，王家驿站的一个邮差按响栅栏门的铃，走进了饭厅，询问谁是欧也纳·德·拉斯蒂涅先生，然后交给他两个包裹和签收簿。伏脱冷深深地看了他一眼，他像狠狠地挨了一鞭。伏脱冷对他说：

"您有钱去学剑术和射击了。"

"运金船到了。"伏盖太太看着包裹对他说道。

米旭诺小姐不敢看那两袋钱，害怕被人看出自己的贪心。

"您母亲真好。"库蒂尔太太说道。

"先生的母亲真好。"波阿雷也跟着说道。

"是啊，母亲把血都挤出来了。"伏脱冷说道，"现在，您可以去胡闹，进入上层社会，猎取嫁妆，和头戴桃花的伯爵

有了金钱，对怀有野心的"冒险家"而言，像是找到了登天的云梯。即使一分钟前，他还是个一文不名的穷小子。

用狗来形容心术不正的势利小人，恐怕是对狗的污蔑。即使是流浪的狗，也远比这种人可贵。

卑微者最羞耻和最恐惧的事，莫过于被人看穿自己的心思。

这是"老师"在警告"学生"：你可以不在意、不心疼母亲在流血，但上流社会的冒险可能会让你送命。

夫人跳舞了。但是，请相信我的话，年轻人，要常练射击。"

伏脱冷做了一个瞄准的姿势。拉斯蒂涅想给邮差一点儿小费，但口袋里什么也掏不出来。伏脱冷从自己兜里拿出二十个苏，扔给了那个人。

"你是有信用的。"他盯着大学生说道。

拉斯蒂涅只好谢谢他。虽然那天从德·鲍赛昂夫人家里回来和他口角了几句，心中十分讨厌这个人。此后足足一个星期，两人见面都不说话，默默观察对方。大学生百思不得其解。大概因为思想的爆发力与形成思想的力量成正比，脑力到达哪儿思想就到哪儿，根据数学的原理，相当于炮弹出膛，只不过效果不同而已。有的人性格柔和，思想忍而不发，宁愿自己受到摧残；也有些人性格坚强，脑壳如铜墙铁壁，别人的意欲攻之不破，像子弹碰到城墙，只好徒然坠落；还有一些人性格软如棉花，别人的思想碰上去，如炮弹撞进堡垒软绵绵的泥墙。拉斯蒂涅脑子里仿佛装满炸药，一触即发。他年轻活跃，容易接受思想的影响和感情的熏染，许多奇奇怪怪的现象在不知不觉间对他潜移默化。他精神上的视力像山猫眼般洞察入微。每种灵敏的感官都有那种神秘的长度，而且柔韧灵活、伸缩自如。这种惊人的能力，我们在优秀的人物身上可以看到，他们像本领高强的剑客，善于发现一切甲胄的弱点。一个月以来，欧也纳身上既产生了优点，也产生了同样多的缺点。缺点是上流社会和需要满足越来越多的欲望所造成的。在他的优点中间，有一点是南方人的积极进取精神，敢于面对困难，努力解决，不会犹犹豫豫，停步不前，而北方人却称此为缺点，他们认为，这种精神是缪拉成功之道，也是他败亡的原因。由此可以得出结论，如果一个南方人兼有北方的狡诈和卢瓦尔河彼岸的大胆，他便是个完人，能当瑞典国王。因此，拉斯蒂涅不可能长时间遭受伏脱

拉斯蒂涅确实具有"天分"，他不仅很快学会了纨绔子弟的所有"本领"，而且很快抛弃了妨碍自己"成功"的正直与善良。

冷炮火的猛轰而分不清此人是友是敌。他往往觉得，这个奇怪的人物看透了他的七情六欲和内心的想法，而其本人则心扉紧闭、莫测高深，宛如无所不知、无所不见、却又一言不发的斯芬克司。欧也纳现在感到口袋里有钱了，便奋起反抗。

只有心理脆弱的人，才会依靠钱的力量来表现自己强大。

伏脱冷喝完了最后几口咖啡，站起来想走，欧也纳说："请留步。"

"什么事？"伏脱冷边问边戴上他那顶宽边帽，拿起一根铁手杖。他常常耍动这根手杖，大有即使四个贼人来袭击也不怕之势。

"我要把钱还给您。"拉斯蒂涅说着迅速解开一个包裹，数了一百四十个法郎给伏盖太太。"亲兄弟，明算账。"他对那寡妇说，"一直到年底，咱们就两清了。请给我换五法郎零钱。"

"亲兄弟，明算账。"波阿雷看着伏脱冷重复了一句。

"这是一法郎。"拉斯蒂涅说着把一法郎递给那个戴假发的斯芬克司。

"您似乎害怕欠我什么似的，对吗？"伏脱冷大声说道，目光像一直看到年轻人的心里，还觍着脸、挖苦地冲他笑了笑，有许多次，欧也纳几乎火了。

"唔……是啊。"大学生回答时手里拿着两袋钱，站起来准备上楼。

伏脱冷从通向客厅的那道门出去，大学生则准备走通向楼梯的那道门。

"拉斯蒂涅拉马侯爵先生，您对我说的话很不客气，您知道吗？"伏脱冷说着把通往客厅的门砰地关上，冲着大学生走过来。欧也纳冷冷地看着他。

显然这是一种威胁：我对你不高兴，后果会很严重。

拉斯蒂涅把饭厅的门关上，拉着伏脱冷来到楼梯脚下。楼梯的过道可以通向饭厅和厨房，还有一扇镶着长玻璃和铁栅的门直达花园。就在这里，大学生当着正从厨房走出来的西尔维说道："伏脱冷先生，我不是侯爵，也不叫拉斯蒂涅拉马。"

"他们要决斗了。"米旭诺小姐若无其事地说道。

"决斗！"波阿雷重复了一句。

"不会。"伏盖太太轻轻抚摸着她那堆钱说道。

"可他们正往菩提树下走哩。"维克托莉边喊边站起来往花园里瞧，"可怜的小伙子没错呀。"

"亲爱的孩子，咱们上楼吧，"库蒂尔太太说道，"这不关咱们的事。"

两人站了起来，在门口遇见胖子西尔维挡住了她们的去路：

"这是怎么回事啊？"她说道，"伏脱冷先生对欧也纳先生说：'咱们解释解释！'说完，拉着他的胳膊，走进了咱们的菜地。"

这时候，伏脱冷出现了。"伏盖妈妈，"他微笑着说道，"您别担心，我只是到菩提树下试试手枪。"

"啊！先生，"维克托莉双掌合十，问伏脱冷，"您为什么要杀欧也纳先生？"

伏脱冷退后两步，定睛看着维克托莉。"又是一段佳话！"他大声说道，声音透着嘲弄，可怜的姑娘羞得满脸通红。"那个年轻人很可爱，是吗？"他又说道，"看见您，我倒想起一个主意。我来成全你们两个人的幸福吧，我的小美妞。"

库蒂尔太太挽起少女的胳膊，边走边凑到她耳边说："维克托莉，你今天真是莫名其妙。"

"我可不愿意别人在我这里开枪，"伏盖太太说道，"别吓着街坊四邻，一大早就把警察招来！"

"得了，您放心，伏盖妈妈，"伏脱冷回答道，"好了，好了，我们去射击场就是。"他追上拉斯蒂涅，亲热地挽起他的胳膊："等我让您看到，我在三十五步以外连发五枪，每颗子弹都射中黑桃A的时候，您该不会泄气吧。看您怒气冲冲的样子，准会糊里糊涂送命。"

"您打退堂鼓了？"欧也纳问道。

"别惹我生气，"伏脱冷回答道，"今早不冷，咱们到那边坐坐。"说着他指了指几把上了绿漆的椅子。"那儿没人能听见，我要和您谈谈。您是一个心地善良的好小伙子，我不愿意伤害您。说真的……（真该死！）我可以用伏脱冷家族的名誉起誓，我喜欢您。为什么，以后再告诉您。现在嘛，您要知道，我了解您，就像您是我生的一样，我这就证明给您看。把包裹放在那儿吧。"他指了指圆桌又说道。

拉斯蒂涅把钱放在桌上，坐了下来，心里好不奇怪，此人刚才说要杀他，现在又装出是他的保护人，态度变得如此突然，使人大惑不解。

"您一定想知道我是谁，过去做过什么，现在又在干什么。"伏脱冷说道，"您太好奇了，我的孩子。嘿，您先别着急。说来话长！我命途坎坷。您先听我讲，然后再回答。我前半辈子就是四个字：命途坎坷。我是谁？伏脱冷。我干什么？干我喜欢干的事，就这样。您想知道我的性格吗？谁对我好或者和我情投意合的我就跟谁好。他们对我怎么都行，甚至往我腿上踹几脚，我也不会对他们说：小心点儿！可是，妈的！对那些找我麻烦或者我看不顺眼的人，我会像魔鬼一样狠。告诉您也好，杀个把人我只当这么回事！"说着他呸地吐了一口痰。"不过我是非杀不可的时候才漂漂亮亮地去杀。我是你们所说的艺术家。我看过班韦尼托·却利尼的《回忆录》，不简单吧，而且是看意大利原文！此人天不怕地不怕，我从他那里学会像老天爷那样乱杀一阵，同时也学会喜爱美好的事物。单人匹马与所有人作对而且战而胜之，不是很值得一搏的游戏吗？对你们社会目前混乱的结构，我已经深入地想过。孩子啊，决斗不过是场儿戏，无聊的事。如果两个人中间有一个必须死，把这个交由偶然性去决定岂不太蠢了。决斗吗？掷钱币猜正反面，仅此而已！我能一连五枪击中黑桃 A，一颗钉着一颗，而且是在三十五步之外！有了这种本事，总以为击中对手是不成问题的了。却偏偏在二十步外没有打中，而对方还是一个从未玩过枪的人。你瞧！"说着他把背心的扣子解开，露出像熊背那样毛茸茸的胸脯，上面长着一撮令人又恶心又害怕的黄毛。接着，他拉过拉斯蒂涅的一个指头按在自己胸前一个洞上，又说道，"那小子居然烧糊了我的毛哩。不过，那时候，我还是个孩子，和您一样，二十一岁。我还相信一些东西，相信女人的爱情和好些把你弄得颠三倒四的蠢事。咱们要决斗，不是吗？您可能会把我打死。假设我已尸横此地，您怎么办？得逃走，去瑞士，靠父亲的钱糊口，但父亲钱也不多。让我来点明您目前的处境吧，我的见解比一般人高明，因为世上的事我经历得多了，知道只有两条路可走：不是乖乖地服从，便是奋起反抗。我什么也不服从，这不是明摆着的吗？照您现在的开支，您知道需要多少钱？一百万，而且要快，否则，咱们就只好浮尸在圣克鲁的塞纳河面去见上帝。这一百万，我可以给您。"他停了一下，定睛看着欧也纳。"哈，哈！现在您对您的伏脱冷老爹脸色缓和多了。听见这句话，您就像一个小姑娘听见有人对她说：'晚上见！'便赶紧打扮，好比一只猫喝到了奶直舔嘴。这就对了，来吧，咱们两人携手吧！年轻人，先看您的账。家里，咱们有爸爸，妈妈，姑妈，两个妹妹（一个十八岁，一个十七岁），两个弟弟（一个十五，一个十岁），这就是全体船员。姑母带两个妹妹。本堂神父来教两个弟弟拉丁文。全家喝栗子粥的日子比吃白面包的日子多。爸爸裤子穿得很省，妈妈只有一件冬天穿的衣服，一件夏天穿的衣服，咱们两个妹妹有什么就将就穿什么。我全知道，我在南方待过。

（旁注）再次强调上面的意思：为了走我的路，我会除掉所有挡路的人。

（旁注）请注意，在"老师"的长篇训导中，"猫"是第一种被比喻的动物。寓意听话才会受人宠，有奶喝。

如果家里每年给您寄一千二百法郎，而你们那一小块地只有三千法郎的收入，您家的情况就是这样。咱们还有一个厨娘和一个仆人，脸面总不能丢哇！爸爸好歹还是男爵呢。至于咱们本人，咱们有抱负，有鲍赛昂家作靠山，可咱们还得靠两条腿走路；咱们想发财，口袋里却不名一文；咱们嘴里吃着伏盖妈妈的粗茶淡饭，心里向往圣日耳曼区的珍馐美馔；睡的是破床，想的却是高楼大厦！您有欲望，我不怪您，我的乖乖，不是人人都有抱负的。您去问问女人吧，问她们追求的是什么样的男人，有志气的男人。有志气的人比起其他人来腰板更直，血里的铁质更多，心也更热。女人身强力壮的时候既快乐又美丽，挑男人也是专挑孔武有力的，哪怕给压碎了也甘心。我把您的欲望理了一下，好向您提出问题。我要提的问题是这样的：咱们饥肠辘辘，咱们有尖利的牙齿，该怎样想办法才能使锅里有吃的呢？咱们首先要啃法律，那可不是什么有趣的事，其实也学不到什么，但非学不可。好吧，咱们就当律师，将来做重罪法庭的庭长，在比我们强的倒霉鬼肩上刺上 T. F. 字样，送进监牢，好让有钱人能够安心睡大觉。这可不是闹着玩的，时间还挺长。首先要在巴黎熬上两年，而且面对美食却可望而不可即。想要又要不到，那才累人哩。如果你是面色苍白的孱弱书生，那倒没什么可怕，但咱们的血热得像狮子，胃口大得一天能胡闹二十次。那你就遭罪啰，遭咱们在老天爷地狱里见到过的最残酷的刑罚。就算你循规蹈矩，只喝牛奶，写一些无病呻吟的诗，但是，即使你心胸豁达，经历过无比的苦闷和连狗也受不了的节衣缩食的阶段，也只能在一个小城镇接替某个混蛋的职务，政府甩给你一千法郎的薪水，像给肉铺的狗扔去一根骨头。你要像狗一般狂吠，驱赶小偷，为有钱人辩护，将有血性的人送上断头台。不得不如此！如果你没有后台，你就会在一

珍馐（xiū）美馔（zhuàn）：珍奇贵重的食物。

"狮子"是第二种被用来寓意的动物。血气方刚只会碰得头破血流。

"狗"是第三种借喻的动物。

个外省的法院里腐烂发霉。到了快三十岁，如果你还没有改弦更张，可以当一个年薪一千二百法郎的法官。到了四十岁左右，可以娶上某个磨房老板的女儿，岳父每年有六千法郎的收入。谢谢吧。如果你有后台，三十岁便可以当上王家检察官，薪金五六千法郎，娶市长的女儿。要是在政治上耍点儿卑鄙的小花招，像读选票时把名字曼努埃尔念成维莱尔（反正韵是对的，满可以心安理得），四十岁便能当上总检察长，当议员也指日可待。请注意，亲爱的孩子，要这样就得昧着良心，忍受二十年的烦闷和清贫，几个妹妹也只能终身不嫁。我还请你注意，全法国只有二十位总检察长，追逐这个职位的却有两千人，其中不乏为了官升一级连家小都能出卖的丑类。如果您不喜欢这一行，那再看别的。德·拉斯蒂涅男爵愿意做律师吗？噢，好极了。不过得熬上十年，每月花费一千法郎，要有一个书柜，一个写字间，要去交际，拍一位诉讼代理人的马屁以便能揽几个案子，舔法院的地板。若这一行能使您出头，我并不反对。但在巴黎，到了五十岁每年能挣五万法郎的律师，您能找出五个吗？算了吧！与其这样折腰摧眉，我倒宁愿去当海盗。再说，钱到哪里弄？这一切都叫人泄气。老婆的嫁妆倒是个财源。您想结婚吗？结婚等于往脖子上拴块石头。话又说回来，如果为了金钱而结婚，那咱们的荣誉感和高尚的情操到哪儿去了？倒不如现在就打破人世的陈规。像蛇一样躺在一个女人的前面！舔她母亲的脚，做连母猪也不屑做的低三下四的事，呸！只要您能获得幸福，这倒也罢了。但是和这样娶来的老婆过一辈子，不是像阴沟里的石头，倒透了霉吗。和老婆争斗不如和男人干仗。年轻人，这就是人生的十字路口，你选择吧。其实您已经选好了。您已经去过鲍赛昂表姐家，目睹了人间的富贵；您去过高老头的女儿德·雷斯托夫人家，瞻仰过巴黎女人的

此处是译者化用杜甫的诗《茅屋为秋风所破歌》中的"安能摧眉折腰事权贵，使我不得开心颜"一句。

丰采。那天您回来，我看见您脑门上明明写着：往上爬。不惜一切代价往上爬。好样的！我心想，这才是合我胃口的小伙子。您当时需要钱。往哪儿弄去？您挤出妹妹的血。所有做哥哥的都或多或少诓骗过自己的妹妹。您那家乡里，栗子比五法郎的钱币多，您那一千五百法郎天晓得是怎样弄来的，花起来却像士兵抢劫一样快。花光了之后怎么办？去工作？工作嘛，现在您理解了，就是使波阿雷那样的人老来到伏盖妈妈这里租个房间住。五万名与您处于同样地位的年轻人目前要解决的问题就是如何尽快赚一笔钱，您便是其中之一。您想想，要付出多大的努力，战斗又是何等的激烈。你们就像罐里的一群蜘蛛，必须彼此吞食，因为好位置并没有五万个。您知道这里的人是怎么闯前程的？不是靠天才的光芒，便是靠腐蚀的手腕。不像炮弹一样轰进这人群，就得像瘟疫般钻进去。诚实正派毫无用处。人们屈服于天才的威力之下，大家恨天才，极力去诽谤它，因为它一人独占，不愿平分，但如果它坚持，大家就只好屈服。总之，要是不能将它埋入泥土，便向它顶礼膜拜。腐蚀大行其道，而天才确实罕有。所以，腐蚀便成了诸多平庸之辈的武器，您处处都可以感觉到其锋芒。您会看到有些女人，她们的丈夫充其量只有六千法郎的收入，她却能在衣饰方面花费一万法郎以上。您也会看到年薪不过一千二百法郎的小职员，居然能买田置地。有些女人不惜出卖肉体，好坐上王孙公子的马车在布洛涅森林的长野跑马场中央大道上奔驰。您也看到了，高老头的女婿每年有五万法郎的进账，而那可怜的老蠢货还不得不为自己的女儿还债。您就看吧，巴黎到处是阴谋诡计，您走不到两步便会碰到。我敢拿脑袋和这棵生菜根打赌，您碰到第一个您喜欢的女人，哪怕她既有钱，又漂亮，又年轻，您就算一头扎进马蜂窠里去了。她们碍于法律，什么事都要和丈夫明

又一次洞穿了拉斯蒂涅的野心。碰上这样的"师傅"，徒弟岂敢不敬。

"蜘蛛"是第四种比喻的动物："必须彼此吞食"，才能生存。

再次表现出作者对人物语言个性化的文学功力。在这里，贵族沙龙的逢场作戏与逃犯的直截了当绝不一样。

争暗斗，为了情人，为了孩子，为了家里的开销或者为了虚荣——您放心，难得为了高尚的事——所耍的花招，简直说也说不完。所以，规规矩矩的人便成了公敌。可是您知道什么是规规矩矩的人吗？在巴黎，规规矩矩的人就是默不作声、不参与分赃的人。我说的并不包括那些到处干活儿而从来得不到报酬的笨蛋，这些人我称之为仁慈的上帝所创造的糊涂虫。诚然，他们愚蠢之中蕴藏着高尚的感情，这也就是他们贫困的原因。如果在末日审判时，上帝给我们来个恶作剧，故意不出席，这些好人一定会哭丧着脸。所以，如果您想尽快发财，必须现在便已经有钱或者装作有钱。想要有钱就得放手大干，要不就去骗。在许许多多您能从事的职业中，如果有十个人成功得快，大家便称他们是贼。结论您自己去下好了。人生就是这样，跟厨房一样腥臭。要想捞油水就不能怕弄脏手，只要事后洗干净就行；我们这个时代的全部道德仅此而已。我对您如此谈论这个世界是因为我有这个权利，我了解它。您以为我会责备这个世界吗？绝对不会。因为它一向如此。道德家永远改变不了它。人类并不完美，虚伪的程度时有不同，于是傻子们便说，社会的风气好了或者坏了。我并不站在老百姓一边骂有钱人：人类不管上中下都是一个样。每一百万个这种高级野兽之中就有十个胆大妄为的家伙，他们高居于一切甚至法律之上，我就是其中之一。您嘛，如果您是好样的，就昂起头大踏步往前冲，但您必须与妒忌、诽谤、平庸，甚至和所有人作斗争。拿破仑遇到过一位名叫奥布里的陆军部大臣，险些被送往殖民地。请您考虑一下，看看每天早上一觉醒来是否比前一天更有决心。倘若如此，我倒要向您提出一个谁也不会拒绝的建议。您听着，我嘛，我有一个想法，打算弄一块十万阿尔邦的领地，比方在美国南部，去过一种恬静的生活，成为种植园

虽然这种推论过于绝对化，但道出了当时真实的社会。

只有饱尝人间的冷暖、目睹了人吃人的社会现实之后，才能作出如此震撼的人生总结。

主，买些奴隶，靠卖牛、卖烟草和木材赚上几百万，日子过得像王侯一样，爱干什么就干什么，那种生活是蹲在这儿的土洞里怎么也想象不出来的。我是个大诗人。我的诗不是写的，而是寓于行动和感情之中。目前我有五万法郎，刚好能买四十个黑奴。我需要二十万法郎，因为我想买二百个黑奴，以满足我过恬静生活的爱好。黑奴，您明白吗？是些大孩子，你可以随意摆布他们而绝不会有好管闲事的王家检察官来找您的麻烦。有了这笔黑色的资本，十年间我便能赚上三四百万。一旦成功，便不再会有人问我的来历，我就是四百万先生，美国公民，五十岁，还没有堕落，可以随意寻欢作乐。总之，如果我能替你弄到一百万嫁妆，您能分给我二十万法郎吗？百分之二十的佣金，怎么样？是不是太贵了？您可以使您的小媳妇喜欢您。一旦结了婚，您就装出不安和懊恼的样子，半个月愁眉不展。找一天夜里，胡闹了一番之后,您吻吻她，喊她一声心肝宝贝，然后向她宣布您欠人二十万法郎。这样的戏，最有出息的年轻人天天在演，因为女人一旦倾心于你，必然会解囊相赠。您以为这样做吃亏了吗？不会的。一宗买卖便能把您那二十万赚回来。有了钱又有头脑，您想发多大的财都行。Ergo，不出半年，您的幸福、一位娇娃的幸福，还有您的伏脱冷老爹的幸福就都有了，现在，您全家冬天没有木柴取暖，只好往手指头上呵气，到了那时也能尝到幸福的甜头了。对我的建议和我的要求，你不必大惊小怪。巴黎六十对美满婚姻之中就有四十七对进行过类似的交易。公证人公会就曾经迫使某某先生……"

"那我该怎么办呢？"拉斯蒂涅迫不及待地打断伏脱冷的话，问道。

"根本不必着急。"伏脱冷回答时心里暗喜，仿佛渔夫发现鱼已上钩。"您好好听我说，一个倒霉的女人，她那颗可怜

罪恶的计划终于和盘托出，因为对于一个已经上钩的"鱼"，不用再有什么忌讳了。

拉丁语，我。

一个涉世未深又心怀野心的年轻人，终于在江湖老手的威逼利诱和赤裸裸的洗脑中，被彻底征服了。

的心就像块干枯的海绵，急需爱情的滋润，滴上一滴感情，立即膨胀起来。追求一个孤独、绝望、穷困而前途未卜的姑娘，就如同打牌时手里拿着五张同花顺和四张点数相同的牌，或者买彩票时知道中奖的号码，买公债时获悉新的内部行情，婚事十拿九稳。即使姑娘有了几百万，也会像扔石子一样扔到您的脚下，说：'拿去吧，亲爱的！拿去吧，阿道尔夫！阿尔弗雷德！拿去吧，欧也纳！'只要阿道尔夫、阿尔弗雷德或者欧也纳灵机一动，肯为她作出牺牲，而我所说的牺牲不过是卖掉一件旧礼服，一起到蓝钟餐厅吃一顿蘑菇吐司；然后晚上到喜剧院看场戏，或者把表送到当铺好买一条披肩送给她。至于女人所醉心的情书和甜言蜜语，就不必我再说了，像不在她们身边时，写信给她故意往信纸上滴几点水装作眼泪等，这一切打动人心坎的话，您似乎都很熟悉。您明白吗？巴黎好比新大陆的一个森林，里面生活着二十多个野蛮民族，像伊利诺斯人、休伦人等，都靠各种社会猎物过活，您是个追求百万家财的猎人。为了把猎物弄到手，您使用陷阱、粘胶、鸟笛。打猎的种类很多。有的猎取嫁妆，有的趁别人清盘时低价买入股票；有的在选举中收买人心，有的不顾订户的利益出让报馆。狩猎满载而归的人都受到上流社会的敬重、祝贺和款待。说句公道话，此地宾至如归，您所在的巴黎是世界上最好客的城市。即使欧洲各大首都骄傲的贵族拒绝认同一个臭名昭著的百万富翁，巴黎也会向他伸出双臂，参加他的喜庆活动，赴他的宴会，为他的卑鄙行为干杯。"

"但哪里能找到个女人呢？"欧也纳问道。

"远在天边，近在眼前！"

"维克托莉？"

"正是。"

"噢，为什么？"

无论拉斯蒂涅的未来如何，伏脱冷的这句话都会在他的心中牢牢生根：一个善捕猎物的高明"猎人"，即使手段卑鄙，人们也会为他喝彩。

拉斯蒂涅正一步步走进早已设计好的陷阱，而诱饵正是他自己的野心。

"她已经爱上您了，您那位德·拉斯蒂涅男爵夫人！"

"她不名一文。"欧也纳吃了一惊，说道。

"啊，谈到正题了。不过再说几句，一切便都清楚了。"伏脱冷说道，"她父亲泰伊番是个老坏蛋，大家都说他在大革命时代曾经谋杀过自己的一个朋友，是我们那帮有独立见解的哥们儿中的一个，还是银行家、弗雷德里克·泰伊番公司的大股东。他有一个独生儿子，想把全部财产留给儿子而不给维克托莉。我最看不惯这种不公平，和唐·吉诃德一样，喜欢帮助弱小，对抗豪强。如果上帝把他的儿子召回去，他当然会要他的女儿，因为他好歹要有个继承人哪，这是人类愚蠢的天性，而且他已经不能再有孩子了，这一点我清楚。维克托莉温柔体贴，很快便能哄得她父亲心花怒放，被她用感情的鞭子像抽空心陀螺那样弄得团团转。您对她的爱情她心领神会，决不会忘记，将来准定嫁给您。至于我，我扮演救世主的角色，代仁慈的上帝玉成此事。我有一位生死之交的朋友，是卢瓦尔军团的一名上校，刚刚调到王家卫队。他听从我的劝告，成了极端保王党人，他可不是固执己见的笨蛋。我的乖乖，要说我对您还有什么忠告的话，就是不要固执己见，也不必言而有信。有人收买，你便待价而沽。一个自诩不改变主张的人是一个一条路走到黑，以为这样万无一失的傻瓜。世界上没有原则，只有事件；没有法律，只有机遇。高明的人能驾驭事件，抓住机遇而因势利导。即使有固定的原则和法律，人民也不能随意更换，像更换衬衣一样。一个人不一定非比整个民族都聪明不可。为法兰西出力最少的人倒因为什么都看不顺眼而成为人们崇敬的偶像，这样的人最多只配放在劝业博物馆，与机器为伍，贴上写着拉法夷特的标签。至于被所有人扔石头的亲王，他鄙视人类，别人要他如何指天誓日他都欣然答应，而就是他，在维也纳大会

典型的强盗逻辑。但在自私自利的拜金者听来，这简直就是圣经。

掼(guàn)：握住东西的一端而摔另一端。

上使法国免受瓜分。他给别人编织了花环，别人却给他脸上掼污泥。噢，我什么事情都知道！许多人的秘密都掌握在我手里！够了！只要有一天我遇到三个人在一条原则的实施上意见取得一致，我就服了，但不知道要等到何年何月！在法庭上找不到三位法官对一条法律有统一的解释。现在还是谈我说的那个人吧。只要我开口，他连耶稣基督也会钉回到十字架上。他的伏脱冷老爹说一句话，他便会向那个连五法郎也不寄给穷妹妹的浑蛋挑衅，然后……"说到这里，伏脱冷站起身，摆出架势，做了个剑术教师的防守动作。"然后，把他干掉！"他又加了一句。

"真可怕！"欧也纳说道，"您是开玩笑吧，伏脱冷先生?"

原本善良的人真要去行凶作恶，难免良心有所发现。

"得，得，得，您冷静点儿，"伏脱冷说道，"别孩子气。不过，您要是乐意，尽管去生气、去光火好了。您可以说我是个卑鄙小人、坏蛋、恶棍、强盗，但别叫我骗子，也别叫我奸细！来呀，说吧，把您的连珠炮放出来吧！我不怪您，像您这样的年龄，那是很自然的！我以前也曾经这样！不过，您仔细想一想。有朝一日，您干的事会比这还糟糕。您会去讨好某个漂亮女人，接受她的钱。您已经这样想过了！"伏脱冷道，"因为如果您不把您的爱情贴现，又怎能成功呢？可爱的大学生，道德是分不开的，有就是有，没有就是没有。人家对我们说，错误可以补救，忏悔可以赎罪，真是个好办法！勾引一个女人，好作社会的进身之阶，离间一个家庭的子女，总之，为了个人的兴趣和利益，明里暗里干的一切卑鄙勾当，您以为都是合乎信、望、爱三原则的行为吗？为什么对一夜之间使一个未成年的孩子输掉一半财产的浪荡公子只判两个月的监禁，而对只偷了一张一千法郎钞票的穷光蛋罪加一等，判以苦役？这就是你们的法律，没有一条不荒谬。戴着手套满嘴漂亮话的人，杀人不见血，一般杀人犯则用铁棍撬门作案，两者都一样在暗中进行！我现在建议您做的和将来您会做的，差别只在于见血不见血。您以为这个世界上有什么一成不变的东西吗？千万别轻信人，还是看看法律网上有没有能钻的空子吧。无明显的原因而发大财，其秘密一定是被人忽略的罪案，只不过干得干净利落而已。"

"别说了，先生，我不想再听了。听您的话，我会连自己也怀疑起自己来的，此刻我只能凭感情来判断。"

"随您的便，好孩子。我原以为您很刚强，"伏脱冷说道，"现在我什么也不再和您说了。不过，只说最后一句。"他定睛看着欧也纳，说道："您已经掌握了我的秘密。"

"一个拒绝您的计划的年轻人转眼便会忘掉。"

"您说得好，我很高兴。您知道，换了别人，就不会这样小心谨慎。要记住我想帮助您的这番好意。我给您半个月去考虑，愿意就干，不愿意就算了。"

看着伏脱冷把手杖往胳膊下一夹、悄然走开的背影，拉斯蒂涅心里想："好一个钢打铁铸的强人，德·鲍赛昂夫人委婉曲折地对我说的话，他直截了当地说了出来，一双铁爪把我的心撕得粉碎。我为什么想到德·纽沁根夫人家里去？我心中一有想法，他立即就猜到。总之，有关道德的事，这强盗比旁人和书本上告诉我的还多。如果道德不容许妥协，我岂不是骗了我两个妹妹的钱？"他边说边把口袋扔在桌子上，坐下来，头昏脑涨地思索。"忠于道德无疑是一种高尚的牺牲行为！算了！谁都相信道德，可是谁是有德之人呢？各民族都崇尚自由，但世界上自由的民族又在哪里？我的青春年华仍然一尘未染，像万里无云的蓝天。想富或者想贵，不就等于下定决心去撒谎、躬腰、在地上爬，然后站起来，阿谀谄媚、弄虚作假吗？不就是答应听那些曾经撒谎、躬腰、爬行的人使唤吗？要入他们那一伙，必须先伺候他们。那可不行。

没有谁比罪犯更了解罪犯了。即使过了上百年甚至更多，这句话仍会应验。

这段心理描写和内心独白，间接地刻画了伏脱冷的阴险与可怕。

当道德与欲望冲突，自私的人最会寻找更多理由为自己开脱。

我要光明正大地工作，日以继夜地用劳动去挣钱，这条发财之路是最慢的，但每天脑袋枕到枕头上的时候倒觉得问心无愧。如果回首往事，看到自己一辈子纯洁得像朵百合花那样，岂不美哉？我和生活好比一个青年和他的未婚妻，尚未结缡而伏脱冷已让我看到了婚后十年的情形。活见鬼，我脑袋都糊涂了。不必多想，让心做我的向导吧。"

这当儿胖厨娘西尔维一声喊"裁缝来了"，欧也纳如梦方醒。提着两袋钱去见裁缝，欧也纳倒不觉得尴尬。试完了几套夜礼服，又试上午穿的新装，发觉自己简直变了另一个人，心想："我绝不在德·特拉伊先生之下，终于像位绅士了！"

"先生，"高老头走进欧也纳的房间，问他道，"您不是问我德·纽沁根夫人经常在哪家出入吗？"

"是啊！"

"好吧，下星期一，她去参加德·卡里利阿诺元帅的舞会。如果您能去，回来务必告诉我，我的两个女儿玩得开不开心，穿什么衣服，总之，把一切都告诉我。"

"我的好老爹，您是怎样知道的？"欧也纳说着把他让到火炉前坐下。

"是她的女仆告诉我的。她们两人的行动我都可以通过泰蕾丝和康斯坦斯知道。"老头儿又快活地说道。此时的他就像一个青年，想出了一个点子和心爱的人来往而对方并没猜出来，得意之状，可想而知。"您哪，您倒能见到她们！"他说这句话时，脸上天真地流露出既痛苦又羡慕的神情。

"我不知道，"欧也纳回答道，"我这就去见德·鲍赛昂夫人，问她是否能把我介绍给元帅夫人。"

欧也纳想到以后能穿着新装在子爵夫人家露面，不禁心中暗喜。道德家们称之为人类心灵深渊的，无一不是个人利益方面靠不住的想法和不由自主的行动。突然的变化，大声的辩白，

凭着感觉走，既是心理矛盾的反映，也是甘心堕落的开始。

明明最有理由、最有资格去见最心爱的人，但不能相见，这种痛苦的折磨，不亲自经历绝不能真正体会。

然后又忽然回到老路，都是为我们的享受而作的盘算。拉斯蒂涅看到自己鲜衣美服，手套、靴子，样样舒齐，顿时把规规矩矩做人的决心忘得一干二净。青年人若心存不义，绝不敢在良知的镜子面前照自己，成熟的人倒敢正视，这就是生命两个阶段的不同之处。这几天，欧也纳和高老头这两个邻居成了好朋友，他们彼此相投纯粹出于心理因素，而同样的心理却在伏脱冷和这位大学生之间产生了截然相反的感情。大胆的哲学家如果想观察我们的感情对物质世界的影响，必然会发现不止一个实例，可以证明这种感情在我们和动物之间所产生的关系完全是物质的。相面的人能从面貌看出一个人的性格，但其速度绝对比不上狗，狗一眼便能知道陌生人是喜欢它还是不喜欢它。有的人天真可笑，想淘汰一些所谓老生常谈，但事与愿违，"物以类聚"这个成语依然是人们的口头禅。我们若被人爱就必然有所感觉，因为这种感情能穿越空间，在任何事物上都留下痕迹。一封信就是一颗心，是话语忠实的回声，故而被多情的人当做爱情最宝贵的信物。高老头盲目的感情使他狗一样的本能发展到登峰造极的程度，他感觉到年轻大学生心里对他的怜悯、赞赏和同情。但这种刚刚产生的感情还不足以使他推心置腹。欧也纳尽管表示想见德·纽沁根夫人，但并不打算靠老头子引见，而只是希望老头子给他透露点儿可以利用的机会。高老头也只是在他那天公开谈到那两次访问时才向他提起自己的女儿。第二天，他对欧也纳说："亲爱的先生，您怎么能以为说出了我的名字，德·雷斯托夫人会生您的气呢？我的两个女儿很爱我，我是个幸福的父亲。对我不好的仅仅是两个女婿。我不想我的两个宝贝女儿因为我与她们夫婿的不和而感到痛苦，宁愿偷偷去看她们。这种暗中会面，乐趣无穷，不是那些随时可以见到女儿的父亲们所能体会的。我不能那么办，您明白吗？于是等天气好的时候，先向女儿的贴身女仆打听女儿出不出门，然后

这里还是通过一段旁白，生动而传神地刻画了此时此刻高老头内心的感受。

到香榭丽舍大道，在半路上等她们。车子经过时，我的心怦怦直跳，看见她们穿戴整齐，我高兴极了。她们经过时对我笑了笑，我顿时觉得天空射出一缕金色的阳光，照得大地一片辉煌。我不走开，因为她们要回来的。我又见到她们了！呼吸过新鲜的空气，脸颊红扑扑的，身旁的人说：'这女人真美！'我听了心里乐滋滋的。那不是我的亲骨肉吗？我羡慕给她们拉车的马，真愿做她们膝上的小狗。她们快乐我才觉得生活有意思。每人都有自己爱的方式，我又不妨碍谁，别人为什么要管我呢？我这样爱觉得很幸福。我等晚上女儿离家去参加舞会时去看她们，这难道犯法？如果我到晚了，别人对我说：'夫人走了。'那我才伤心呢！有一天晚上，我一直等到凌晨三点，才见到两天没见的娜齐。我高兴得几乎死过去！我恳求您，提到我时一定要说我两个女儿都很孝顺。她们总想买各种各样的礼物送给我，我不让，对她们说：'你们把钱留着吧！我要钱有什么用？我什么也不缺。'说实在的，亲爱的先生，我是什么？不过是行尸走肉，只有一颗心如影随形地跟着两个女儿罢了。"说完，老头停了一会儿。看见欧也纳准备先到杜伊勒里公园遛遛，等时间到了再去德·鲍赛昂夫人府，便又说道："您见到德·纽沁根夫人以后告诉我，您更喜欢哪一个。"

　　不料大学生这一溜达倒决定了他今后的命运。几个女人注意到他了。他那么年轻，又那么漂亮，风度翩翩，温文尔雅。看见有人欣赏自己，他顿时把被他搜刮一空的两个妹妹和姑母，以及不入歧途的决心忘得一干二净。他看见头上飞过那个很容易被人当做天使的魔鬼，翅分五彩的撒旦沿路撒下红宝石，把金箭射到宫殿的门楣，使女人穿上紫红的衣衫，使原先十分朴素的王座放射出粗俗的光彩。他听过虚荣之神的絮叨，把浮华看做权势的象征。伏脱冷的话虽然玩世不恭，却已深深印入他的心灵，仿佛一个黄花闺女的记忆中已铭刻

女儿在高老头心中已经至高无上。但父亲对女儿的这种疼爱已经扭曲了。

行尸走肉：比喻不动脑筋、无所作为、糊里糊涂混日子的人。

玩世不恭：不把现象社会放在眼里，对什么事都采取不严肃的态度。

上一个兜售胭脂花粉的老虔婆的身影。这老虔婆对她说："你会桃花运好，金银满屋！"

　　欧也纳百无聊赖地溜达了一会儿。五点左右，他来到了德·鲍赛昂夫人府。不料在那里碰了一个大钉子，而一般年轻人对此是无可奈何的。到那时为止，他一直觉得子爵夫人对他十分亲切、充满善意，使人如尝佳酿，但那是贵族教育的结果，其内心的真实感情却未必如此。

　　这次他一进门，德·鲍赛昂夫人便做了一个不耐烦的手势，冷冷地对他说："德·拉斯蒂涅先生，我不能接待您，至少现在不能！我有事……"

　　拉斯蒂涅已经学会了察言观色，这个手势，这句话，这瞥目光和这种语调，是贵族阶层性格和习惯地地道道的反映。他看到天鹅绒手套里的铁腕，雍容华贵的仪态下隐藏的个性和自私，油漆掩盖下的木料。总之，他听到了上自王侯、下至末流贵族所发出的声音："我是王爷。"欧也纳以前过于轻信她的言辞，高估了她心灵的高尚。像所有的倒霉蛋一样，他天真地以为施恩者和受恩者已订立盟约，而盟约第一条就规定，只要心灵伟大，双方完全平等。他以为使两个人合二为一的善心是一种天人之爱，殊不知这种爱和真正的爱情一样难以理解和绝无仅有，因这二者都是美好心灵慷慨付出的表现。拉斯蒂涅想跻身卡里利阿诺公爵夫人的舞会，只好咽下这口气。

　　"夫人，"他激动地说，"不是有要事，我绝不会来打扰，请您开恩，我可以晚点儿再来。"

　　"行！来和我一起吃晚饭吧。"她对刚才语气之严厉感到有点儿不好意思，因为她到底是个善良而高贵的女人。

　　见她突然转变态度，欧也纳颇为感动，但临走仍不免暗自感慨："爬就爬吧，一切都要挺住。如果最好的女人一时间也会不承认她对你许下的友谊的承诺，把你弃如敝屣，其他

这段排比句，通过强烈的对比，揭露出贵族阶层虚伪、丑陋的本质。

敝屣（bìxǐ）：破旧的鞋，比喻没有价值的东西。

的女人又会怎样呢？不正是人人为己吗？真的，她家不是铺子，而我错就错在有求于她。伏脱冷说得好，必须像炮弹那样打进去。"但不久，大学生这种酸溜溜的想法便被到子爵夫人府上吃饭的快乐打消了。就这样，仿佛命中注定似的，生活中一切鸡毛蒜皮的事都促使他进入伏脱冷所说的境界，人生如战场，你不杀人就被人杀，你不骗人就被人骗。伏脱冷真是伏盖公寓中语出惊人的狮身人面兽。在这种境界里，他必须把良知和心肝扔在一旁，戴上假面具，像在斯巴达一样，神不知鬼不觉地攫取财富才算高明。

他返回子爵夫人府时，发现夫人如往常一般，给予他殷勤的接待。两人进入餐厅，子爵已在那里等候。餐厅里水陆纷陈，众所周知，复辟时期，讲究饮食已达到无以复加的程度。德·鲍赛昂先生一切都玩厌了，除了美食，没有其他嗜好。的确，在这方面，他与路易十八和德·埃斯卡公爵可谓同道。因此桌上铺陈堪称双绝，既有肴馔之精，也有餐具之美。欧也纳从未见过这等场面，他第一次在这种累世公侯之家作客。昔日帝政时代，舞会结束总有夜宵，因为军人需要补充体力以应付国内和国外的战斗，这种风习如今已经取消。欧也纳此前仅参加过舞会。所幸他已开始养成从容的仪态，日后在这一点上更是表现不俗，所以此时并没有大惊小怪。可是，目睹这雕花的银餐具和饭食的千般讲究，第一次看见仆役上菜时毫无声响，一个有丰富想象力的人又怎能不摒弃早上还打算过的清贫日子，而去追求这无时不高贵豪华的生活呢？有一阵子他又想起平民公寓的情况，感到厌恶至极，发誓一月份就搬出来，换一个干净点儿的住处，同时也好躲开伏脱冷，免得总感到他的大手拍自己的肩膀。一个有良知的人如果想到巴黎千百种有声或无声的伤风败俗之事，便会纳闷，国家为什么糊涂到把学校设在巴黎，让年轻人集中在那里。美貌女人为何还受到尊重？兑换商摆在那里的金子为何不至于神奇地从他们的木钵中不翼而飞？但如果我们考虑到年轻人中犯大小罪行的案例不多，难道我们不应该佩服那些总能成功地控制本身胃口的贪食症患者吗？如果把可怜的大学生和巴黎社会的搏斗好好描绘出来，那一定是我们现代文明最有戏剧性的题材。德·鲍赛昂夫人频频看着欧也纳，要他开口说话，但欧也纳在子爵面前却不愿吭声。

"今晚您陪我上意大利剧院吗？"子爵夫人问丈夫。

"能够遵从您的吩咐对我无疑是件乐事，"子爵的回答殷勤中略带嘲讽，大学生却没听出来，"但我有约在先，要去杂耍剧院。"

"是和他的情妇有约。"子爵夫人心里想道。

"今晚阿瞿达不来陪您吗？"子爵问道。

"不。"夫人没好气地回答。

"好吧，既然您一定要人陪，请德·拉斯蒂涅先生陪您好了。"

子爵夫人微笑着看了一眼欧也纳，说道：

"这对您多有不便吧？"

拉斯蒂涅欠身回答道："夏多布里昂曾经说过，'法国人喜欢冒险，因为冒险之中有荣耀。'"

几分钟之后，他坐在德·鲍赛昂夫人身旁，由一辆双座轻便马车送往那个时髦的剧院。当他走进正面的包厢，和花枝招展的子爵夫人一起成为所有观剧镜争相捕捉的目标时，恍如进入了仙境，而且美妙的事源源而来。

"您是有话要跟我说吧，"德·鲍赛昂夫人问他道，"哟，德·纽沁根太太和咱们只隔三个包厢。她姐姐和德·特拉伊先生在另一边。"

子爵夫人说着朝德·罗什菲德小姐的包厢看了看，见德·阿瞿达先生不在那儿，脸上顿时发出异样的光彩。

不翼而飞：没有翅膀却能飞，比喻东西突然不见了。

法国作家。著名作品有《革命论》等。

欧也纳看了一眼德·纽沁根夫人，说道："她真迷人。"

"她的睫毛发白。"

"不错，但身材多么窈窕！"

"她的手很大。"

"眼睛美极了！"

"脸太长。"

"长脸也别有韵致。"

<u>"那真算是她走运了。瞧她把观剧镜拿起、放下的姿势！每个动作都透着高里奥的本色。"子爵夫人的话使欧也纳大为惊讶。</u>

说实在的，德·鲍赛昂夫人虽然拿着观剧镜往大厅里四下瞧，装做并没注意德·纽沁根夫人，其实对方的每一个动作都没有放过。但斐纳·纽沁根看见佳丽满堂，而德·鲍赛昂夫人这位风流俊俏、风度翩翩的表弟竟目不转睛地只盯着自己，心里美滋滋的。

"德·拉斯蒂涅先生，如果您继续一个劲儿地看她就会闹笑话了。这样死盯不放绝到不了手。"

"我亲爱的表姐，"欧也纳说道，"您已经够照顾我的了，如果您想好人做到底，我只求您再帮我一个忙，这对您只是举手之劳，对我却是莫大的恩惠。因为我已经被迷住了。"

"这么快？"

"是的。"

"被这个女人？"

"我的心思难道用得着明说吗？"他说着深情地看了他表姐一眼。"卡里利阿诺公爵夫人和德·贝里公爵夫人很要好，"他停了一下又说道，"您一定能见到她，请您行行好，把我介绍给她，带我到她星期一的舞会上去。那我便能碰见德·纽沁根夫人，一展身手了。"

"没问题，"她说道，"如果您已经对她产生兴趣，爱情一定能顺利发展。瞧，德·玛赛在加拉蒂奥讷公主的包厢里。德·纽沁根太太心里正难受，她气坏了。要接近一个女人，尤其是一个银行家的太太，这是千载难逢的机会。昂丹大道上的女人都喜欢报复。"

"换了您，在这种情况下会怎么办？"

"不声不响地受苦呗。"

这时候，德·阿瞿达侯爵走了进来。

"为了来看您，我把事情都办糟了，之所以告诉您，是希望这一牺牲不至于白费。"

子爵夫人顿时满脸生辉，欧也纳看得出那是真正爱情的表现，和巴黎女人搔首弄姿、装腔作势大不相同。他很赞赏他的表姐，一声不响地把位置让给了德·阿瞿达先生，叹了口气，心想："一个女人爱到如此地步，心灵有多么高贵，多了不起！而这个男人却为另一个小妞背弃她，怎么可能呢？"他像孩子一样气极了，真想跪到德·鲍赛昂夫人脚下，希望自己有魔鬼般的力量，把她搂进心窝，像老鹰将一只未断奶的小白羊掠回鹰巢。在这个姹紫嫣红的博物馆里，竟没有一幅画、一个情妇是属于他的，不禁感到万分屈辱，心想："有情妇不啻身若王侯，那是权势的标志啊！"于是他看着德·纽沁根夫人，有如一个受辱的人盯着对手。子爵夫人转身向他睐了睐眼睛，对他的心意表示万分感谢。这时第一幕完了。

"您和德·纽沁根夫人很熟，能否把德·拉斯蒂涅先生引见一下？"她问德·阿瞿达侯爵道。

"她一定很高兴见这位先生。"侯爵说道。

漂亮的葡萄牙人站起身来，挽着大学生的手臂，转眼之间便来到了德·纽沁根夫人的身旁。

"男爵夫人，"侯爵说道，"我荣幸地向您介绍德·鲍赛昂

千载难逢：一千年也难得遇到，形容机会难得。

一场贵族名流真真假假的爱情游戏，不知谁才是真正的玩偶。

怀有这样的心理，是极度的自卑。

夫人的一位表弟，欧也纳·德·拉斯蒂涅骑士。他对您印象深刻，所以我想成全他，把他领到他的偶像身边。"

这几句话多少带有打趣的成分，含义也颇有点儿唐突，但娓娓道来，没有一个女人听了会不高兴。德·纽沁根夫人嫣然一笑，请欧也纳在丈夫刚刚走开而留下的位置上坐下。

欧也纳开始了自己的征程，他要不顾一切地往上爬。

"先生，我不敢建议您留在我身旁，"她说道，"一个人有幸亲近德·鲍赛昂夫人是不会轻易离开的。"

"可是，"欧也纳低声对她说道，"夫人，我似乎觉得，如果我想使我表姐高兴，最好还是留在您这里。"他提高声音说道："侯爵未来之前，我们一直谈论您，说您人才出众。"

德·阿瞿达告辞走了。

从被姐姐冷遇转而投向妹妹并甘当贵妇人宠物犬的拉斯蒂涅，此时已不知道羞耻。

"真的，先生，"男爵夫人说道，"您要留在我这儿？咱们这就成熟人了。德·雷斯托夫人提到过您，真是久仰了。"

"她这是说假话，她给我吃了闭门羹。"

"怎么？"

"夫人，我真心想把原因告诉您，不过，在把这样一个秘密向您如实说出的时候，我要求您千万海涵。我是令尊的邻居。当初我不知道德·雷斯托夫人是他的千金。无意中提到了这一点，把令姊和令姊夫得罪了。说来您也许不相信，德·朗热公爵夫人和我表姐都认为做子女的背弃父亲，有失高雅。我把经过告诉她们，惹得她们哈哈大笑。德·鲍赛昂夫人将您和令姊作了比较，在我面前，对您赞赏有加，说您对我的邻居高里奥先生十分孝顺。其实，您怎能不孝顺他呢？他那么爱您，连我看了也眼红。今早，我们足足谈了您两个钟头。再说，我脑子里装满了令尊对我说的话，刚才和敝表姐吃晚饭时，我跟她说，您的孝心比您的美貌更胜一筹。德·鲍赛昂夫人大概见我对您如此仰慕，便带我到这儿，以她一贯的热心对我说，我在这里定能一睹您的风采。"

"这样说来，先生，"银行家太太说道，"我结识您之前便已欠下您的情了。用不了多久，咱们会成为老朋友的。"

"虽然友谊对您来说并非一种庸俗的感情，"拉斯蒂涅说道，"可我永远不愿意做您的朋友。"

初涉情场的人这种千篇一律的无聊套话，女人总觉得很中听，冷静推敲，才知内容空泛。但年轻人的手势、语音、眼神却能赋予这些空话以无穷的魅力。德·纽沁根夫人觉得拉斯蒂涅很可爱。再说，她也像其他所有女人一样，对大学生这类单刀直入的问题实在难以置答，所以只好顾左右而言他。

"是啊，可怜的父亲对我们好得实在不能再好了，我姐姐这样对待他很不对。德·纽沁根先生坚持只许我早上见父亲，我不得已只好让步，但心里一直很难受。我哭了。他这种专横，加上婚后的种种虐待是困扰我们家庭最重要的原因。在世人眼里，我是巴黎最幸福的女人，其实是最倒霉的。我这样讲，您一定以为我疯了。但是，您认识我父亲，我不把您当外人。"

"急不可待地要把一切都奉献给您的男人，这个世界上除了我，您绝不会找到第二个。"欧也纳说道，"女人寻求的是什么？"接着，他又以动人的声调自己回答："是幸福。话说回来，如果一个女人的幸福就是有人爱，有人怜，有一个知音能够诉说内心的愿望、幻想、悲哀和快乐，能够倾吐胸臆，袒露自己的缺点和优点而不怕被出卖，那么，请相信我，这颗赤诚而火热的心只能在一个年轻人身上找到。这个年轻人充满幻想，只要您一个暗示便能为您去死，他还不谙世故，也不想知道，因为您就是他的整个世界。您知道吗？这就是我，您会笑我天真，我来自偏僻的外省，是地道的雏儿，只

贵族圈中每天都充斥着这些违心的假话和虚伪的套话。但久居鲍鱼之肆，早已不闻其臭。

这或许是句真话。但以下的话，却明显是在为自己不见父亲而开脱。

胸臆(yì)：指心里的话或想法。

认识几个好人，本不指望会有什么爱情。谁知道遇见我的表姐，她对我眷顾有加，使我领悟到爱情的诸多宝贵之处。我像薛侣班，爱慕所有的女人，总想把一颗心献给其中的一个。刚才进来看到了您，顿时觉得被一股暖流冲向您的身旁。我早已憧憬着您！但做梦也没想到现实的您竟如此美貌。德·鲍赛昂夫人不许我这样看着您。她不知道，您美丽的樱唇，如雪的肌肤，温柔的眼睛让人百看不厌。我的话有点儿放肆，望您海涵。"

海涵（hán）：敬辞，大度包容（多用于请人原谅时）。

这种甜言蜜语是女人最爱听的，连最洁身自好的女性也难免，即使她绝对不该回答。拉斯蒂涅一开了头，便压低声音，讨好地一直说了下去。德·纽沁根夫人频频微笑加以鼓励，并不时瞟一眼还待在加拉蒂奥讷公主包厢里的德·玛赛。拉斯蒂涅一直留在德·纽沁根夫人身旁，到她丈夫回来接她时才离去。

"夫人，"欧也纳对她说道，"我希望在卡里利阿诺公爵夫人的舞会之前能去拜访您。"

"兹（既）然内子请您，当然切陈（竭诚）欢迎。"男爵说道。他是个身材臃肿的阿尔萨斯人，大圆脸盘露出狡猾的表情。

作者对男爵咬字不清的描写，再次尖刻地讽刺了王公贵族的不学无术和外强中干。

其时德·鲍赛昂夫人已经站起来，准备和德·阿瞿达一起离开，欧也纳趋前告别，一面想："事情很顺利，因为听见我问'您爱我吗?'她并没有生气。"马嚼子已经上好，只消跳上去便能策马驰骋了。可怜的大学生不知道当时男爵夫人根本心不在焉，正等待着德·玛赛的一封决定性的、令人心碎的信。欧也纳误以为自己已经得手，便将子爵夫人送到剧院前的回廊下，大家都在那里等马车。

欧也纳离开后，葡萄牙人笑着对子爵夫人说："你那位表弟简直像换了一个人。庄家的老本非输给他不可。他灵活得像条鳗鱼，我想他将来一定大有作为，你真会挑，挑到一个正需要安慰的女人给他。"

"不过，"德·鲍赛昂夫人说道，"得知道她是不是还爱甩掉她的那个人。"

大学生从意大利剧院步行回圣热内维埃弗新街，脑子里盘算着美好的计划。他已经注意到，不管在子爵夫人的包厢，还是在德·纽沁根夫人的包厢，雷斯托夫人都十分仔细地打量他，于是断定今后伯爵夫人不会再让他吃闭门羹了。他还想去讨好元帅夫人，这样在巴黎上流社会中，他便拉上了四个重要的关系。他还不太知道用什么方法，但已预测到这个世界存在着复杂的利害关系，他必须抓住一个机钮来驾驭这部机器，他认为自己有力量使齿轮停住不动。"如果德·纽沁根夫人属意于我，我就教她驾驭丈夫。她丈夫是做银钱生意的，一定能帮我发笔横财。"对此他暂时还没有考虑得十分清楚，因为他还不够老练，不能根据情势好好加以分析和盘算。这些想法像天边飘动的几缕云彩，尽管没有伏脱冷的想法明确，但若放在良心的坩埚里，也提炼不出什么纯粹的物质。一般人正是经过一连串这类交易，导致道德沦丧，而现代社会对此反而提倡。因此行为端正、出淤泥而不染、将稍稍偏离正道视为罪过的人，今天已寥若晨星，像过去莫里哀和最近瓦尔特·司各特的名著中的阿尔赛斯特和珍妮·迪恩斯父女，都是诚实正直的伟大形象，但这类人物现在比过去任何时代都罕见。也许，与之相反的作品，将一位上等人或者一个野心家如何昧着良心走邪道，如何不露形迹地设法达到自己目的的曲折过程描写出来，同样也会产生美和动人心弦的效果。

拉斯蒂涅回到公寓门口，一颗心已经被德·纽沁根夫人俘虏，只觉得她身材窈窕，轻盈得像燕子，脑海里出现的是

野心已经成功地实现了第一步。拉斯蒂涅再也无法停下借势向上爬的脚步。

坩（gān）埚：熔化金属或其他物质的器皿，一般用黏土、石墨等耐火材料制成。

她醉人的双眼、细腻且似乎能看见下面血液流动的肌肤、迷人的声音、金色的秀发。也许因他走路时血液循环加快，使其蛊惑力更强了。大学生使劲儿敲高老头的门。

"邻居，"他说道，"我见到但斐纳夫人了。"

"在哪儿？"

"在意大利剧院。"

"她玩得开心吗？您快进来。"老头儿穿着内衣便起来开门，赶紧又躺下。"快给我说说她的情况。"他说道。

欧也纳第一次走进高老头的房间，把他的蜗居和刚才他女儿华贵的装束一比，不禁惊呆了。屋里连窗帘也没有。由于潮湿，墙上的壁纸多处已经剥离、卷缩，露出被烟熏黄的石灰。老头儿睡一张破床，盖的被很薄，暖脚的棉垫还是用伏盖太太的旧衣服缝的。地砖发潮，净是土，窗子对面是一个鼓肚的红木柜，铜把手有花叶编织的图案，一个木洗脸架，上面放着脸盆、口杯和全套刮胡子的用具。一个角落里放着鞋，床头柜既没有门，也没有大理石台面，壁炉没有生过火的痕迹，旁边有张胡桃木方桌，高老头就是用这张桌的横杠把镀金器皿扭弯的。一张破书桌上放着老头的帽子，加上一张塌了底的藤靠椅和两把椅子，便算是房间里的全套家具。床架用一根布条拴在楼板上，支着一幅红白格子的床幔。高老头在伏盖太太公寓的这间房，家具连住在阁楼上替人跑腿的穷捎客也不如。看了令人揪心发冷，像到了阴森森的囚室一样。幸亏高老头没看见欧也纳把蜡烛放在床头柜上时的面部表情。他把身子向欧也纳转过来，把被子一直拉到脖梗。

"喂，德·雷斯托夫人和德·纽沁根夫人两个您喜欢哪一个？"

"我更喜欢纽沁根夫人，"大学生回答道，"因为她对您更孝顺。"

下面的介绍，与之前观看歌剧演出时的盛况与奢侈，简直是天上地下。由此更加衬托出高老头的不幸，以及两个女儿的无情、无耻。

捎(qián)客：指替人介绍买卖，从中赚取佣金的人。

　　老头儿听了这句话心里暖烘烘的，把胳膊伸出被窝，紧紧握住欧也纳的手。

　　"谢谢，谢谢。"老人感动地说道，"关于我，她跟您说了些什么？"

　　大学生添枝加叶地把男爵夫人的话重复了一遍，老头子像听福音那样听着。

　　"真是好女儿，不错，不错，她对我很孝顺。不过，她说阿娜斯塔齐的话您可别信。她们姐儿俩彼此妒忌，您看出来了吗？这说明她们有孝心。德·雷斯托夫人对我也很孝顺，我知道。父亲对儿女就像上帝对我们，能一眼看透他们的思想，知道他们的用心。她们两个都很孝顺。唉，如果女婿好，我就太幸福了。不过，天底下哪有十全十美的幸福呢？如果我住在她们家里，只要能听见她们的声音，知道她们在那儿，看见她们进进出出，像以前她们在我身边一样，那我的心一定会高兴得蹦起来。她们的衣着好吗？"

　　"好，"欧也纳说道，"不过，高里奥先生，您女儿家里那么阔，怎么您倒住在这个破地方呢？"

　　"得啦，住得好对我有什么用？"他装作不在乎的样子说道，"这些事情没法跟您说清楚。我连两句连贯的话也说不上来。一切都在这里。"他捶了捶心口又说道，"我的两个女儿就是我的全部生活。只要她们玩得痛快、活得幸福、穿得好、走路有地毯，那我穿什么、住在哪里，又有什么关系。她们暖我就不觉冷，她们乐我就不觉闷。她们发愁我才发愁。等您做了父亲的时候，看见您的儿女喊喊喳喳说话，您会想：'他们都是我亲生的！'您会觉得，这些小家伙身上全是您的骨血，是您血统的精华，因为本来就是嘛！您会觉得您和他们骨肉相连，他们走路，您身子也震动。无论在哪里，女儿的声音都在我耳边。她们的眼神忧郁，我便血液凝滞。有朝

　　直到此时，深爱着女儿的高老头，仍把一切过错归于女婿，而对女儿毫无怨言。可叹亦可悲。

　　对于高老头而言，岂止是自己的全部生活，甚至还搭上了整个生命。

一日您会知道，<u>只要他们幸福，您比自己幸福还高兴。这一点我没法给您解释，这是一种体内的活动，使您浑身舒畅。总之，我好比有了三次生命。</u>有件稀奇事，我给您讲讲好吗？原来直到我做了父亲，我才真正懂得了上帝。上帝无所不在，因为万物都由他而生。先生，我对我的女儿就是这样，只是我爱她们胜于上帝爱世界，因为世界没有上帝美，我的女儿却比我美。她们与我心灵相通，所以我预感到，您今晚一定能见到她们。我的上帝，要是有一个男人能使我的小但斐纳幸福，幸福得像有男人爱的女人一样，那我宁愿给他擦靴子，当听差。我从她的贴身女仆那儿知道，德·玛赛那小子是条恶狗，有时我真恨不得扭断他的脖子。放着一个莺声呖呖、十全十美的宝贝女人不爱！只怪她没长眼睛，竟嫁了这么一个阿尔萨斯的大树桩子。她们两个都应该找风流英俊的如意郎君。可丈夫都是她们自己挑的。"

高老头真伟大，欧也纳从未见过他脸上焕发出如此慈爱的光辉。值得注意的是，感情有一种感染力。<u>不管一个人如何粗俗，只要他流露出强烈的真情，便会散发出一种特殊的气息，能改变他的面容，使他的行动和声音也活泼动听起来。</u>在爱的作用下，一个最愚蠢的人即使不能在言谈之中，至少也在思想上成了个滔滔不绝的雄辩家，通体笼罩着明亮的光环。此时，老头儿声音举止之中有一股大演员般的感染力。我们美好的感情不就是意志力如诗似歌的表现吗？

"那么，我告诉您一件事，您听了也许不会生气，"欧也纳对他说道，"她大概要和德·玛赛一刀两断了，那个风流浪子丢下她去追加拉蒂奥讷公主。至于我，今晚已爱上了但斐纳夫人。"

"真的吗！"高老头说道。

"真的。她并不讨厌我，我们谈论爱情，足足谈了一个钟头，后天星期六我还要去看她。"

"噢，先生，如果她对您有好感，那我也喜欢您。您人好，绝对不会折磨她。如果您背叛她，我首先就切断您的脖子。您明白吗？一个女人一生只能爱一次。我的上帝！欧也纳先生，我又语无伦次了。您在这里准觉得冷。这么说，您听见她说话啰？她让您给我捎什么话了？"

欧也纳心想，根本没有，但他高声回答老头子："她跟我说，她亲吻您。"

"再见吧，邻居，好好睡，祝您做个好梦。有了这句话，我等于做了个美梦。愿上帝如您所愿！今晚你对我像个善良的天使，在您身上我闻到了我女儿的气息。"

"可怜的人，"欧也纳躺下的时候心里想，"真是连铁石心肠的人也会为之感动。他女儿可一点儿也没想到他。"

这次谈话以后，高老头把这位邻居看做一个意想不到的心腹，一个朋友。老头子之所以能和一个人产生感情完全是他们之间上述那种关系。爱是不会打错算盘的。如果欧也纳成为男爵夫人钟情的人，高老头觉得，自己离女儿但斐纳会稍稍近一些，对自己的接待也会好一些。何况，他已经把女儿心中的隐痛告诉了欧也纳。他每天都上千次祝愿但斐纳能够幸福，但这个女儿从未获得过爱情的滋润。当然，用他的话来说，欧也纳是他所见到过的心肠最好的青年。他似乎预感到欧也纳能给予他女儿一切该有而至今尚未获得的欢乐，因此对这位邻居的友谊与日俱增，而没有这种友谊，我们便无从知道本故事的结局。

第二天早上吃饭的时候，高老头坐在欧也纳旁边，亲切地看着他，和他说话，一反平时石膏像般的木讷表情，使同桌的人惊讶不已。伏脱冷自从上次和欧也纳交谈过以后还是第一次又见到这位大学生，似乎想猜出他的心思。头天夜里，

铁石心肠：比喻心肠硬，不为感情所动。

尽管两个人身份不同、目的不同，但确实是因为同一个女人，而让这一老一少的两个男人在不知不觉中产生了可以信任的好感。

欧也纳在入睡之前，已经把展现在眼前的广阔视野掂量了一番，现在回忆起此人的计划，自然想起了泰伊番小姐的嫁妆，不禁看了看维克托莉，正如一个正派的年轻人瞧着有大笔遗产继承的少女一样。说也凑巧，两人的目光不期而遇。可怜的姑娘觉得欧也纳穿上新装一表人才。四目相视，意味深长，拉斯蒂涅情知自己已成了她心目中的对象，怀春少女遇见第一个可爱的男性，内心总会产生一些模模糊糊的要求。大学生似乎听见有个声音对他喊："八十万嫁妆哩！"但突然又想起头天晚上的事，觉得自己对德·纽沁根夫人难以压抑的爱无疑是精神上的解毒剂，能驱除不知不觉的邪念。

"昨晚意大利剧院上演罗西尼的《塞维勒的理发师》，音乐之美是我从未听过的。"他说道，"天哪！在意大利剧院有个包厢太幸福了。"

高老头一听这话就竖起耳朵，好像狗看见主人的动作。

"你们真是快活潇洒，"伏盖太太说道，"你们男人喜欢干什么就干什么。"

"您是怎样回来的？"伏脱冷问道。

"走回来的。"欧也纳回答道。

"我，"伏脱冷又说道，"要快活就彻底快活，我要坐自己的马车去，有自己的包厢，然后舒舒服服地回来。要么什么都齐备，要么什么都不要！这是我的格言。"

"此言有理。"伏盖太太加了一句。

"您也许去看德·纽沁根夫人吧？"欧也纳低声问高老头，"她一定张开双臂欢迎您，而且会打听关于我的事。我知道她千方百计希望我表姐德·鲍赛昂子爵夫人接待她。您别忘记对她说，我非常爱她，一定想着满足她的希望。"

拉斯蒂涅不想在这个讨厌的公寓多待一分钟，便匆匆赶往法学院。他闲逛了一整天，脑袋发热、满怀希冀的年轻人

这真是个绝妙的讽刺。一场接近于犯罪的艳遇，此时却阻止了拉斯蒂涅的另一个犯罪企图。

已经从名流交际场中满足了虚荣心，就再也无法忍受曾经习惯了的生活。

大抵都如此。伏脱冷的议论使他不断考虑社会人生，忽然在卢森堡公园里迎面碰见他的朋友毕安训。

"你神态严肃，怎么回事？"那位医科学生挽起他的胳膊，一齐在卢森堡宫前踱步。

"我正受着坏思想的折磨。"

"属于哪种类型的？思想嘛，是可以治的。"

"怎么治？"

"顺着它就行了。"

"你只管开玩笑，什么也不知道。你看过卢梭的作品吗？"

"当然。"

"他在书中有一段问读者，如果在巴黎不动窝，单凭意念便能杀掉一个中国的满大人而发财，他们干不干？你记得吗？"

当时法国人将中国清朝政府的官员称满大人。

"我记得。"

"你觉得怎样？"

"哼！我已经杀到第三十三个了。"

"别开玩笑。喂，如果经过证实，此事可行，只要你点一下头，那你干不干？"

"那满大人老不老？不过，算了吧，老也好，少也好，瘫痪的或身强力壮的也好，老天爷……真缺德，我不干。"

"毕安训，你是好样的。但如果你爱上一个女人，为她神魂颠倒，而她又需要钱，需要许多的钱来买衣服、马车、供她挥霍，那你怎么办？"

神魂颠倒：神魂；精神，神志（多用于不正常时）。形容被人或物迷得失去理智或原则。

"你把我弄糊涂了，倒要我来给你说理。"

"咳，毕安训，我疯了，治治我吧。我有两个妹妹，像天使般美丽和纯洁，我希望她们幸福，可是从现在起五年之内到哪里去找二十万法郎给她们作陪嫁呢？你看，生活上有时非咬牙搏一搏不可，不能为了挣几个小钱而断送了幸福。"

"你提出了每一个人入世时都要遇到的问题，亲爱的，你想快刀斩乱麻，一下子解开高尔求斯结，除非你是亚历山大大帝，否则只能进监狱。我嘛，我倒愿意苟安于我自己在外省营造的平凡生活，老老实实地子承父业。一个人的感情在最小的圈子里和在大环境里同样能得到满足。拿破仑在嘉布遣教会学校做寄宿生时，晚饭一天也没吃两顿，情妇也不比一个医学院学生多几个。亲爱的，幸福再多，我们也只有一个身体来享受，幸福的代价每年是一百万也好，一百个路易也好，我们内心的感受都是一样的。杀那个满大人的事就算了吧。"

"谢谢，毕安训，你的话使我茅塞顿开！我们永远是朋友。"

"我说，"学医的学生说道，"刚才听完居维埃在植物园讲课出来，看见米旭诺和波阿雷坐在长凳上和一个男人谈话，去年议会附近闹事时我见过此人，给我的印象像个警察局的密探，故意装成靠年金生活的诚实老百姓。好好研究这一对吧，原因以后告诉你。再见了，四点钟上课，我得去报到了。"

欧也纳回到公寓，发现高老头正等他。

"给，"老头儿说道，"她来的信，您瞧她那笔好字！"

欧也纳拆开信，只见上面写着：

为了让女儿高兴，高老头不惜屈尊为女儿充当偷情信使。这样的父亲天下难找。

先生，从家父处得知，您喜欢意大利音乐。如果您肯赏光来我的包厢，我将十分高兴。星期六有佛多尔和佩莱格里尼的演出，相信您一定不会拒绝我的邀请。德·纽沁根先生和我都希望您能到舍下用便饭。如蒙俯允，他将非常高兴，因为这样他就可免去丈夫的苦差，不必陪我去戏院了。无须赐复，伫候光临，谨此致意。

纽·但斐纳

欧也纳看完信，老头对他说："把信给我瞧瞧。"他把信纸闻了闻，又说道，"您去，是吗？好香！她的手指准碰了信纸来着！"

"女人对男人是不会这样主动的，"大学生心想，"她想利用我，使玛赛回心转意，只是出于恨才会干这样的事。"

"喂，"高老头问道，"您在想什么？"

欧也纳不知道，某些女人会虚荣得发狂，也不知道，为了敲开圣日耳曼这个贵族区的一扇大门，一个银行家的妻子会甘愿牺牲一切。那个时代的风气，把能进入圣日耳曼区贵族社会的女子看做高人一等，被称为小王宫命妇。她们之中的顶尖人物便是德·鲍赛昂夫人、她的女友德·朗热公爵夫人和摩弗里纽斯公爵夫人。昂丹大道那些太太想挤进群星闪耀的上层圈子的那份狂热，只有拉斯蒂涅还不知道。但他的戒心没有坏处，使他能保持冷静，能对别人提出条件而不是接受别人的条件。

"是的，我会去的。"他回答道。

就这样，好奇心促使他去德·纽沁根夫人家，假使这个女人瞧不起他，他反而会出于爱情冲动而前往。不过他仍然心急如焚地等待着第二天出发的时刻。年轻人第一次约会也许和初恋一样甜蜜。成功的信心使人产生的万般喜悦，男人是不说出来的，但的确形成了某些女人的魅力。得手困难与得手容易同样能使人的欲望油然而生。男人的一切感情肯定都是爱情帝国里这两大原因激发或培养起来的。也许二者均由人的气质所决定，但不管怎么说，却主宰着社会关系。多愁善感的人需要女性卖弄风情作兴奋剂，而神经质或多血质的人遇到女子过分相拒，很可能便会拂袖而去。换句话说，唱哀歌的人主要属于淋巴质，而唱颂歌的人则属于胆汁质。欧也纳一面着装，一面心里暗暗得意，一般年轻人即使得意

作者在这里暗示：所谓父女亲情、男女爱情，在赤裸裸的金钱交易中都变得苍白无力。

也不敢说，怕人笑话，私下自尊心却得到了满足。他整理头发，憧憬着美貌女人顾盼间目光会在他黑色的卷发上掠过。他像穿衣打扮去赴舞会的年轻姑娘一样做各种淘气的怪样。他边欣赏自己修长的身材，边抚平礼服上的皱褶。心想："肯定有许多人还不如我！"接着便下楼。全公寓的人正在围桌吃饭，看见他这身华贵的装束不禁连声喝彩，他心里乐滋滋的。平民公寓有个特殊的习惯，就是看见有人衣着讲究便大惊小怪。谁穿件新衣服大家便都要说上一句。

"嘚，嘚，嘚，嘚。"毕安训像催马般用舌头抵着上颚发出声响。

"好一副公爵大老爷的派头！"伏盖太太说道。

"先生是去吊膀子吧？"米旭诺小姐发表自己的意见。

吊膀子：方言。调情。

"喔喔喔喔！"画家学公鸡怪叫。

"尊夫人真是可喜可贺。"博物馆的职员道。

"先生有夫人了？"波阿雷问道。

"一个带单间的夫人，能在水上漂，保证好皮色，价钱二十五到四十法郎，时髦的方格图案，能下水，穿上漂亮，半纱半棉半羊毛，专治牙痛和王家医学院公布的其他疾病！对小孩效果最佳！对头痛、肚胀，和诸如食道、眼睛和耳朵等杂症更是药到病除！"伏脱冷以走访郎中可笑的腔调说了一大套，"诸位，你们会问我这神药要多少钱？两个子儿！不，完全不要钱。这是供应蒙古大汗的剩余品，全欧洲的君主包括巴德大……公都想开开眼界。诸位请进，入门直走，到柜台去看。喂，奏乐！布隆拉，拉，特朗！拉拉蓬，蓬！吹单簧管的，你走调了！"他用嘶哑的嗓音又加了一句："看我敲你的指头！"

同为房客，相处久了也会像家人一样。哪怕其中有人是逃犯。

"我的上帝！此人真是个活宝！"伏盖太太对库蒂尔太太说道，"跟他在一起永远不会无聊！"

随着这番有趣的叫卖，大伙儿又是乐，又是开玩笑，这当儿，欧也纳瞥见泰伊番小姐偷偷看了他一眼，俯身凑到库蒂尔太太的耳朵说了几句话。

"车来了。"西尔维说道。

"他到哪里赴宴？"毕安训问。

"德·纽沁根男爵夫人府。"

"高里奥先生的女儿家。"大学生回答道。

听到这个名字，所有的目光都转向老面条商人，老头则羡慕地看着欧也纳。

拉斯蒂涅来到圣拉扎尔街一座轻巧的房子前面。单薄的廊柱，俗气的回廊，这就是巴黎的所谓时髦漂亮，是典型的银行家住宅，只图讲究，不惜花钱，处处都是仿大理石的装饰，楼梯过道也是大理石镶嵌。德·纽沁根夫人在小客厅里接待他。客厅里挂着意大利油画，装饰得像咖啡馆。男爵夫人掩饰不住的满脸愁容倒不是装的，使欧也纳颇为关切。他本以为自己的造访能使一个女人高兴，不料对方竟苦着脸，失望之余，感到面子上有点儿过不去。

"夫人，我没有权利问您的心事，"他打趣地说道，"如果我打扰您，希望您别客气，坦白地告诉我。"

"您别走，"她说道，"您一走就剩下我一个人了。纽沁根在城里有饭局，我不愿意孤零零的，我想散散心。"

"您怎么啦？"

"我告诉谁也不能告诉您哪！"她大声说道。

"我很想知道，大概这个秘密也与我有关。"

"也许！"她又说道，"不！夫妻吵架，不宜外传。前天我不是告诉过您吗？我一点儿也不幸福。<u>黄金的锁链是最沉重的。</u>"

如果一个女人对一个年轻的男人说自己不幸福，如果这

这句话中"羡慕"一词，表现了做父亲的感情之真挚、热烈，也有无奈和心酸。

喻意深刻：富裕的生活未必都使人幸福，心中也有他人不知的痛苦。

衣冠楚楚：形容穿戴整齐、漂亮。

个男人脑子机灵，衣冠楚楚而又有一千五百法郎的闲钱在口袋里，他的想法一定和此时欧也纳的想法一样，一脸的得意扬扬。

"您还需要什么呢?"欧也纳回答道，"您年轻、美貌、有钱，又有人疼。"

"别提了。"她凄然地摇了摇头，"咱们一起吃晚饭，就咱们两个人，然后去欣赏最美妙的音乐。您觉得我合您的意吗?"说着，她站起来露出她华丽的、上面绣着波斯图案的白色开司米裙裾。

"我恨不得您整个属于我，"欧也纳说道，"您真迷人。"

"那您就倒霉了。"她苦笑着说道，"这里看来一切都好，但只是表面的。我很苦恼，愁得睡不着，容颜憔悴。"

"噢! 不可能。"大学生说道，"我很想知道您为什么苦恼，难道忠贞的爱情也拂不掉您的烦恼?"

"唉! 如果我把心事告诉你，您非被吓走不可。"她说道。"您爱我不过是出于男人惯有的殷勤，如果您真的爱我，您便会坠入失望的深渊。所以您要明白，我不该告诉您。"接着，她又说道，"求求您了，咱们谈别的吧。请来参观一下我的房间。"

"不，咱们就留在这里。"欧也纳边回答边挨着德·纽沁根夫人，在炉旁一张双人椅上坐下，蛮有把握地拿起她的手。

她让欧也纳拿着自己的手，甚至还使劲儿压着年轻人的手，显得非常激动。

"您听着，"欧也纳对她说道，"如果您心里苦恼，便应该告诉我。我想向您证明，我是为了您而爱您的。<u>您应该把痛苦告诉我，好让我为您分忧，哪怕要杀半打人我也在所不辞，否则我就走，而且一去不回。</u>"

纽沁根夫人等的就是这句话。

"好吧，"她绝望地拍了拍额头，大声说道，"我马上就考验您一下。"她心想："对，只有这个办法了。"她拉铃叫人。

"先生的马车套好了吧?"她问仆人。

"套好了，夫人。"

"我要用。让他用我的马车好了。您到七点钟再开饭。"

"咱们走，来——"她对欧也纳说道。欧也纳上了德·纽沁根的马车，坐在那女人身旁，感到像在做梦一样。

"去王宫市场，法兰西剧院附近。"她吩咐车夫道。一路上她都很激动，无论欧也纳如何问，她都拒绝回答。真不知道她这样呆头呆脑，一声不吭，赌的是什么气。

"刹那间我就抓不住她了。"他心里想。

车停了，男爵夫人看了大学生一眼，其神情使沉不住气的年轻人话到嘴边也不敢胡说。

"您真的很爱我?"她问道。

"是的。"他强作镇静地回答道。

"不论我要求您做什么，您都不会往坏处想，对吗?"

"不会。"

"您愿听我的吩咐吗?"

"无条件服从。"

"您上过赌场吗?"她问的声音有点儿发颤。

"从来没去过。"

"噢! 这我就放心了。您手气一定好。这是我的钱包,"她说道，"您拿着呀! 里面有一百法郎，一个幸福女子的全部家私就在这儿了。您去找一家赌场，我可不知赌场在哪儿。不过我知道王宫市场有。您就拿这一百法郎去押轮盘赌，要么输光，要么替我赢六千法郎。等您回来，我就将我的烦恼告诉您。"

"真见鬼，您要我干的事我根本不懂，不过我照办就是。"他乐滋滋回答道，心想："她叫我干了这种事，以后便不会拒

她的一切失神、异常其实都是为了一个字:钱。

为了让这个一时单纯的年轻人,去替自己进行下一步的不耻行为(赌博),还需再考察一番。

本来就是为了利用对方而走到一起,这件事完成之后两个人都会各遂所愿。

绝我的任何要求了。"

欧也纳接过漂亮的钱包，向一个卖衣服的小贩打听到最近一家赌场的位置，便直奔九号门牌。上楼以后，把帽子交给侍者，进得屋来，问轮盘在哪里。熟客们惊讶地瞧着他，侍者把他领到一张长桌子前面。众人也都跟过来，他满不在乎，径直问赌注该押在哪里。

一位白头发的长者告诉他："如果您把一路易押在这三十六个号码中的一个上面，若中了就有三十六个路易。"

欧也纳二十一岁，干脆把一百法郎全押在这个数字上。他还来不及细看，只听见一声惊呼，他中了。

"把钱收起来吧。"老者对他说道，"玩这个不会连赢两回的。"

欧也纳接过老者递给他的耙子，把三千六百法郎捞过来，根本不懂得该怎么赌，便把钱全都押在红上。大家看见他继续下注，都羡慕地看着他。轮子转动，他又赢了，庄家又扔给他三千六百法郎。

"您有七千二百法郎了，"老者咬着他耳朵说，"信我的话，您就走吧，已经开过八次红了。如果您想感谢我这个忠告，就发发善心，周济我一下，我在拿破仑时代当过省长，现在已经身无分文了。"

拉斯蒂涅一愣神，让白发老者拿走了十个路易，揣着七千法郎下楼，虽然对赌博还一窍不通，但对自己运气这样好惊讶不已。

车门关上以后，他把七千法郎给德·纽沁根夫人看，问道："瞧这个，现在又带我上哪儿？"

一语点破其中奥秘。

但斐纳疯了似的搂着他，使劲吻他，但此举绝非出自爱情。"您救了我！"她说着，快乐的眼泪流了一脸，"朋友，我要将一切都告诉您，您不是我的朋友吗？在您眼里，我有钱，生活富裕，什么都不缺，或者表面看什么都有！其实，您要知道，德·纽沁根先生一个子儿也不让我支配。家里的开销，我的车马和包厢都由他掌管，给我的衣着费根本不够，他锱铢必较，害得我私下一个钱也没有。我有傲气，不愿意求他。要他的钱就得按他的要求出卖自己，那我还能算是人吗？我自己有七十万法郎，怎么会乖乖地让他剥削到这步田地？原因无非是自尊和气愤。我们结婚的时候太年轻、太天真了！向丈夫要钱，简直说不出口。我不敢，只好花自己的私房和可怜的父亲给我的钱，接着便借债。婚姻让我伤心透了，简直没法对您说。告诉您一句就够了：要不是和纽沁根各有各的卧室，我非跳楼不可。告诉他我欠债，因为要买首饰和其他我所喜爱的东西（父亲是习惯了对我们有求必应的），那简直是受罪。但我终于鼓起勇气跟他说了，我不是有笔属于我的财产吗？纽沁根火了，说我会使他倾家荡产，话很难听，我恨不能一头扎进地下。他得了我的嫁妆，只好替我还债。不过对以后我个人的零花钱规定了一个数目，为了息事宁人，我只好同意了。后来，我接受了一个人的追求，您知道他是谁。即使此人又背叛了我，说句公道话，他的人格还是高尚的。但他终于卑鄙地把我甩了！男人在女子有难的时候给过她大把金钱，就不应该抛弃她！应该永远爱她！您只有二十一岁，年纪轻轻，天真无邪，您会问我，一个女人怎能接受一个男人的金钱呢？我的上帝，我们受人之恩，和人有福同享，有难同当，不是天经地义的吗？自己既然已经什么都给了人家，还在乎整体中的某一部分吗？只有感情不存在之后，钱才成为问题。不是说白头偕老吗？我们中间有谁会在恩爱的时候便预见到将来要分手呢？你们发誓永远爱我们，为什么利益又分得那么清呢？纽沁根每个月都给他的情妇——一个在歌剧院演戏的——六千法郎，可今天我向他要

"一入豪门深似海。"确实，这番话很容易让人对纽沁根夫人产生强烈的同情心。可只要想想她和姐姐是如何虐待、压榨父亲的，一切都变得那么恬不知耻、无情无义。

作者借一个放荡女人之口，揭露当时社会的丑陋，鞭挞毁灭人性、败坏良心的拜金主义。

同样的数目，他却断然拒绝。您不知道，我当时多么伤心！我真想自杀，脑子里闪过许多荒唐的念头。有一阵子，我真羡慕我的贴身侍婢，羡慕她做女仆。去找父亲吗？可笑！阿娜斯塔齐和我已经把他榨干了，我可怜的父亲如果能值六千法郎，他卖身也愿意。现在我只能让他干着急。是您挽回了我的面子，救了我的命，当时我痛苦得昏了头。唉，先生，我必须向您作这番解释，我简直是疯了才要您做那样的事。当您走了，看不见的时候，我真想下车逃走……逃到哪里？我不知道。巴黎的女人有一半就过着这样的生活。外表上穷奢极侈，内心却备受折磨，我认识的女人当中，有的比我还苦。有的被迫叫商人开假账，有的只好偷丈夫的钱。有的丈夫以为两千法郎的开司米围巾，五百法郎便能买到，有的则以为五百法郎的开司米围巾价值高达两千。有些可怜的女人让孩子挨饿，东搜西刮，好做件连衫裙。可我从来没有用这样卑鄙的手段骗人。这就是我最大的苦恼。有的女人为了使丈夫听她们的话，不惜把身子卖给丈夫，我至少还是自由的！我本可以使纽沁根在我身上挥金若土，但我宁愿把头靠在我器重的人胸膛上哭个痛快。啊！今晚德·玛赛先生没有权利把我看做他出钱供养的女人了。"她把脸埋在手里不让欧也纳看见她掉眼泪。欧也纳捧起她的脸仔细端详，觉得她很有情操。她说："把金钱和感情混在一起不是太卑鄙了吗？您不会爱我了。"

使女人变得伟大的高尚情操，以及现代社会迫使她们所犯的错误，二者混合在一起，使欧也纳没了主意，只好柔声蜜语地安慰她，一面欣赏这个在痛苦之中天真而不加防范地道出心事的美貌女人。

"请答应我，您绝不会拿这事要挟我。"

"嗜，夫人，我哪能啊？"

> 这种话，无疑是在揭开早已充满脓血的贵妇生活的疮疤。

> 挥金若土：成语为"挥金如土"。形容任意挥霍钱财，毫不在乎。

她拿起欧也纳的手按在胸口上，既柔情脉脉而又充满感激。"全靠您，我现在又变得自由和快活了。以前我总感到有只无形的铁手威胁着我，现在，我要生活朴素，不随便花钱了。我这样做很好，对不对，朋友？"说着，她只拿了六张钞票，说，"这些您留着吧，凭良心说，我还欠您三千法郎，因为我认为该和您平分才对。"欧也纳说什么也不干，但男爵夫人对他说："要是您不做我的同党，我就把您看做敌人。"他只好把钱收下，说道："我就拿着以防不测好了。"

"我最怕听这个字眼儿。"她叫了起来，同时脸都白了，"如果您心里有我，就请您发誓永远不再上赌场。我的上帝！我若把您带坏，那我要痛苦死了。"

他们到了家。刚才的困苦和现在的豪华对比之下，大学生只觉得头脑昏沉，耳边又响起了伏脱冷那些可怕的话。

男爵夫人走进房间，指着壁炉旁边一张双人椅说道："请坐，我要起草一封很难写的信！您给我出出主意。"

"别写信，"欧也纳对她说道，"把钞票放进信封，写上地址，派您的女仆送去就行了。"

"您这个人真行，"她说道，"唉，先生，这才叫受过良好教育！完全是鲍赛昂的作风。"她微微一笑，又说道。

"她真可爱。"越来越动情的欧也纳心里想。他看看房间，陈设豪华，像有钱妓女的家。

"您喜欢这里吗？"她边说边拉铃叫女仆。

"泰蕾丝，您亲自把这个送给德·玛赛先生，亲手交给他。如果找不到他就把信带回来给我。"

女仆机灵地看了一眼欧也纳便走了。晚饭准备好了，德·纽沁根夫人挽起欧也纳的胳膊，把他领到一个布置得很精致的餐厅。欧也纳重新见识了一次在他表姐那里领略过的珍馐美味。

可惜的是，这一警告并没有让拉斯蒂涅警醒。后来他终于因赌失财，两手空空，并且险些为此去犯罪。

"意大利剧院有演出的日子，您就来和我吃晚饭，陪我一道去。"

"这种美好的生活若能持续下去，会叫我习以为常的，但我是个穷大学生，需要挣份财产。"

"财产会有的，"她大笑着说道，"您瞧，我多开心，真是没有想到。"

用可能来证明不可能，用预感来否定事实，这是女人的天性。当德·纽沁根夫人和拉斯蒂涅联袂进入滑稽剧院的包厢时，她踌躇满志，美艳照人，引得全场议论纷纷，非但女人本身无法自辩，而且会使人相信那些故意无中生有的绯闻。如果对巴黎有所了解，就不会轻信人言，因为真正做了的事，大家是不说的。欧也纳握着男爵夫人的纤手，两个人两只手以互握的力度代替说话，交流对音乐的感受。对他们来说，这是销魂蚀骨的一夜。他们一起离开剧院。德·纽沁根夫人一直把欧也纳送到新桥。一路上在车中挣扎，不肯把她在王宫市场曾经给过他的热吻再给他一次。欧也纳怪她有始无终。

"刚才是报您拔刀相助之恩，"她回答道，"现在最多只能许您一愿。"

"您是负心之人，连一个愿也不肯许。"欧也纳生气了。她做了一个不耐烦的动作，伸手让他吻，他心中大喜，而他吻手时不太乐意的神态也使她颇为动心。

"星期一舞会见。"她说道。

欧也纳踏着月光回去，脑子里不断认真思索。他既高兴又不满。高兴的是，这次艳遇，结果很可能使他获得心仪已久的巴黎一位最美艳风流的女人，不满的是自己发财的计划全部落空。这时才真正体会到前天的打算实际上是没有把握的想法。失败之后才越显企望的强烈。欧也纳愈是尝到巴黎生活的甜头便愈是不愿做个无名的穷小子。他把那张一千法郎的钞票在口袋里揉来揉去，想出千般不成其为理由的理由证明自己理所应得。终于走到了圣热内维埃弗新街，上到楼梯口，看见有灯光。高老头故意开着门，点着蜡烛，好使大学生别忘了一件事，用他的话说，就是"讲他的女儿"。欧也纳把经过都给他讲了。

高老头听完大为不服地高声说："她们以为我已经破产，可我还有一千三百法郎年息的公债哩！我的上帝，可怜的孩子！为什么不来找我？我可以卖掉公债，从本金取出点儿钱，剩下的改为终身年金。我的好邻居，您为什么不早点儿把她的难处告诉我？又怎能忍心把她苦心积攒的一百法郎拿去赌博呢？真叫人伤心死了。女婿就是这样的东西！唉！如果抓得住他们，我非把他们勒死不可。我的上帝！哭，她哭了吗？"

"头靠在我背心上哭。"欧也纳说道。

"是吗，把背心给我，"高老头说道，"怎么！这上面有我女儿，有我亲爱的但斐纳的眼泪！她小时从来没哭过，啊！这背心您别再穿了，给我吧，我给您另买一件。根据婚约，她有权享受自己的财产。明天，我就去找律师但维尔，要求把她的财产另外存放。我懂法律，我是只老狼，会把狼牙找回来。"

"老爹，给，这是我赢了钱她分给我的一千法郎。放在背心里替她保存吧。"

高老头看着欧也纳，伸出手来，一颗眼泪落在欧也纳的手上。

"您一定能飞黄腾达。"老头儿说道，"上帝是公平的，您明白吗？我懂得什么是诚实，我敢对您说，像您这样的人太少了。您愿意做我心爱的孩子吗？好了，去睡吧。您还没当高老头,一个被金钱毁灭了的父爱的典型形象。

父亲,能睡得着。我知道,她哭过。我本来是为了不让她们流一滴眼泪就连圣父、圣子、圣婴也会出卖的人,可她痛苦的时候,我还像蠢材一样不声不响地傻吃傻喝。"

欧也纳边躺下边想:"老天爷,我相信我一辈子都会做个诚实的人,凭良心的指示去做自然乐在其中。"

也许只有信上帝的人才私下办好事,而欧也纳是信上帝的。

▌情境赏析▐

本章描述了在社会大背景下小人物的挣扎与困惑,以拉斯蒂涅为典型代表的社会下层如何摆脱当下命运,而跻身所谓上流社会,受万众瞩目、享荣华富贵。而这一过程之艰难、之辛酸实在是那些正享受着这些的人所不能领悟和体会的。而本章最令人一掬同情之泪的当数两个家庭亲情的对比和呼应。首先,在章节开头拉斯蒂涅的母亲、妹妹写给他的饱含深情、情真意切的两封信,令读者不胜欷歔,其中流露的和睦、友爱令人钦羡,与章节末尾高老头为了女儿的思念,要保留别人的一件沾有女儿眼泪的背心等情节形成鲜明对比。令读者担忧着拉斯蒂涅和高老头两个人的命运,因为他们身上的这种亲情对前者来说就是"能维持吗",对后者来说就是"还能唤回吗"。

▌名家点评▐

巴尔扎克的所有作品仅仅形成了一部书,一部有生命的、光亮的、深刻的书,我们在这里看见我们的整个现代文明的走向,带着我们说不清楚的、同现实打成一片的惊惶与恐怖。

——(法)雨果

　　一心向上爬的拉斯蒂涅，经过一段在富人圈中的耳濡目染，渐渐熟悉和习惯了上等人的生活。开始在上层社会中崭露头角，并且适应了纸醉金迷的交际生活，可本就囊中羞涩的拉斯蒂涅，不久就入不敷出，并在一次赌博中输光了身上所有的钱。无奈之下，他只能向无恶不作的伏脱冷借钱，并险些成了杀人犯的帮凶。随着外号"鬼上当"的伏脱冷被抓，伏盖公寓渐渐人走楼空。拉斯蒂涅终于靠着情人的身份拥有了香艳的寓所。而这却使为了女儿幸福的高老头，花去了自己最后仅存的积蓄。

　　第二天，到了舞会的时间，拉斯蒂涅来到德·鲍赛昂夫人府。夫人带他去介绍给德·卡里利阿诺公爵夫人。他受到元帅夫人热情接待，又见到了德·纽沁根夫人。但斐纳精心打扮，希望得到众人的赏识，以取悦于欧也纳。她强作镇静，其实巴不得欧也纳看她一眼。能猜透女人激动心情的人，这便是最惬意的时候。故意卖关子，迟迟不发表意见，明明心里高兴，却装作若无其事，引起别人的不安，还要人自己说出来，本来一笑便能消除别人的疑虑，却偏偏幸灾乐祸地看着，这一套谁不喜欢间或来一下呢？晚会中，大学生突然看出自己已经有了地位，明白被公开承认是德·鲍赛昂夫人的表弟一事使他在上流社会取得了一定的身份。大家认为他已经把德·纽沁根夫人弄到手，便对他刮目相看，所有年轻人都向他投来艳羡的目光。他于是扬扬自得起来，感到前所未有的愉快。他从一个客厅走到另一个客厅，穿过人群时，他听见别人在夸他有艳福。女人们都预言，他必将情场得意。但斐纳生怕失去他，答应一定给予他前天坚决不给的一吻。在舞会上，拉斯蒂涅接到了不少邀请。表姐给他介绍了几位女宾，都是自命风雅、府里也经常宾客满堂的人。他眼看自己在巴黎最大、最有气派的上流社会露了头角，这一晚便是一个美好的开端，使他永世难忘，如同一个在舞会上出尽风头的少女。第二天，他当着众人把自己春风得意的情况告诉高老头时，伏脱冷却狞笑了一下。

那位无情的逻辑学家大声说道："你们以为一个时髦青年能在圣热内维埃弗新街伏盖公寓住下去吗？这个公寓从各方面看当然很不错，但不够时髦。它条件好，样样都有，以能够做德·拉斯蒂涅的临时庄园而自豪，但到底是在圣热内维埃弗新街，无奢侈可言，因为纯粹是家族气氛。"他接着又以家长式的讽刺口吻说道："我的老弟，如果您想在巴黎露脸，必须有三匹马，早上一辆双轮马车，晚上一辆四轮马车，一共是九千法郎的交通工具费。如果不在服装上花三千法郎，在化妆品上花六百法郎，鞋花三百，帽子花三百，那您还不够格。至于洗衣服，也得花一千法郎。时髦青年在衬衣上也免不了十分讲究，人们最注意的不就是他们的衬衣吗？连爱神和教堂都喜欢在其圣坛上铺漂亮的布幔。这样咱们的开销已经是一万四。还不算赌钱、打赌、送礼的开销。零花钱也非两千不可。我是过来人，知道要搭上多少。除了这些必需之外，还要三百路易伙食，一千法郎房租。孩子，咱们就要两万五一年，否则便贻笑大方，前途、成就、情妇，全都吹了！我还忘记了仆人和马车夫呢！难道叫克里斯朵夫给您送情书吗？难道就用您现在的纸写信？那简直是自杀。您相信一位有丰富经验的长者的话吧。"他用 rinforzando 的男低音又说道："你要么搬到阁楼上，老老实实地十载寒窗，要么就另辟蹊径。"

伏脱冷瞟了一下泰伊番小姐，眯眯眼睛，似乎要通过这个眼神提醒和总结一下以前在大学生心里播撒的种种引人堕落的谬论。

一连许多日子，拉斯蒂涅逸乐无度，几乎天天和德·纽沁根夫人一起吃晚饭，一起去交际，凌晨三四点才回来，中午起床穿衣打扮，如果天气好，便和但斐纳到森林散步，荒废时间而不知一寸光阴一寸金。尽量接受奢侈的诱导，像枣树的雌蕊急不可待地吸收雄蕊的花粉。他赌钱，而且输赢很大，终于习惯了巴黎年轻人那种挥霍的生活。第一次赢钱，他把一千五百法郎寄还给他母亲和妹妹，同时捎去几件漂亮的礼物。虽然他早就说想搬出伏盖公寓，但到了一月底还住在那里，不知道怎样迁出。几乎所有年轻人都有一个规律，表面无法解释，其实原因就是他们年轻，疯狂地追求享受。不管有钱没钱，他们总是缺少必要的生活费，但总能弄到钱来挥霍。能赊账的，他们大手大脚，要付现钱的却十分吝啬。想要有的却没有，于是把能弄到的全花光来出气。我们可以清楚地说明这个问题：一个大学生爱惜帽子甚于爱惜自己的礼服。裁缝赚得多便容易答应赊账；卖帽子的利薄，便成了最难讨价还价的主儿。坐在剧院楼厅的年轻人，尽管穿着鲜艳的背心让女人们用观剧镜看个够，脚下的袜子是否周全却大可怀疑。卖针织品的商人又是他钱包里的一条蛀虫。拉斯蒂涅的情况就是这样。他的钱包要应付伏盖太太时总是空空如也，应付虚荣的花销却绰绰有余，财运兴衰无常，与自然的花费大相径庭。公寓虽然腌臜，有辱他的抱负，但要搬出去，不是要交一个月的房租给房东，还得买家具去布置时髦公子的寓所吗？这一切都办不到。拉斯蒂涅懂得从赢来的钱中拿出一部分，以高价在珠宝店里买些金表金链，必要时偷偷送进当铺这个能为年轻人保密的地方，好弄些赌本。但临到需交膳宿费，或者维持奢华生活所必需的东西时，他便一筹莫展，胆量也不知上哪儿去了。日常生活的需要，以及为满足需要而欠下的债务，都启发不了他的灵感。像大多数过一天算一天的人一样，非等到最后关头才肯还清有产者们认为神圣不可侵犯的债务，就像米拉波，要等到欠面包店的钱变成了非还不可的借据时才肯付账。就在这时，拉斯蒂涅把钱输光了，欠下一身债。他开始明白，一定要有固定的收入，否则这种生活无以为继。尽管处境困难，捉襟见肘，但总舍弃不下这种穷奢极欲的生活，无论如何都要维持下去。他曾经想发笔横财，却都只是异想天开，而实际的障碍变得越来越大。他洞悉了德·纽沁根夫妇家庭的秘密，发现要把爱情转变为发财工具，就得忍辱负重，放弃能为年轻人赎罪的高尚念头。这种生活表面上灿烂辉煌，其实充满悔恨，短暂的欢乐要用长期的痛苦来补偿，他一头扑了进去，在里面打滚，像拉布吕耶尔书中的糊涂虫一样，已经整个儿躺在沟底的烂泥里了，但也像糊涂虫一样，到目前为止还仅仅弄脏了衣服。

"咱们把那个满大人宰了吗？"一天，毕安训离开饭桌时问道。

"还没有死，"他回答道，"不过，正在咽气。"

医科学生以为这句话是开玩笑，其实不是。欧也纳很久以来难得在公寓吃晚饭，现在边吃边发愣，饭后点心过了，仍然坐在泰伊番小姐身旁，不时意味深长地瞧她一眼。几位房客还坐在桌旁吃核桃，有些则踱来踱去，继续未结束的讨论。几乎像平时一样，各人饭后离开的时间有早有晚，随对谈话感兴趣的程度或胃胀与不胀而定。冬天，他们很少在八点以前走光。八点以后，只留下四个女人，男人谈话时女人不好插嘴，现在就该她们说了。伏脱冷虽然看样子也急着要走，但到底还留了下来。他刚才看见欧也纳有心事，此刻便故意躲在欧也纳看不见的地方。欧也纳以为他走了。接着，房客们逐渐散去，他却阴险地留在客厅。他看出大学生心里有事，感到他正面临重要的抉择。的确，拉斯蒂涅陷入了困境，许多年轻人肯定也有过同样的经历。德·纽沁根夫人不知是真爱他还是故意和他调情，使出巴黎女人的种种交际手腕，弄得他神魂颠倒、痛苦不堪。她不怕大家说闲话，把德·鲍赛昂夫人这位表弟留在跟前，却又迟迟疑疑，不把他似乎应该享受的权利给他。一个月以来，她对欧也纳多方挑逗，弄得他心痒难熬。他们来往之初，大学生自以为占据主动，但后来纽沁根夫人反而超前。她倚仗手段，勾起欧也纳心里所有好的或坏的感情，而巴黎的年轻人本来就是有两重或三重性格的。她是有所算计吗？不是。女人即使在最虚伪的时候也是真的，因为她们天性如此。但斐纳一下子让这个年轻人控制了自己，在感情上又对他做了过分的表示，也许想挽回自己的尊严，收回已作出的让步，或者干脆悬崖勒马。一个巴黎女人即使出于爱情，身不由己，但在堕落之前，总要考验一下对方的心，以免所托非人。这是非常自然的事。德·纽沁根夫人第一次希望完全落空，一个自私自利的青年辜负了她的一片忠心。现在提高警惕，实在理所当然。也许她在欧也纳的态度中看到他因为成功得太快而得意扬扬，他们微妙的处境使他错误地估计了形势。她大概想在一个这样年纪的青年面前显得庄重和高大，因为过去长久以来在抛弃她的那个男人面前她一直低人一等。正因为欧也纳知道她曾经是德·玛赛的情妇，她不愿欧也纳认为她很容易被弄到手。总之，受过一只真正的畜生、一个青年浪子的玩弄之后,她觉得在遍地鲜花的乐园中遨游简直是一种甜蜜的享受。在乐园中到处看看,恣意倾听各种颤动的声音,让清风温柔爱抚,对她来说,肯定另有一番滋味。真正的爱情为虚假的爱情付代价。只要男人不懂得一次欺骗会在少妇心头摧残多少鲜花,这种矛盾现象便会不幸地常常发生。不管但斐纳有什么理由,她都在耍拉斯蒂涅,而且乐此不疲,大概因为她知道这年轻人爱她,而且胸有成竹,认为只要她这个女王高兴,立刻可以使她情人的烦恼烟消云散。欧也纳出于自尊,不愿自己的第一个战役便打败仗,于是拼命追求,如同一个猎人在过第一次圣于贝尔节时非打到一只山鹑不可。他的忧虑、他被伤害的自尊心、他真真假假的失望都越来越把他和这个女人连在一起。全巴黎都认为他已经把德·纽沁根夫人弄到了手,其实比起第一天见面,他们并无实质性的进展。他还不知道,女人的爱情固然能给你欢乐,但欲迎还拒提供的乐趣更多,因此窝了一肚子火。若说未到成熟季节的爱情也让拉斯蒂涅尝到了第一批果实,可这果实还是青的,有点儿酸,不过尝起来很有味道,因而付的代价也高。有时候,他看见自己既没钱,又没前途,便顾不得良心,想起了伏脱冷给他指点过的发财的可能性,就是娶泰伊番小姐。这一晚,他穷极无聊,和平时不一样,经受不住斯芬克司充满魔力的目光,不由自主地屈服了。当波阿雷和米旭诺小姐上楼时,拉斯蒂涅以为除了身边的伏盖太太和在壁炉旁睡眼惺忪地织毛线套袖的库蒂尔太太之外没别人,便情意绵绵地看着泰伊番小姐,对方羞得连眼睛也不敢抬。

"欧也纳先生,您有烦恼吗?"维克托莉沉默了一会儿问他道。

"哪个男人能没烦恼呢?"拉斯蒂涅回答道,"我们这些年轻人,如果有把握知道,我们随时准备作出的牺牲能得到别人忠诚的爱作为回报,也许我们就永远不会有烦恼了。"

泰伊番小姐没有回答,只不言自明地瞥了他一眼。

"小姐,今天,您确信您的心是这样,但您敢担保以后不会变吗?"

一丝微笑像灵魂里迸发的一道光芒掠过了少女的双唇,顿时使她容光焕发,欧也纳没想到会激发起她如此强烈的感情,不觉大吃一惊。

"嘻，如果明天您有了钱，找到了幸福，如果一大笔财富从云端落到您头上，您还会爱在您落难的日子里喜欢过您的可怜的年轻人吗？"

她妩媚地点了点头。

"一个穷小子？"

她又点了一下头。

"你们胡说些什么呀？"伏盖太太大声问道。

"您别管我们，"欧也纳回答道，"我们谈得挺投机。"

此时，伏脱冷突然出现在饭厅门口，用他的粗嗓子问道："这么说，欧也纳·拉斯蒂涅骑士先生和维克托莉·泰伊番小姐已经海誓山盟了？"

"噢，您吓了我一跳。"库蒂尔太太和伏盖太太异口同声地说道。

"我挑的还可以吧？"欧也纳笑着回答道。伏脱冷的声音使他感到从未有过的震撼。

"先生们，请你们别开缺德的玩笑！"库蒂尔太太说道，"闺女，咱们回房。"

伏盖太太跟着她的两个房客，到她们那儿消磨夜晚，好节省自己房里的蜡烛和炉火。饭厅里只留下欧也纳一个人面对着伏脱冷。

"我就知道您必定会走这一步。"伏脱冷十分冷静地说道，"不过，您听着，我也会替人着想。目前，您先别作决定，因为您现在情绪不稳，您欠了债。我不愿意您出于感情和失望而要出于理智才决定投奔我。也许您需要几千法郎。您要吗？我给您。"

那魔鬼从口袋里掏出钱包，抽出三张钞票，在欧也纳眼前晃了晃。欧也纳此时的确处境很不妙。他口头打赌输了，欠德·阿瞿达侯爵和德·特拉伊伯爵两千法郎。因为还不起，晚上不敢到德·雷斯托夫人府里去，尽管大家都在那里等他。那不过是个不拘形式的晚会，只是吃点儿点心，喝点儿茶，但打起牌来完全可以输掉六千法郎。

"先生，"欧也纳强忍着身体的抽搐，对他说道，"自从您对我说了那番话之后，您大概也明白我不能领情。"

"嗯，您这样说，我觉得挺好。"想拉他下水的那个人说道，"您年轻、漂亮、品质高尚，像狮子般高傲，像少女般温柔，是魔鬼猎取的对象。我就喜欢年轻人这种品格。如果再好好动动脑筋，您就能看透这个社会。高明的人只消演几幕道德剧便可满足自己的一切欲望，让楼下池座的傻子们连声喝彩。用不了几天，您就是我们的人了。啊！如果您肯拜我为师，我会使您一切都心想事成，要什么有什么：荣誉、财产、女人。我们会使您享受一切文明的精粹。您将是我们的宠儿，我们的宝贝，乐于为您披荆斩棘。夷平您路上的一切障碍。若您仍有顾虑，岂不是把我当成坏蛋了？那好，您自以为清白，有一个人和您一样，就是德·丢兰纳先生，他和强盗们打过小小的交道，并不觉得有损自己的名誉。您不愿领我的情，嗯？没关系。"伏脱冷脸上掠过了一丝笑容，接着又说道："拿这张纸，"又掏出一张印花横贴在纸上，"您写：兹借到三千五百法郎，一年后归还。加上日期！利息相当高，省得您多心。您可以称我为犹太人，不必感我的恩。今天，您看不起我，我不计较，但以后您肯定会喜欢我。您会在我身上发现傻子们称之为罪恶的深情厚谊，绝找不到怯懦畏缩和无情无义。总之，孩子，我既不是'卒'也不是'象'，而是'车'。"

"您到底是什么人？"欧也纳大声问道，"成心到这里来折磨我。"

"非也，我是个好人，宁愿自己弄脏手，也不愿让您今后滚一身泥。您会纳闷我为什么这样热心。找一天我会凑近您耳朵轻轻告诉您。我先是给您指出社会和社会秩序是怎么回事，让您吃了一惊，不过，这一阵惊慌很快便会过去，像新兵初次上阵心里发毛。但您慢慢便会把众人看做甘为自封为王的人赴汤蹈火的士兵。时代变了。从前，可以对一个勇敢的人说：'这里有三百法郎，你给我把某某人杀了。'为了一句中听或不中听的话把人杀了之后，还镇定自若地吃晚饭。今天，我建议给您一大笔财富，只要您点一下头便行，对您丝毫无损而您却犹豫。这年头人都是软蛋。"

欧也纳签了借条，拿了钞票。

"来，咱们讲正经的。"伏脱冷又说道，"我几个月之后便要去美洲，种我的烟草。我会寄雪茄给您这个朋友。如果有了钱，一定帮您忙。我要是没孩子（这很可能，因为我不想在这里留种），那么，我的财产就留给您。

够朋友吧？不过，我喜欢您。我有股脾气，为朋友两肋插刀，我已经这样干过了。您瞧，孩子，我生活的境界比其他人高得多。我认为行动不过是手段，而我眼里只有目的。一个人对我来说是什么？这个而已。"说着他把大拇指的指甲在牙齿上弹了一下，"一个人不是人上人就啥也不是。如果叫做波阿雷，那就更是分文不值，掐死他就像掐死个臭虫。这号人平庸、发臭。但你这样的人就是上帝，不是架皮包的机器，一个表现着最美好情感的舞台，而我是凭感情生活的。感情难道不就是思想中的世界吗？您看高老头：他的两个女儿就是他的整个宇宙，就是引导他走出迷宫的救命线。至于我，我在生活中几经挖掘，认为真正的感情只有一种，就是男人与男人的友情。《威尼斯转危为安》这本书我倒背如流，我最喜欢其中的皮埃尔和扎菲尔。当一个同伴对你说：'咱们去掩埋一具尸首！'你立刻就去，一声不吭，也不向他大谈什么道德。这样讲义气的人，您见过几个？我就做过这个。对别人我是不会说的，但您是高尚的人，什么都可以告诉您，您什么都能明白。这儿是个泥塘，周围都是癞蛤蟆，您不会长期待下去的。好，就这样说定了。您去结婚，咱们分道扬镳！我的枪尖可是铁的，绝不发软，哈哈！"

伏脱冷不等大学生提出异议便走了出去，好让后者感到轻松点儿。他似乎懂得人的这种惺惺作态的心理，假装不干，以便对自己有个交代，给以后做坏事找出个理由。

欧也纳心想："他干他的，我绝不娶泰伊番小姐！"

想到要和自己讨厌的这个家伙同流合污，他便如火烧心，感到很不舒服，但此人玩世不恭，处事大胆，在他眼里，形象也颇伟大。拉斯蒂涅穿上外衣，叫了辆车子，到德·雷斯托夫人家去。几天以来，这个女人对他眷顾有加，觉得这个年轻人每走一步都更接近上流社会的心脏，其影响总有一天会无可限量。他还清了欠德·特拉伊和德·阿瞿达的债，当夜打了一通牌，把输的钱又赢了回来。像大多数正在奋斗而又多少相信命运的人一样，他也很迷信，把自己的好运看做上天因他坚持走正道而给予他的回报。第二天早上，他急忙问伏脱冷身边是否还带着他的借条。得到肯定的回答以后，他从心底里感到高兴，立即把钱还给了他。

"一切顺利。"伏脱冷对他说道。

"我可不是您的同党。"欧也纳说道。

"我知道，我知道。"伏脱冷打断他的话说道，"您还闹小孩子脾气。进城只看城门边的小事。"

两天以后，波阿雷和米旭诺小姐正在植物园一条僻静的小路上的一条长凳上晒太阳，和一个人聊天。医科学生认为此人很可疑。

"小姐，"龚杜罗先生说道，"我不知道您打哪里来的这些顾虑，国家警察总监阁下……"

"哦？国家警察总监……"波阿雷跟着说了一遍。

"不错，警察总监大人亲自过问这件案子。"龚杜罗说道。

波阿雷以前是职员，尽管脑子空空，倒是个老实的市民，而那个自称为布丰街的富户一说出警察两个字，规矩人的面具下便露出耶路撒冷街便衣的面目，此话一出，谁能相信波阿雷能够继续听下去？不过，这倒是很自然的事。某些眼光尖锐的人曾经指出（不过至今尚未公开发表），在浑浑噩噩的人中有一个特殊的族类，谁想更好地了解只消看看波阿雷，他便是其中的一员。有一种吃公事饭的人，在政府的预算中好比处在地球仪的经度一至三度之间，第一度年薪一千二百法郎，相当于格陵兰，第三度待遇较优，是三千至六千法郎，相当于温带，有各种赏赐，尽管种植不易，也能开花，有收成。这种低三下四的人目光狭隘，其特点之一就是对各部的大头目天生地毕恭毕敬、战战兢兢。他们只认部长阁下难以辨认的签名，部长阁下这四个字就如同《巴格达的哈里发》一剧中的伊尔·蓬多·加尼，在这群唯命是从的下人眼里，有一种神圣且无可争辩的力量。小职员眼里的政府部长有如教皇之于基督徒，是永远正确的。其光辉照耀着他的言行和以他的名义所说的话。他的绣袍福荫一切，他的命令便是金科玉律。部长阁下这一称呼是心地纯洁、意愿神圣的证明，一切最难以接受的想法，凭这一称呼便通行无阻。那班可怜虫不愿做的事，一提到部长阁下的名字，他们便赶紧去做。政府衙门和军队一样，对命令总是盲目服从。这种做法窒息良知，使人失去个性，久而久之，像螺丝和钉子一样与政府这部机器合为一体。对人十分了解的龚杜罗先生一眼便看出波阿雷是官僚机构里的脓包，一个男性的米旭诺，正如米旭诺是个女性的波阿雷，因而到了要和波阿雷摊牌的时候，他便祭起"总监阁下"这件法宝。

"既然是总监阁下的意思，那事情就不一样了。"波阿雷说道。

冒充的资产者转向米旭诺小姐，对她说："您是相信这位先生的，您听他怎么说。总监阁下已经确信，住在伏盖公寓的那个伏脱冷就是土伦监狱的逃犯，外号叫鬼上当。"

"噢，鬼上当！"波阿雷说道，"如果人如其名，他应该很走运啰。"

"可不，"那便衣说道，"他胆大妄为，罪案累累，但一贯能死里逃生。您看，真是个危险分子！他颇有些长处，使他不同凡响。被判刑后在他那一圈子人中更享有无比的威望……"

"这样说来，他是个有威望的人啰。"波阿雷问道。

"以他的方式而言是如此。他曾经甘心为他喜欢的一个人抵罪。那是个漂亮的意大利小伙子，爱赌博，犯了伪造文书罪。后来此人当了兵，在军队里表现得很好。"

"不过，既然警察总监阁下认定伏脱冷先生就是'鬼上当'，还需要我干吗？"米旭诺小姐问道。

"噢，是啊，"波阿雷说道，"诚如您所言，如果总监肯定……"

"肯定这个词不恰当，只是疑心。你们慢慢会明白的。鬼上当原名雅克·柯冷，三个监狱里的犯人都信任他，选他为代理人，全权管理他们的银钱事务。这些事当然要有一个出色的人来管，这项营生使他赚了很多钱。"

"哈，哈，小姐，您明白这个双关语吗？"波阿雷说道，"先生管他叫出色的人，因为此人身上烙过记号。"

那便衣继续说道："假伏脱冷收了囚犯的钱，代他们放款、保管，等他们越狱时交还给他们，或者按遗嘱交给他们的亲属。他们还可以向他支钱给自己的情妇。"

"他们的情妇！您是指他们的老婆吧？"波阿雷想纠正他的话。

"不，先生。囚犯一般都没有合法的配偶，而只有所谓的姘妇。"

"那他们都是姘居啰？"

"当然。"

"这样说来，"波阿雷说道，"总监大人不应该容忍这种令人恶心的事。既然您有幸能面见大人，而您又疾恶如仇，您应该将这些人不道德的行为禀告大人，以免恶例一开，贻害社会。"

"可是，先生，政府囚禁他们并非让他们作道德的典范哪。"

"不错，可是，先生，请允许我……"

"嘿，宝贝，让先生把话说完。"米旭诺小姐说道。

"小姐，您要明白，"龚杜罗又说道，"听说这笔积攒的钱数目相当大，没收了它对政府大有好处。鬼上当手里有大笔钱财，他不仅窝藏同伴的，还有万字帮的钱……"

"竟有上万个贼！"波阿雷惊呼道。

"不是，万字帮是一伙高层次贼人的组织，专干大买卖，赚不到一万法郎的买卖不做。这个帮集中了刑事犯中的佼佼者。他们很懂得法律，从不会被捕后被判死刑。柯冷就是他们的心腹，他们的参谋。此人凭着巨大的财富，建立起他的警卫系统和广大、神秘且针插不进的关系网。一年来，尽管我们在他周围安置了许多密探，却至今还没掌握他的活动情况。他不断利用他的财力和智慧为非作歹，搜罗一帮坏蛋，经常与社会为敌。缉捕鬼上当，没收其金库，就是斩草除根。所以，这次追踪行动是一件国家大事，谁协助办案，必能得到嘉奖。先生，您如协助，一定能重新在政府中任职，成为警察局长的秘书，而且能照样拿您的退休金。"

"但鬼上当为什么不拿着钱逃之夭夭呢？"米旭诺小姐问道。

"噢，"那便衣说道，"他无论到哪儿都有一个人跟着，如果他想把囚犯们的钱拐跑，这个人便杀了他。再说，拐走一笔钱不像拐走一个大户人家的千金那样容易。柯冷是条汉子，不会做出这样的事，觉得会有损自己的名誉。"

"先生，"波阿雷说道，"您说得对，这样做他会名誉扫地。"

"我觉得这一切都说明不了你们为什么不干脆上门把他抓起来。"米旭诺小姐问道。

"好吧，小姐，我回答……不过，"他凑到她耳边说道，"别让您那位先生打断我的话，否则咱们就永远谈不完了。他大概很有钱，大伙儿都听他的话，这老家伙。到这里来的时候，他假扮正人君子，一副巴黎安分良民的模样，住进一家不起眼的公寓。他很狡猾，想出其不意地抓住他根本不可能。因此，表面看，伏脱冷先生是个受尊敬的人，做大买卖的股商。"

"当然。"波阿雷心里暗想。

"总监大人怕抓错了一个真伏脱冷，遭巴黎商界和舆论的指责。警察局长的地位很不稳，有对头。如果他犯错误，觊觎他位置的人便会利用街头巷议和自由党人的叫嚣，把他轰下台。所以必须像处理假圣赫勒拿伯爵柯瓦涅尔那件案子那样行事。当初要是真有个圣赫勒拿伯爵，我们就说也说不清了。因此必须弄清楚他的身份！"

"对，不过你们必须找一个美貌女子。"米旭诺小姐连忙说道。

"鬼上当是不会让女人近身的，"便衣说道，"您要懂得一点，他不好女色。"

"我本来建议而且打算同意给我两千法郎就干，现在这么一来，我看不出自己能起什么作用。"

"再容易不过了，"陌生人道，"我给您一个小瓶，装着专门配制的烈酒，人喝了能产生假中风的现象，其实并没有任何危险。这种药同样可以掺进葡萄酒或者咖啡里。等他晕倒，您立即把他扶到床上，解开他的衣服，看他是否真死过去了。待周围没人，您拍他的肩膀一下，啪！印的字便会显露出来。"

"那简直是举手之劳。"波阿雷说道。

"这样您同意了？"龚杜罗问老姑娘。

"不，亲爱的先生，"米旭诺小姐回答道，"万一没有字，两千法郎还给不给我？"

"不给。"

"那有什么补偿?"

"五百法郎。"

"干这样的事才给那么一点儿。良心上总过不去，而我需要安慰一下我的良心啊，先生。"

"我敢向您担保，"波阿雷说道，"小姐不仅可爱，善解人意，而且很有良心。"

"罢了，"米旭诺小姐又说道，"如果真的是鬼上当，您给我三千法郎，如果只是个普通市民，我分文不要。"

"行，"龚杜罗说道，"但事情必须明天就办。"

"亲爱的先生，您别忙。我还要问一下我的忏悔师。"

"真滑头!"便衣说着站了起来，"那么，明天见。如果急着要找我，就到圣安娜小街，小圣堂的后院。拱门下只有一扇门，说找龚杜罗先生就行。"

毕安训听完居维埃的课回来，耳朵里突然钻进鬼上当这个古怪的名字，还听见那个著名的警察头头说："行。"

"您为什么还磨磨蹭蹭，这不等于有三百法郎的终身年金了吗?"波阿雷对米旭诺小姐说。

"为什么?"她说道，"总得考虑考虑呀。如果伏脱冷真的是这个鬼上当，和他打交道也许好处更多。不过，问他要钱就等于向他通风报信，他就溜之乎也。到头来人财两空。"

"即使他知道风声也跑不了。"波阿雷说道，"这位先生不是跟咱们说过，有人监视他吗? 不过您呢，您就什么都捞不着了。"

"再说，"米旭诺小姐心想，"我也不喜欢这个人，净对我说不好听的话。"

"不过，"波阿雷又说道，"您还是干吧。我看这位先生不仅衣冠楚楚，人也很好，像他所说，为社会除掉一个罪犯，不管他装得如何道貌岸然，这也是服从法律的表现。一旦喝了酒，永远戒不掉。谁能说，他不会一时性起把咱们都杀了? 真见鬼，他杀人咱们要负责的，何况咱们可能还是他的第一批牺牲品。"

波阿雷的话一句接一句地从嘴里吐出来，仿佛水龙头没关严，渗出一滴滴水似的。米旭诺小姐有心事，根本听不进去。老头一旦开口说话而米旭诺又不打断他，话就如同上了弦的机械，没完没了。刚接触一个主题，又岔开讲些完全相反的事，没有任何结论。回到伏盖公寓门口，他东拉西扯，讲起他过去在拉古洛先生和莫兰太太的案子里如何出庭为被告辩白的事。进门时，米旭诺小姐瞥见拉斯蒂涅和泰伊番小姐态度亲密地谈得正起劲儿，竟连两个老房客穿过饭厅也没发现。

"事情终归是这样。"米旭诺小姐对波阿雷说道，"他们两人眉来眼去足足有一星期了。"

"说的是啊，"他回答道，"所以后来她便被定了罪。"

"谁？"

"莫兰太太。"

"我和您谈维克托莉小姐而您却回答我莫兰太太。"米旭诺小姐边说边不知不觉地走进了波阿雷的房间，"莫兰太太是什么人？"

"维克托莉小姐到底犯了什么罪？"波阿雷问道。

"她的罪就是爱上了欧也纳·德·拉斯蒂涅，而且不知回头，根本不知道后果，可怜的傻闺女！"

当天早上，欧也纳在德·纽沁根夫人那里碰了个大钉子，伤心绝望之余，决定完全听伏脱冷的话，而不去考虑这个怪人对他表示友好的动机和这门婚姻的前途。一个小时以来，他和泰伊番小姐已经海誓山盟，一只脚已踏进深渊，只有奇迹出现才能把他拉回来。维克托莉以为听见了天使的声音，天国的门已经为她敞开，伏盖公寓也变得色彩缤纷，仿佛舞台上的宫殿。她爱别人，别人也爱她，至少她这样认为！在这一个钟头里，躲开众人监视的目光，看到拉斯蒂涅这样的青年，听他娓娓而谈，又有哪个女人不会像她那样认为呢？拉斯蒂涅和良心作着斗争，情知自己正在做而且成心去做坏事，心想将来定要使这个姑娘幸福，以补赎自己的罪孽。他因绝望而显得更美，脸上散发出内心里全部地狱的光辉。他真走运，奇迹出现了：伏脱冷兴冲冲地走进来，一眼便看出了两个年轻人内心的想法，他们是他用恶魔的鬼点子撮合到一起的，但他们的快乐突然被他那粗声大气、带打趣意味的歌声破坏了：

　　　　我的芳舍特貌美如花

　　　　而又朴实无华……

　　维克托莉拔腿就逃。此时，她一生的痛苦已被目前的欢乐取代。可怜的姑娘！两手相握，拉斯蒂涅的头轻拂一下她的脸颊，耳边一句悄悄话已使她感到大学生双唇的热气，一条微颤的手臂轻压她的腰肢，还有颈上的一吻，都是两情相洽的表示。胖厨娘西尔维就在附近，随时可以闯进这春光无限的饭厅，这种可能使他们的感情更加热烈和急不可待，连最著名的爱情故事中的海誓山盟也瞠乎其后。按照我们祖先的说法，这些"细微的表示"对一位每半个月忏悔一次的虔诚少女来说，似乎已经犯了天条！此时她所流露的金子般的真情比以后她有了钱，高兴地委身相就时的感情更加可贵。

　　"事情谈妥了，"伏脱冷对欧也纳说道，"两位少爷已经交过锋，一切进行得很顺利。因政见不合，我们的鸽子侮辱了我的老鹰。明天，在克利尼昂库尔堡，八点半，当泰伊番小姐安安静静地把抹了黄油的面包泡在咖啡里吃的时候，便能获得父亲的爱和继承父亲的财产了。想起来不是可笑吗？泰伊番这小子剑术很精，自恃有把握，但我会想出一招来给他放点儿血，这一招就是挑起剑尖，直刺对方的脑门。这一招特别有效，我会露这手给您看看。"

　　拉斯蒂涅呆呆地听着，一句话也说不出。这时，高老头、毕安训和几个包饭客人来了。

　　"您真让我称心。"伏脱冷对他说道，"您做的事，您心里有数。好极了，我的小鹰，将来您必定成为人上人，您坚强、执著、勇敢，我很欣赏。"

　　他想握拉斯蒂涅的手，但对方赶紧把手缩回来，脸色苍白地颓然坐在椅子上，眼前仿佛看见一大摊血。

　　"啊！咱们还天良未泯，"伏脱冷低声说道，"那老家伙有三百万，我知道他的家底。这份陪嫁会使你身心清白得像婚纱一样，连您自己也会这样认为。"

拉斯蒂涅不再犹豫，决定连夜去通知泰伊番父子。伏脱冷走了，高老头凑到他耳边说："孩子，您闷闷不乐！我让您开开心。跟我来！"老面条商就着油灯点起小蜡烛。欧也纳好奇地跟着他。

老头子向西尔维要过大学生的钥匙，说道："咱们去您屋里吧。"接着又说，"今早您以为她不爱您，是吗？她硬要您走，您感到绝望，生气走了。傻孩子！因为当时她在等我，您明白吗？我们要去收拾一套宝贝房子，三天之内，您便可以搬过去住。您可别出卖我，她想给您一个惊喜，但我不主张向您隐瞒过久。您要住到阿图瓦街，离圣拉扎尔街只有两步路。您在那儿会舒服得像王爷一样，我们给您置办的家具像结婚用的。一个月来我们做了很多事，只是没告诉您罢了。我的律师提出了诉讼，以后小女每年可以得三万六千法郎，相当于她嫁妆的利息，我要求将她的八十万法郎投资在房地产。"

欧也纳一言不发，交叉着双臂，在零乱的小房间踱来踱去。高老头趁大学生转过身去的一刹那，把一个红羊皮匣子放在壁炉上，匣上印着拉斯蒂涅家的徽号。

"亲爱的孩子，"可怜的老头儿说道，"这一切我已全力以赴。可是，您明白吗，我也很自私，你搬出这一区对我也有利。如果我要求你一件事，您不会拒绝吧，是吗？"

"您要我做什么？"

"您那套房上面，就是第六层，有一间卧室，也是属于您的，将来我住，行吗？我老了，现在住得离我的两个女儿太远。我不会打搅您的。只不过待在那里而已。每天晚上，您给我谈谈她的情况。您不会讨厌吧，您说呢？您回来的时候，我能在床上听见，心里会想：'他刚见过我的小女儿但斐纳。他带我女儿去跳舞，使她很快活。'听见您回来、走动、出去，等于在生病时胸口敷上一贴止痛膏。您身上有我女儿的味道！她们每天都去爱丽舍田园大道，我只要走两步就可以见到她们，就怕有几回去晚了。而且也许她会到您这儿来！那我便可以听见她的声音，看见她穿着晨衣，迈着碎步，像小猫那样娴雅地走来走去。一个月以来，她恢复了以前未出嫁时的样子，快活、漂亮。她的心情正在复原，是您给了她幸福。啊！什么办不到的事我都能为您办！刚才回来时她对我说：'爸爸，我真快活！'她们一本正经喊我：父亲，我的心就凉了。如果叫我爸爸，我便仿佛又看见她们小时候的模样，一切也都回忆起来了，觉得自己还是她们的父亲，她们还没属于别人！（老头儿抹了抹眼泪，哭了。）我很久没听见她们叫我爸爸了，她们也很久没挽过我的胳膊了。啊！对，我没和两个女儿肩并肩地走路已经足足有十年了。碰到她的裙子，跟着她的步伐，分享她的体温，多舒服啊！总之，今早我领着但斐纳到处跑，和她一起逛商店，还送她回家。啊！您就把我留在您身边吧。万一您需要人替您办个什么事，我可以效劳。啊！如果那个阿尔萨斯大胖子死了，或者痛风症蔓延到他的胃，我那可怜的女儿该多高兴啊！那时您就做我的女婿，光明正大地做她的丈夫。唉！她真可怜，世界上一切乐趣都享受不到，所以我什么都原谅她。仁慈的上帝应该站在爱儿女的父亲一边。"他停了一会儿，点了点头，又说道，"她太爱您了，上街时还谈到您：'父亲，他很好，对吗？他的心好！他提到我了吗？'她说了一大堆，从阿图瓦街一直说到全景巷！把心里的话都给我讲了。今天整整一上午，我再也不觉得自己老，快乐得轻飘飘的。我告诉他，您把那张一千法郎的钞票交给了我。啊，我的宝贝女儿，她感动得哭了。"老头儿看见拉斯蒂涅站在那里一动不动，忍不住说道："您壁炉上放的是什么？"

欧也纳目瞪口呆地看着他的邻居。伏脱冷告诉他第二天要进行的决斗和他的希望即将实现这件事所形成的反差如此强烈，使他觉得自己正经历着一场噩梦。他转向壁炉，看见那个小方盒，打开一看，只见一张纸包着一块勃雷盖牌子的表。纸上写着：

我要您时刻想着我，因为……但斐纳。

最后一句大概指的是他们之间发生过的一次争吵。欧也纳一见大为感动。镀金盒子里面，用珐琅镶嵌着他的纹章。这件渴望已久的饰物、链子、钥匙、做工、图案，样样合他的心意。高老头满面春风，他大概答应过他的女儿把欧也纳看到礼物时惊喜的情形原原本本告诉她。就年轻人的激动而言，他虽然是第三者，但高兴的程度绝不在他们之下。他已经很喜欢拉斯蒂涅，不仅为了他女儿，同时也为了他自己。

"您今晚去看她吧，她等着您。那个阿尔萨斯的胖木头橛子到他的舞女那儿吃饭。哈，哈，当我的律师把事情告诉他时，他傻了。他不是说他爱我女儿到了崇拜的程度吗？他要敢碰我女儿一下，我非宰了他不可。一想到我的但斐纳……（他叹了口气）我就恶向胆边生，不过不是去杀人，而是杀一口牛头猪身的怪物罢了。您会收留我的，对吗？"

"当然，我的好老爹，您知道我是爱您的……"

"这我看得出来，您不怕我丢您的面子！让我拥抱您。（他把大学生搂在怀里。）您要向我保证，一定让她幸福。今晚您去，对吗？"

"那当然！我现在要出去办件要紧的事。"

"我能帮您什么忙吗？"

"哦，对啦！趁我到德·纽沁根夫人府，您就去泰伊番老头那儿，告诉他今晚给我留段时间，我有十分重要的事要和他谈。"

高老头的脸色陡然一变，说道："年轻人，难道是真的？像下面那些笨蛋所说的，您在追求他的女儿？真见鬼！您不知道高里奥的厉害。如果您骗我们，您就得挨拳头。啊，那是不可能的。"

"我向您发誓，这个世界上我只爱一个女人，"大学生说道，"这是我刚才才知道的。"

"啊！那太好了！"高老头说道。

"可是，"大学生又说道，"泰伊番的儿子明天要和人决斗，而我听说，他准活不了。"

"这跟您有什么关系？"高里奥问道。

"不过得告诉他，别让他儿子去……"欧也纳大声说道。

就在这个时候，门口响起了伏脱冷的歌声，打断了他的话。

啊，理查，啊，我的王上！

世界已把您抛弃……

勃隆！勃隆！勃隆！勃隆！勃隆！

我曾走遍世界，

人们见我无处不在……

特拉拉，拉，拉，拉……

"先生们，"克里斯朵夫喊道，"开饭了，大家都已经就座了。"

"喂，"伏脱冷说道，"来拿我的一瓶波尔多葡萄酒去。"

"那表您觉得好看吗？"高老头问道，"她很有眼力，对吗？"

伏脱冷、高老头和拉斯蒂涅一齐下楼，因为迟到，被安排坐在一起。吃饭时，欧也纳对伏脱冷十分冷淡，尽管伏盖太太觉得那家伙挺可爱，说话也从来没这样有风趣。他妙语连珠，把一桌人都逗乐了。他胸有成竹、镇定自若的样子大出欧也纳之所料。

"今天您碰到什么好运了？快活得像只麻雀。"伏盖太太问他道。

"我做了好买卖总是高高兴兴的。"

"买卖？"欧也纳问道。

"可不是。我交了一批货，赚了不少佣金。"他发现老姑娘在仔细打量他，便又说道，"米旭诺小姐，您这样打量我，是不是我脸上有哪个地方使您讨厌哪？您就说吧，我会改变到让您顺眼为止。"

"波阿雷，咱们不会为此生气的，对吗？"他瞟了老公务员一眼，说道。

"见鬼！您应该给雕塑家当个滑稽人的模特儿。"年轻画家对伏脱冷说道。

"没问题，可以！如果米旭诺小姐愿意做拉雪兹神父公墓里美神的模特儿的话。"

"那么波阿雷呢？"毕安训问道。

"哦，波阿雷就做波阿雷的模特儿，果园之神，"伏脱冷大声道，"因为波阿雷源出于梨。"

"这么说，"毕安训又说道，"您就在梨和奶酪之间了。"

"这一切都是废话,"伏盖太太说道,"您最好把您那瓶波尔多葡萄酒拿出来,让我们乐和乐和,暖暖胃。我已经看见它伸长脖子了。"

"诸位,"伏脱冷说道,"主席夫人叫咱们遵守秩序了。虽然库蒂尔太太和维克托莉小姐不在乎你们插科打诨,但你们可要尊重老实的高老头啊。我建议大家喝一小瓶波尔多葡萄酒,那是拉斐特酒厂出的,所以就更出名了,我这样说可毫无政治含义。"他见克里斯朵夫站着没动,便看了他一眼,说道:"喂,傻瓜,到这儿来,克里斯朵夫!怎么!你听不见叫你?傻瓜,把酒拿来!"

"给您,先生。"克里斯朵夫把整瓶酒递给他。

他把欧也纳和高老头的杯子斟上,又慢慢地往自己杯里边倒了一点儿。两个邻居正喝的时候,他也尝了尝,忽然做了个鬼脸。

"糟透了!糟透了!全是瓶塞味。这给你吧,克里斯朵夫,给我们另外去拿,在右面,你知道吗?我们是十六个人,你去拿八瓶下来。"

"既然您破费,"画家说道,"我出钱买一百个栗子。"

"噢,噢!"

"好家伙!"

"了不起!"

惊叹声如焰火升空,噼啪乱响。

"喂,伏盖妈妈,来两瓶香槟。"伏脱冷嚷道。

"好嘛!干吗不要整所房子?两瓶香槟!得十二法郎哩!我哪儿去挣十二法郎?不行!不过如果欧也纳先生肯出钱,我请大家喝果子露。"

"她的果子露像泻药一样,喝了会拉稀的。"医科学生低声说了一句。

"毕安训,您别说了,"拉斯蒂涅大声说道,"我一听见泻药这个字就恶心……好,去拿香槟吧,我付钱。"

"西尔维,"伏盖太太说道,"把饼干和小点心拿来。"

"您的小点心太大,都长胡子了,"伏脱冷说道,"就拿饼干来吧。"

不一会儿,波尔多葡萄酒斟上了,大家开怀畅饮、兴高采烈。粗野的狂笑中夹杂着模仿动物的叫声。博物馆职员试着学巴黎大街的叫卖声,像猫儿叫春，刹那间，八个声音同时喊道："磨刀!""卖鸟食!""好吃的蛋卷，太太，好吃的蛋卷!""补沙锅!""刚到的鲜鱼，卖鲜鱼!""捶老婆，捶衣服!""卖旧衣、旧金线，旧帽子!""卖樱桃，甜樱桃!"最精彩的是毕安训，他用鼻音喊出了："卖雨伞喽!"一时间闹哄哄的，把人的脑袋都吵炸了，大家东拉西扯，像在唱一出热闹的歌剧，指挥就是伏脱冷，他偷眼看看欧也纳和高老头。两人似乎已经醉了，背靠在椅子上，神情严肃地注视着这场从未有过的混乱，酒喝得不多，都想着当晚要做的事，但都觉得站不起来。伏脱冷不时瞟他们几眼，注意他们脸部表情的变化，待他们眼神迷糊、昏昏欲睡时，便凑到拉斯蒂涅耳边，对他说："小子，要和伏脱冷老爹斗，您还嫌嫩点儿。他太喜欢您了，不想让您干蠢事。我要决定了干什么事，除了上帝，谁也休想拦我。哼！想去通知泰伊番老头？简直糊涂到和小学生一样！炉子热了，面已经和好，面包已经准备送进炉膛了，第二天，我们便能开口大嚼，把面包屑弄得满天飞了，您还不让面包进炉？不行，不行，面包一定要烤！如果有点儿过意不去，面包在肚子里一消化就全没了。等咱们安安稳稳睡觉的时候，上校弗朗舍西尼伯爵将用剑尖给您开辟通向米歇尔·泰伊番的遗产继承之路。维克托莉继承了哥哥的遗产之后，每年少说也有一万五千法郎的进账。我已经打听清楚，光是她母亲的遗产就有三十万……"

欧也纳听见这些话却无法回答，只觉得舌头粘着上腭，脑子昏昏欲睡，只能透过眼前一片明亮的雾霭看见桌子和众人的脸。过了一会儿，声音静了下来，房客们陆续离去。饭厅里只剩下伏盖太太、库蒂尔太太、维克托莉、伏脱冷和高老头时，拉斯蒂涅像做梦似的看见伏盖太太正忙着把各个瓶子里剩下的酒集中倒满几个瓶子。

"唉，他们都疯了！这些年轻人!"寡妇说道。

这是欧也纳听明白的最后一句话。

"只有伏脱冷先生能折腾出这样的闹剧。"西尔维说道，"瞧，克里斯朵夫打呼打得像猪一样。"

"再见了，大妈，"伏脱冷说道，"我要到大街上看马蒂演的《野山坡》了，那是由《孤独者》改编的戏。如果您愿意，我请您和这几位太太一起去。"

"我心领了。"库蒂尔太太说道。

"怎么？我的邻居！"伏盖太太大声说道，"您不愿看一出从《孤独者》改编的戏？那是阿达拉·德·夏多布里昂写的小说。咱们不是挺喜欢看的吗？写得真好，今年夏天，咱们看完还为剧中女主角艾洛迪的遭遇在菩提树下哭得像玛德莱娜似的，总之，是一部伦理作品，或许还可以教育您的小姐哩。"

"照规矩，我们是不能看喜剧的。"维克托莉回答道。

"瞧，这两位都醉倒了。"伏脱冷滑稽地晃了晃高老头和欧也纳的脑袋，说道。

他让大学生的头靠在椅背上，在他额头上使劲儿地亲了一下，哼了两句歌：

> 睡吧，亲爱的宝贝！
> 我永远将你守卫。

"我担心他病了。"维克托莉说道。

"那您就留下来照料他吧。"伏脱冷接着又凑到她耳边说，"这是您做贤妻的责任。这个年轻人很爱您，我敢预言，您将来一定是他的娇妻。"完了他又大声说："他们受到所有人的尊敬，生活幸福，儿孙满堂。这是一切爱情故事的结局。"说到这里，他转向伏盖太太，拥抱了她一下，说道："去戴上您的帽子，穿上漂亮的绣花连衫裙，披上伯爵夫人的披肩。我去给您雇辆车子。"说完便哼着歌走了：

> 太阳太阳你真神，
> 晒熟南瓜不求人……

"老天爷，我说，库蒂尔太太，这样的男人才让人快活哩。"伏盖太太转身看面条商，说道，"嘿，高老头醉了。这老吝啬鬼从来就没想到带我去哪儿逛逛。不行了，他要倒了，老天爷！上了年纪的人醉成这样真丢脸！

也许你会说，糊涂人本来就糊涂。西尔维，快扶他上楼。"

西尔维架着他上得楼来，连衣服也没给他脱，像包裹似的横扔在床上。

"可怜的小伙子，"库蒂尔太太边给欧也纳把垂到眼睛上的头发拨开边说，"简直像个姑娘，不知道什么是酗酒。"

"唉，我可以说，开公寓开了三十一年了，俗话说得好，经过我手里的年轻人多得很，"伏盖太太说道，"就从没碰见过一个像欧也纳先生那样温文尔雅、人才出众的。他睡着的时候多美！库蒂尔太太，让他把头靠在您的肩膀上，咦，他倒靠在维克托莉肩膀上了，真是孩子们自有上帝安排。再过一点儿，椅子的把手就要碰破他脑袋了。这两个真是天生的一对。"

"房东太太，您就少说一句吧，"库蒂尔太太大声说道，"您说的话……"

"没关系！"伏盖太太说道，"他听不见。来，西尔维，给我穿衣服。我要穿我的大号紧身衣。"

"好嘛，太太，吃饱了饭穿您的紧身衣！"西尔维说道，"不，您还是找别人给您紧身吧，我下不了这个手。您这样不在乎是会把命也搭上的。"

"我不在乎，总得给伏脱冷先生争点儿面子吧。"

"难道您就那么爱您的继承人？"

"算了，西尔维，少犟嘴。"寡妇说着转身走了。

"都这把年纪了。"厨娘指着女主人对维克托莉说道。

饭厅里只剩下库蒂尔太太和维克托莉，欧也纳的头仍然靠在少女的肩膀上。克里斯朵夫的鼾声在寂静的饭厅里回响，相形之下，欧也纳的睡姿益发显得优美而安详，像孩子一样。维克托莉很高兴有机会通过这一怜爱的举动，宣泄女人的全部情感，同时能够感觉到这个少年的心在自己的身旁跳动而毫无犯罪之感，因此脸上露出慈母般自豪的表情，心里思绪万千，热烈而纯洁的感受在胸中激起难以名状的骚动和快感。

"可怜的好闺女！"库蒂尔太太紧握着她的手说道。

姑娘憨厚而又苦恼的脸庞上显现出幸福的光环，老太太不禁暗暗称奇。此时的维克托莉仿佛一幅中古时期朴素的油画，艺术家故意忽略所有的次要部分，而将其极具匠心的丹青妙笔集中在人物的脸部，微黄的色调反射出天国的金光。

"可是妈妈，他只不过喝了两杯。"维克托莉边抚摩欧也纳的头发边说道。

"好闺女，如果他生活堕落，酒量便会和其他人一样。现在喝一点儿就醉，倒值得称赞。"

街上传来了马车的声音。

"妈妈，"姑娘说道，"伏脱冷来了。欧也纳先生就交给您吧。我不愿意他看见我这样。这人说出话来让人受不了，目光也叫人不舒服，像看透人的衣裳似的。"

"不，"库蒂尔太太说道，"你误会了！伏脱冷先生是个好人，跟我的亡夫库蒂尔有点儿像，生性粗鲁但心地善良，脾气暴却没有坏心。"

此时，伏脱冷悄悄走了进来，看见柔和的灯光笼罩下两个年轻人构成了一幅图画，不禁两手交叉放在胸前，说道：

"啊呀！多好的一幕，这样的画面给《保尔和维吉妮》的作者、善良的贝尔纳丹·德·圣皮埃尔看见了，一定会写出优美的篇章来。库蒂尔太太，青春真美。"他又仔细看了看欧也纳，说道，"有时候，人睡着了，善的本质就显露出来了。"接着，他又对寡妇说："这年轻人身上使我喜欢和动心的地方，就是他不仅长得漂亮，而且心地善良。您瞧，不正像一个头枕在天使肩膀上的薛侣班吗？真是人见人爱，如果我是女人，一定会为他而死，（不，别这么傻！）为他而活，"他凑到寡妇耳边低声说道，"太太，看着他们这样，我不禁心里想，真是天造地设的一对！"然后又大声说道："造物主冥冥中自有神通，不仅看透人的心，也洞悉人的肺腑。孩子们啊，看到你们天真烂漫、两小无猜，我想，你们一朝结合，将来会永不分离。上帝是公道的。"他又转向少女道："我似乎看出来，您是大富大贵之相。维克托莉小姐，把您的手给我瞧瞧？我会看手相，能说出人的运数。来，别害怕。噢！我看见什么啦？老实说，您很快便会成为全巴黎最大一笔遗产的法定继承人，您所爱的人也会跟着您沾光。您父亲把您叫回他的身边。您未来的夫婿既有爵位，又年轻漂亮，而且非常疼您。"

此时，打扮得十分妖娆的老寡妇下楼了，沉重的脚步声打断了伏脱冷天花乱坠的预言。

"瞧，伏盖妈妈美……美得像颗星星，包扎得像根胡萝卜。是不是有点儿憋气呀？"伏脱冷边说边用手按了按她胸衣的上部，"妈妈，绷得够紧的。一哭准会爆炸，不过，放心，我会像古董商那样仔仔细细把碎片捡起来的。"

寡妇咬着库蒂尔太太的耳朵说："法国人奉承女人的话，这主儿全懂！"

伏脱冷转向欧也纳和维克托莉，又说道："再见，孩子们，"接着，又把手虚按着他们的头顶说道，"我祝福你们。小姐，请相信我的话，君子的祝愿非比寻常，必会给人带来幸福，上帝是听得见的。"

"再见，亲爱的朋友，"伏盖太太对库蒂尔太太说完，紧跟着又低声加了一句："您想伏脱冷先生是不是对我有点儿意思？"

"嗷，嗷！"

等屋里只剩下两个女人的时候，维克托莉看着自己的手，叹了口气说道："唉，妈妈，要是伏脱冷先生说的话应验了呢？"

"只要你那个魔鬼哥哥从马上摔下来，"老太太回答道，"那就什么都齐了。"

"噢，妈妈。"

"我的上帝，诅咒自己的敌人也许是桩罪过，"寡妇又说道，"那就由我来赎罪好了。真的，我会诚心诚意给他坟上放束鲜花。这个黑了心的家伙，不敢为他母亲说话，只知道拿她的遗产，一人独占。你母亲当年陪嫁可多了，可惜在婚约上没写明，让你今天倒霉。"

"如果要牺牲别人的性命才能换来我的幸福，我心里不会安宁的。"维克托莉说道，"如果要我哥哥死我才能得到幸福，那我宁愿永远住在这里。"

"我的上帝，好心的伏脱冷都说了，您都看见了，他是信教的，"库蒂尔太太又说道，"不像旁人连上帝都不信，说起上帝比魔鬼还不尊敬。唉，谁知道上帝高兴引咱们走哪条路呢？"

说完，两个女人由西尔维帮着把欧也纳抬到房里，让他躺到床上，胖厨娘还替他解了衣服，让他舒舒服服地睡。老太太一转身，维克托莉便在欧也纳的额头上亲了一下，这种偷偷摸摸的行为虽然是罪过，却也使她心里乐滋滋的。她环视他的卧室，把当天千万种幸福的感觉汇成一种想法、一幅图画，仔细欣赏了很久。入睡时觉得自己成了巴黎最幸福的女人。伏脱冷趁大家饮宴的时候给欧也纳和高老头的酒里放了麻醉药，乃是一大失策。半醉的毕安训忘了问米旭诺小姐关于鬼上当的事。如果他提到这个名字，便一定会引起伏脱冷——即真名雅克·柯冷的那个狱中要人的警觉。米旭诺小姐认为柯冷是个讲义气的人，心里正盘算是否要通知他，让他黉夜逃走时，听见拉雪兹神父公墓的美神这个绰号，却突然改变主意，要告发这个逃犯。她刚才饭后由波阿雷陪同，到圣安娜小街去找那安全局的头头，心中以为对方只不过是一个名叫龚杜罗的高级职员。那刑警厅长对她很客气。把一切细节谈妥以后，米旭诺小姐要那种检验罪犯印记的药水。圣安娜小街的大人物颔首同意，并且从办公桌抽屉里找出一个小瓶。米旭诺小姐从他那种欣喜的姿态意会到，事情比抓捕一个普通逃犯要重大得多。她苦苦思索了一番，认为警察局希望根据狱中叛徒的告密，及时起出那一大笔钱。她把这些猜测一说出来，那老狐狸便笑了笑，想打消老姑娘的怀疑。

"您弄错了。"他回答道，"柯冷是贼人中最危险的龙头，我们抓他就是这个原因。那些坏蛋很清楚这一点。他是他们的旗帜，他们的支柱，总之，是他们的拿破仑。他们都爱戴他。这家伙从来不让我们在沙滩广场把他的老根敲掉。"

米旭诺小姐听不懂龚杜罗说的黑话，龚杜罗便给她解释，说那是贼人常用的两个切口，表示对人的脑袋持有的两种看法。"龙头"是活人的脑袋，他的军师，他的思想。而"老根"是个贬词，主要说明脑袋割下来之后就成了废物了。

"柯冷耍我们，"他又说道，"这些家伙像淬过火的英国铁棒那样又臭又硬，当我们遇见他们时，只要他们想做任何抵抗，我们便有办法将他们干掉。明天，我们打算趁柯冷动手时，将他当场杀死。这样便省掉了起诉、在监狱里关他和给他吃饭的费用，又给社会除了害。法律程序、传召证人、他们的津贴、执行判决、我们循司法途径去对付这些贼徒所需的费用远远超过给您的三千法郎。还有节省时间的问题。如果往鬼上当肚子上捅一刺刀，我们便可避免上百件罪案，使五十个坏分子免于堕落，不敢越轻罪法庭半步，这就叫做警务做得好。照真正博爱人士的说法，如此行事就是防罪于未然。"

"就是为国效劳哇。"波阿雷说道。

"唔，"那个警察头头接着说道，"今晚你们说的话挺合情理，不错，我们当然是为国效劳，但社会对我们很不公平。我们为社会干了许多好事而没人知道。总之，是高人就不害怕偏见，是基督徒就会欣然承受因违反世俗之见做了好事而招来的祸殃。巴黎就是巴黎，您知道吗？这句话足以说明我的生活。小姐，在下告辞了。明天，我和我的部下在御花园等着。您派克里斯朵夫到布丰街我原来的住处找龚杜罗先生辞行。再见了，先生。如果有人偷了您的东西，请告诉我，准能替您找回来。敝人乐意效劳。"

"瞧，"波阿雷对米旭诺小姐说道，"有些笨蛋一听到警察两个字便吓得要死，可这一位倒和蔼可亲，要你干的事也简单得很。"

第二天是伏盖公寓历史上最不寻常的日子，直到目前为止，公寓平静的生活里最突出的一件事，就是像彗星一样出现过一个冒牌的昂倍梅尼伯爵夫人。但和这一天发生的惊天动地的事件——日后成为伏盖太太永恒的话题——相比简直平淡无奇。先说高老头和欧也纳两人一直睡到十一点。伏盖太太半夜才从快活剧场回来，早上十点半还在床上。克里斯朵夫喝完了伏脱冷请客剩下的酒，呼呼大睡，把公寓里的活儿都耽误了。但早饭开得晚波阿雷和米旭诺小姐并没有抱怨。维克托莉和库蒂尔太太也在睡懒觉。伏脱冷八点前就出去了，早饭准备好了才回来。所以谁也没说什么，直等到十一时一刻左右，西尔维和克里斯朵夫去逐个敲各人的门，请大家下楼吃饭。米旭诺小姐趁西尔维和男仆不在，第一个下楼，把药倒进伏脱冷自备的银缸子里，那是他盛牛奶咖啡用的，和其他人的缸子一起温在蒸锅里。老姑娘打算利用公寓这种特殊的习惯下手。七个房客好不容易才到齐了。当欧也纳伸展着四肢，最后一个从楼上下来的时候，一个信差进来交给他一封德·纽沁根夫人的信，内容如下：

　　　　我的朋友，我并不故意对您摆架子，也不是故意生您的气。昨夜，我一直等您等到两点。等一个自己心爱的人！受过这种罪的人一定会己所不欲勿施于人。看得出您是初涉情场。到底发生了什么事呢？我忐忑不安，要不是担心泄露内心的秘密，我便会亲自来探听您的吉凶祸福了。可是三更半夜出门，无论是步行还是坐车，岂不断送了自己？我深感做女人的不幸。请解释一下为什么家父和您谈过话您便不来了，也好让我放心。我会生气，但也一定会原谅您。您生病了吗？为什么躲得远远的？写封信吧，求求您了。咱们很快会见面，是吗？如果您太忙写个条子给我也行，说您就来，或者说您不舒服。不过，如果您身体不好，家父一定会来告诉我的！那么到底出了什么事呢……

　　"对呀，出了什么事呢？"欧也纳叫了一声，没看完便把信一揉，冲进了饭厅。"现在几点了？"

　　"十一点半。"伏脱冷边往咖啡里放糖边说道。

　　这个逃犯冷冷地看了欧也纳一眼，目光有一种震慑的力量，某些会催眠的人据说就有这种本事，能使疯人院里闹得最凶的疯子也安静下来。欧也纳不禁四肢战栗。此时大街上传来了一阵马车声，一个穿着号衣的仆人神色慌张地走了进来，库蒂尔太太一眼便认出是泰伊番府的听差。

　　"小姐，"那听差喊道，"老爷叫您回去。出了大事了。弗雷德里克少爷与人决斗，脑门挨了一剑，医生说没救了。您恐怕和他见最后一面也来不及了，他已经神志不清了。"

　　"可怜的小伙子！"伏脱冷失声喊道，"每年有三万法郎收入怎么还和别人吵架呢？年轻人真不懂事。"

　　"先生！"欧也纳冲他喊了一句。

　　"喂，什么事，大孩子？"伏脱冷边说边镇定地把咖啡喝完。米旭诺小姐的目光一直看着他，全神贯注，竟对使众人惊愕不已的这件大事毫不动容。"每天早上，巴黎都有决斗，不是吗？"

“我和你一起去，维克托莉。”库蒂尔太太说道。

说完，两个女人连披肩和帽子也不戴便急急走了。走前维克托莉含着眼泪看了欧也纳一眼！意思是说："真没想到咱们的幸福会使我掉眼泪！"

“咦！伏脱冷先生，难道您真是未卜先知？”伏盖太太说道。

“我无所不能。”雅克·柯冷回答。

“这就怪了！”伏盖太太接着又就这件事说了一大堆无关紧要的话，"死神说来就来，也不征求一下我们的意见。往往年轻的倒比老的先走。我们女人有福气，不需要决斗，但男人没有的病我们倒有，要生儿育女、饱受做母亲的痛苦！维克托莉真走运，这下子她父亲只好立她为继承人了。"

“说的是啊！”伏脱冷瞅着欧也纳说道，"昨天她不名一文，今早便得了好几百万。"

“我说，欧也纳先生，”伏盖太太大声说道，"您的宝押对了。"

听到她这样说，高老头看了看欧也纳，见他手里还攥着那封揉成一团的信。

“您还没把信看完哩！这是什么意思？难道您也和其他人一样？”高老头问道。

“太太，我永远也不会娶维克托莉。”欧也纳对伏盖太太说的这句话满含厌恶和不屑之情，使众人大吃一惊。

高老头拉起欧也纳的手，使劲儿地握着，真想吻它一下。

“噢，噢！”伏脱冷说道，"意大利人说得好：col tempo！"

“我等着回信哩。”德·纽沁根夫人的信差对欧也纳说道。

“你说我就去。”

信差走了。欧也纳心烦意乱，也顾不得谨慎了。他高声自言自语道："怎么办？什么证据也没有！"

伏脱冷微微一笑，此时，他吃下去的药已在胃里发作，但这逃犯身体强壮，能挣扎着站起来，看着拉斯蒂涅，哑着嗓子对他说："年轻人，幸福就是在睡觉时到来的。"

说罢，一头栽倒在地。

"真是天网恢恢，疏而不漏。"欧也纳说道。

"哟，这位可怜的伏脱冷先生，他怎么啦？"

"中风了。"米旭诺小姐喊了一声。

"西尔维，喂，我的好闺女，快去找医生来。"寡妇说道，"您，拉斯蒂涅先生，快去叫毕安训先生，西尔维很可能碰不上咱们的葛兰佩勒医生。"

拉斯蒂涅乐得趁机逃出这个可怕的地方，一溜烟跑了。

"克里斯朵夫，去药剂师那儿要点儿中风药来。"

克里斯朵夫也走了。

"喂，高老头，帮我们把他抬到楼上他房间去。"

大家抓住伏脱冷，把他拖上楼梯，放到床上。

"我帮不上什么忙，我去看女儿了。"高老头说道。

"老自私鬼！"伏盖太太喊道，"滚吧，你像狗那样死掉才好哩。"

米旭诺小姐在波阿雷帮助下解开了伏脱冷的衣服，对伏盖太太说道：

"您去找找看有没有乙醚。"

伏盖太太下楼到自己房间去，留下米旭诺小姐控制整个战场。

"喂，快把他的衬衣脱下，人翻过来，劳驾您也伸伸手，总不成让我看见他赤身露体吧。"她对波阿雷说道，"别站在那里像木头一样。"

把伏脱冷翻过来以后，米旭诺小姐在他肩膀上狠狠击了一掌。发红的皮肤上立即出现那两个表示囚犯身份的白色字母。

"嗬，您的三千法郎的赏金到手了，真够利索的。"波阿雷边嚷边把伏脱冷扶起来，米旭诺给他穿上衬衣。波阿雷把伏脱冷放倒，说了声："噢！他真重。"

"闭嘴。看有箱子没有。"老姑娘立即说道。她那双似乎能穿透墙壁的眼睛贪婪地打量房间里每一件家具。"咱们能不能找个什么借口，打开这个写字台的抽屉？"她又说道。

"这样做也许不太好吧。"波阿雷回答道。

"不对，钱是偷大家的，现在已经不属于任何人。不过，没时间了，我听见伏盖太太的脚步声了。"

"乙醚拿来了。"伏盖太太说道，"噢，今天净出怪事。上帝！这家伙不可能生病，脸白得像子鸡一样。"

"像子鸡?"波阿雷重复了一句。

"他心跳很正常。"寡妇按了按胸口，说道。

"正常?"波阿雷惊讶地问道。

"他心脏很好。"

"您觉得?"波阿雷问。

"该死！他像睡着了一样。西尔维已经去请医生了。我说，米旭诺小姐，他嗅进乙醚了。哦，是痉挛。不过脉搏很好。他壮得像头牛。您瞧，小姐，他胸前的毛真多，此人准能活一百岁！头发还没掉。咦！是粘上去的。他戴着假发，原来的头发是红的。据说头发红的人不是很好，就是很坏！他会是好人吧，他?"

"好到该被吊起来！"波阿雷说道。

"您的意思是该吊到一个美女的脖子上吗?"米旭诺小姐立即反驳。"您走吧，波阿雷先生。你们生病要人服侍，那是我们女人的事。您最好去散步。"接着她又加了一句，"伏盖太太和我两个人看着伏脱冷先生就行了。"

波阿雷一声不吭退了出去，像被主人踢了一脚的狗。

拉斯蒂涅心里憋得慌，想外出走走好透透气。罪行的发生分秒不差。昨天他本想制止来着。到底出了什么事呢？他该怎么办呢？他想到自己是同谋便不寒而栗。伏脱冷镇静自若的神态更使他心有余悸。

"如果伏脱冷来不及招供便死了，那怎么办?"拉斯蒂涅心里想道。

他在卢森堡公园的小径间急步穿行，仿佛身后有群猎狗追逐，连犬吠声也清晰可闻。

"喂，"毕安训大声唤他，"你看《导航报》了吗?"

《导航报》是蒂索先生办的一份激进的报纸，在一般的晨报后几小时另出一张外省版，登载当天的新闻，比其他地方报纸的消息要早二十四小时。

"那上面有条大新闻，"科尚医院的见习医生说，"泰伊番的儿子和前帝国御林军的弗朗舍西尼伯爵决斗，额头中剑，伤口深达两寸。这一来，维克托莉小姐便成了全巴黎陪嫁最可观的姑娘了。唔，早知道这样该多好！死一个人竟像中了头奖！据说你颇得维克托莉的青睐，这可是真的？"

"闭嘴，毕安训，我永远也不会娶她。我爱着一个甜姐儿，她也爱我。我……"

"你这样说不过是强自压抑，以免对你的甜姐儿不忠而已。真有一个女人值得你牺牲泰伊番老爷的财产？不妨给我看看。"

"难道所有的魔鬼都来缠我不成？"拉斯蒂涅大叫道。

"那你又缠谁呀？你疯了吗？把手给我，"毕安训说道，"让我摸摸你的脉。你发烧了。"

"快到伏盖妈妈那里去吧。"欧也纳对他说道，"刚才伏脱冷那个魔头倒下跟死了一样。"

"是吗，"毕安训撇下拉斯蒂涅就走，"你的话证实了我的怀疑，我非去看看不可。"

拉斯蒂涅神态严肃地踱了半天，仿佛在扪心自问。虽然他动摇不定、前思后虑、犹豫不决，毕竟在激烈的思想斗争中保持了清白，好比铁棒经受住了严格考验。他想起了前一天高老头告诉他的心事，记起了那套在阿图瓦街为他选好的靠近但斐纳家的居室。他把信又拿起来，再看了一遍，吻了吻，心想："这样的爱情正是我生命之所系。可怜的老人家心酸事太多了，虽然他自己绝口不提，可又有谁猜不到呢？好吧，我会待之如父，让他享尽清福。如果但斐纳爱我，可以常来我家和他盘桓终日。那位派头挺大的德·雷斯托伯爵夫人真不是东西，竟把父亲当做门房。亲爱的但斐纳对待父亲就好多了，真值得人爱。啊，今晚我艳福一定不浅！"他掏出怀表，欣赏了一番，"我一切顺利！如果彼此相爱，永远相爱，尽可以互相帮助，我可以接受这份礼物，再说，将来我一定会百倍地回报她。我们这段感情没有任何罪恶的成分，也没有任何能使最有德之人皱眉的。君子好逑，天下一理！咱们并没有对不起谁，撒谎才是不要脸。撒谎就是认输，不是吗？她已和丈夫分居多时。再说，将来我一定会亲自告诉他，告诉那个阿尔萨斯人，既然他不能使他的女人幸福，干脆就让给我好了。"

拉斯蒂涅内心斗争了很久。尽管年轻人的道德观念占了上风，到四点半钟夜幕降临的时候，被好奇心驱使，他仍然回到他曾暗中发誓永远不再涉足的伏盖公寓。他想知道伏脱冷是否真的死了。

毕安训给伏脱冷灌了呕吐剂，想把他吐出来的东西送到自己的医院化验。米旭诺小姐则坚决要扔掉，这样一来，他的疑心就更大了。而且伏脱冷复原得太快，使毕安训不禁怀疑这位公寓里的活宝一定是被人暗算了。拉斯蒂涅回来时，伏脱冷正站在饭厅的炉子旁边。房客们听见泰伊番的儿子和人决斗的消息，比平时都到得早，想打听事情的经过和对维克托莉命运的影响。除了高老头以外，他们凑在一起，七嘴八舌地谈论这件事。欧也纳一进来，眼睛便和伏脱冷不动声色的目光相遇，对方一直看到他的内心，搅起了几阵邪念，他不由得打了个寒噤。

"喂，亲爱的孩子，"那逃犯对他说道，"我离死还早着哩。据这几位太太说，我中的风连牛都挺不住，可我倒安然无恙。"

"噢，您应该说连一头公牛也挺不住。"伏盖寡妇大声说道。

伏脱冷似乎猜透了拉斯蒂涅的想法，凑到他耳边说道："看到我还活着您是否很不高兴？您也太狠了点儿啦！"

"啊，我的天！"毕安训说道，"前天米旭诺小姐提到一个人绰号叫鬼上当，这个名字对您倒非常合适。"

这句话对伏脱冷恍如晴天霹雳，他脸色煞白，身子晃动，目光如电，带有逼人的意志力，直盯着米旭诺小姐，使她两腿一软，跌坐在椅子上。波阿雷赶紧一跃而前插在他们两人中间，因为他看见逃犯已经一改和善之态露出狰狞面目，米旭诺处境危险。其他住客则目瞪口呆，还不明白发生了什么事。这时候，外面传来了杂沓的脚步声和士兵们的步枪碰击路面的声音。柯冷下意识地看看窗户和墙壁想找路逃走。突然客厅门口出现了四个人，为首的是那个便衣警察的头头，其他三个是警官。

"以法律和国王陛下的名义。"一位警官说道，下面的话被众人惊讶的声音盖住，听不清了。

接着，饭厅里鸦雀无声，房客们闪开一条路，让其中三个人走进来，他们的手都插在兜里，紧握着上了子弹的手枪。两个跟着进来的宪兵把守客厅的门，另外两个则看着通往楼梯的出口。正门外的石子路上响起了好几个士兵的脚步声和步枪的碰击声。鬼上当已没有逃脱的希望，大家的目光不由得都看着他。便衣警察头头径直向他走去，迎头一掌，把他的假发击落，使他露出了狰狞的面目：一头红砖色的短发，显得既凶狠又狡猾，那副嘴脸配上全身的形象，仿佛在地狱之光照射下，毫发不差地呈现在众人眼前。他的过去、现在和将来、他那套死硬派的理论、享乐就是一切的信仰、在思想和行动上出了名的玩世不恭，以及能适应一切的力量和体魄，现在大家全看明白了。这时他的血往上涌，眼睛像山猫般闪闪发光，他使出全身的力量一抖动，发出一声狂吼，把所有房客吓得叫了起来。便衣警探们一见这怒狮般的动作，借着众人的喊声，齐刷刷拔出了手枪。柯冷看见枪上火门一闪，心知不妙，立刻改变态度，表现出人类最高的意志力量。那景象真是既可怖又庄严！他的面部表情只有一种现象可以相比，仿佛一口锅炉储满足以推倒一座大山的蒸汽，一眨眼之间被几滴冷水化解得无影无踪。浇灭他心头怒火的那几滴冷水，便是他快如闪电的思索。于是他微微一笑，瞧着自己的假发。

"你今天不太礼貌啊。"他对警探长说，同时向宪兵们点头示意，伸出了自己的两只手，"宪兵先生们，你们可以铐上我的双手或指头。在场的诸位可以作证，我没有反抗。"恰如火山的火舌和熔岩刚喷射出来，突然又迅速地收了回去，满屋的人见了，都不由得啧啧赞叹起来。"你失算了，捕快先生。"逃犯看着那位赫赫有名的警探长又说道。

"喂，把衣服脱下来。"圣安娜小街的那个人不屑地说道。

"为什么？"柯冷问道，"这里还有女士呢。我不赖账，我投降了。"

他停了一下，看了看众人，俨然即将发表惊人之谈的演说家。

一个白头发的小老头从皮包里掏出了逮捕记录，坐到桌子的另一头。柯冷对他说：

"您写吧，拉沙佩勒老爹。我承认是雅克·柯冷，人称鬼上当，被判过二十年苦役。我刚刚证明了，我并不欺世盗名。只要我抬抬手，"他对住客们说道，"这三个便衣便会叫我血溅伏盖妈妈的地板。这些家伙专门会布置陷阱！"

伏盖太太闻言觉得很不是滋味，对西尔维说："我的上帝！真能让人吓出病来，我昨天还和他一起去快活剧院看戏哩。"

"妈妈，说话得讲理，"柯冷又说道，"难道昨天在快活剧院坐了我的包厢是倒霉吗？"他大声说道，"你们难道比我们强？我们背负的罪恶远不及你们内心里的多，你们这些黑暗社会的软骨头。你们中间最好的也抵不过我。"他的目光停在拉斯蒂涅身上，对他亲切地笑了笑，和脸上粗野的表情形成古怪的对照，"乖乖，咱们那宗小买卖没取消，如果您接受的话，知道吗？"说着他唱了起来：

> 我的芳舍特貌美如花
>
> 而又朴实无华。

"您别担心，"他又说道，"我会东山再起的。他们怕我，决不敢涮我！"

这个人，这番话，把苦役监里的风气、语言、喜怒无常、时而气概非凡、时而亲狎、下流，全都活生生表现出来。他已不仅仅是一个人，而是一种典型，代表了一群堕落变质、野蛮而又合乎逻辑、粗暴而又能屈能伸的族类。转眼之间，柯冷变成了一首地狱的诗，写尽了人类的一切情感，唯一漏掉的是后悔。他的目光有如堕落的天使，总想大开杀戒。拉斯蒂涅低下眼睛，默认和他有过罪恶的联系，为曾经有过恶念而深自愧怍。

"是谁出卖我的？"柯冷说着用可怕的目光扫视众人，最后落在米旭诺小姐身上，"一定是你，"他说，"你这个女奸细，好事之徒，让我上当中风！只要我说一句话，不出一星期叫你人头落地。但我饶了你，因为我是基督徒。再说，出卖我的不是你。可又是谁呢？"此时他听见警官们在他屋里翻箱倒柜，没收他的东西，便大声说道："好啊！你们在上面搜查。鸟儿挪了窝，昨天就飞走了。你们什么也找不到。账簿在这儿哩。"他说着拍了拍额头。"现在我知道是谁出卖我的了。只能是丝线这浑蛋，对不对，捕快大爷？"他问那个警探头子道。"刚好在我们的票子存放在上面的时候，真是太巧了。现在什么都没有了，各位小特务。至于丝线，不出半个月就会没命，即使你们出动整个宪兵队保护他也没用。这个米旭诺小贱妇，你们给了她多少钱？"他问警察道，"三千来法郎？我的身价可不止这个数，烂牙的尼侬，破衣烂衫的蓬巴杜尔，公墓的石头美神。你要是通知了我，就可以到手六千法郎。噢，你没想到吧，卖皮肉的老贱货，我倒宁愿给这笔钱，不错，我愿给，省得老大不愿意地走这一遭，还得破财。"他边被戴上手铐边这样说，"这些人会故意拖延时间，好折磨我。要是马上送我去苦役监，我很快便能重操旧业，随那些笨蛋怎么看守也没用。弟兄们哪怕把灵魂翻个个儿，也要设法让他们的头领——心地善良的鬼上当远走高飞。你们当中，谁能像我这样，有上万个弟兄随时准备为你卖命？"他骄傲地问道。"我心地好，"他拍了拍心口说道，"从没出卖过别人！喂，贱货，你看看他们，"他对老姑娘说道，"他们看见我就害怕，而你却只能让他们恶心。去拿你的赏钱去吧。"他停了停，又对众房客说道："你们，你们是傻子吗？难道从没见过囚犯？你们面前站着的是一个柯冷式的囚犯，我不像别人那样卑鄙，我是卢梭的信徒，像他说的那样反对社会契约这种弥天大谎。我一个人和政府以及那一大堆法庭、宪兵、预算对着干，把他们弄得团团转。"

"好家伙，"画家说道，"他的形象画下来可真不赖。"

"告诉我，刽子手大人的侍卫，寡妇的监护人（寡妇是犯人们给断头机取的既可怕又有诗意的名字），"他转向警察头头又说道，"你行个好，告诉我出卖我的是不是丝线？我不想让他替别人背黑锅，那不公平。"

这时，警察们在房间里翻箱倒柜，把一切都清点造册以后，返回向负责这次行动的首长低声汇报。逮捕记录于是完成。

"诸位，"柯冷对房客们说道，"他们要把我带走了。我在公寓期间，大家对我都很好，我十分感谢。现在我向诸位告辞，将来我会从普罗旺斯给诸位寄无花果来的。"他走了几步，又回过头来看着拉斯蒂涅，说道："再见了，欧也纳，"声音既温柔又凄凉，不像平时说话那么粗野，"如果你有困难，我给你留下一位忠心耿耿的朋友。"他虽然戴着手铐，仍能摆出姿势，像剑术教师那样喊："一，二！"然后做了一个跨步进击的动作。"遇上倒霉事你尽可求他，人和钱都任由你支配。"

后面几句话这怪人说得很诙谐，除了拉斯蒂涅和他，谁也听不懂。等宪兵、军士和警察都走了以后，西尔维一面给女主人往太阳穴抹醋，一面看着惊呆了的众人，说道：

"唔，不管怎样，他到底是个好人。"

刚才的场面使房客们心里百感交集，迷迷糊糊的，听了这句话，突然清醒过来，面面相觑了一会儿，都觉得米旭诺小姐瘦小枯干、冷冰冰的像具木乃伊，蹲在火炉旁，两眼低垂，仿佛担心眼罩的阴影不足以掩盖自己两眼的表情。对这张脸，大家早已很反感，原因何在，现在忽然明白了，于是不约而同地发出了一阵表示讨厌的嗡嗡声。米旭诺小姐听见了，却没有走开。毕安训首先侧身对旁边的人低语道：

"如果这女人继续和咱们同桌吃饭，那我就溜了。"

转眼之间，除了波阿雷外，大家都赞成医科学生的建议。毕安训见众人一致同意，便大着胆子向那位老房客走去，对他说：

"您和米旭诺小姐的交情不一般，请告诉她，她必须立刻离开。"

"立刻？"波阿雷惊讶地重复了一遍。

接着，他走向老小姐，在她耳边说了几句。

"我交了租金，交钱住房，和大家一样。"米旭诺说着，用毒蛇般的眼光盯着众人。

"这有什么关系？我们分摊凑钱还给你便是。"拉斯蒂涅说道。

"先生护着柯冷，不难知道是为什么。"她边回答边恶毒地向大学生投去了一瞥询问的目光。

欧也纳闻言一蹦老高，仿佛想扑向老小姐，把她掐死。他知道那目光毒如蛇蝎，看透了他心中难以告人的秘密。

"别理她算了。"众人大声说道。

拉斯蒂涅交叉着双臂，没有说话。

"咱们把犹大小姐的事了结了吧。"画家对伏盖太太说道，"太太，您要是不把米旭诺轰走，我们就都走，而且要到处说，公寓里住的都是密探和逃犯。如果您按我们的话去做，我们可以闭口不提，毕竟刚才这种事，在最上流的社会也会发生，除非苦役犯脑门上都刻了字，让他们没法乔装打扮成巴黎市民，到处招摇撞骗。"

听了这番话，伏盖太太奇迹般精神一振，站了起来，双臂交叉放在胸前，明亮的眼睛里没有半点儿泪痕。

"可是，亲爱的先生，难道您想让我的公寓关门吗？现在伏脱冷先生……噢，我的上帝，"她突然顿住，自言自语道，"我叫惯他装作正人君子时的名字了！瞧，"她又说道，"一套房间空出来了，难道你们想我有两套房子出租吗？这个季节，需要房子的人早都住定了呀。"

"先生们，戴上帽子走吧，到索邦广场弗利谷多饭铺吃饭去。"毕安训说道。

伏盖太太眼睛一转，便盘算好最有利的做法，肥胖的身躯一直滚到米旭诺小姐跟前。

"喂，我亲爱的好姑娘，您不见得要我的公寓关门吧？嗯？您也看到这些先生们逼得我走投无路，今晚您就先上楼回房间去吧。"

"不行，不行，"房客们齐声喊道，"我们要她马上搬出去。"

"但这位可怜的姑娘晚饭还没吃呢。"波阿雷可怜兮兮地说道。

"她爱上哪儿吃就上哪儿吃。"好几个声音同时叫道。

"女密探，滚出去！"

"所有密探都滚出去！"

"先生们，"波阿雷像发情的公羊鼓足了勇气高声说道，"你们要尊重女性。"

"是密探就没有性别之分。"画家说道。

"好一个性别拉马！"

"滚出去拉马！"

"先生们，这不礼貌。叫人走也应该客客气气。我们交了钱，我们不走。"波阿雷说着戴上鸭舌帽，走到米旭诺小姐身旁一张椅子上坐下，伏盖太太正在劝她。

"无赖，"画家滑稽地对他说，"小无赖，你走开！"

"嘿，如果你不走，那我们走。"毕安训说道。

众房客一齐向客厅走去。

"小姐，您要怎么样?"伏盖太太厉声说道，"我要破产了。您不能留下，他们会来硬的。"

米旭诺小姐站起来。

"她一定要走——她不走——她一定要走——她不走!"这两句交替重复的话和对她逐渐口出不逊之言，逼得米旭诺小姐低声和公寓老板娘谈判了几句后，不得不走了。

"我到比诺太太的公寓去。"她威胁道。

"随您的便，小姐。"伏盖太太说道。对方所挑选的公寓是她的竞争对手，她最讨厌，故而觉得受到极大的侮辱。"到比诺那里去吧，去喝连山羊喝了也要蹦起来的酸葡萄酒和从饭摊买来的菜吧。"

房客们一声不响地排成两行。波阿雷深情地看着米旭诺小姐，呆头呆脑地委决不下，不知道是跟她走还是留下来，房客们既高兴米旭诺小姐被轰走，又看见波阿雷这副窘态，忍不住你看我、我看你地大笑起来。

"嘻，嘻，嘻，波阿雷，"画家冲他喊道，"哎，唷，唷!"

博物馆职员滑稽地唱起了一支著名抒情歌曲的头几句:

　　少年英俊的杜诺华

　　出发到叙利亚……

"去吧，您正巴不得这样做呢，trahit sua quemque voluptas!"毕安训说道。

"维吉尔这句话的意译就是: 君子好逑意中人。"辅导教师说道。

米旭诺看着波阿雷，做出要挎他胳膊的姿势，他没法抗拒这一召唤，便走了过去，引得众人哄堂大笑，还使劲儿地鼓掌。"波阿雷好样的——波阿雷这老头——波阿雷是爱神——波阿雷是战神——波阿雷真勇敢!"

这时一个信差走了进来，递给伏盖太太一封信。伏盖太太看完一下子瘫倒在椅子上。

"我的公寓遭天打雷劈，就差没被烧了。泰伊番的儿子今早三点咽了气。我过去为那两个女人好而咒那个可怜的小伙子，这回可遭了报应了。库蒂尔太太和维克托莉向我要回她们的衣物，搬到她父亲家去了。泰伊番先生同意他女儿把库蒂尔寡妇留下来做伴。空出四套房子，少了五位房客！"她坐在那儿直想哭，一面大叫："我家大祸临头了。"

这时，大街上传来了马车停下的声音。

"不知又要出什么事了。"西尔维说道。

高里奥突然出现，容光焕发，喜气洋洋，真使人以为他返老还童了。

"高里奥坐马车，"房客们说，"世界末日到了！"

高老头径直走向待在一个角落、若有所思的欧也纳，抓住他的胳膊，兴冲冲地说道："来！"

"您不知道发生了什么事吗？"欧也纳说道，"伏脱冷是个逃犯，刚才被缉捕归案，泰伊番的儿子死了。"

"嘿，那跟咱们有什么关系？"高老头回答道，"我和我女儿一起吃饭，就在您屋里，您明白吗？她等着您哩，来吧！"

他猛拽拉斯蒂涅的胳膊，硬拉着他走，把他像情妇般劫走了。

"咱们吃饭吧。"画家喊了一声。

每个人都拉了把椅子，围着桌子坐下。

"真背兴，"胖厨娘西尔维说道，"今天样样都不顺心，我的豌豆烧羊肉也粘锅了。算了，诸位将就吃煳的吧，活该！"

伏盖太太看见原应坐十八个人的桌子，现在只坐了十个人，连说话的勇气也没有了，大家都想安慰她，逗她开心。最初，只包饭的客人谈论伏脱冷和当天发生的事情，但是东拉西扯地，慢慢便谈起了决斗，苦役场，法庭，需要重新修订法律，监狱，越扯越远，离雅克·柯冷、维克托莉和她的兄长已经十万八千里。他们虽然只有十个人，叫声却像有二十人，似乎比平时的人数还多。这顿饭和头天那顿饭的区别仅此而已。这群自私的人恢复了平时那种对什么都无所谓的态度，等第二天再从巴黎日常发生的事件中寻找议论和挖苦的对象。连伏盖太太也因听了胖厨娘西尔维的话产生了希望，平静了下来。

对欧也纳来说，这整整一天直到晚上恍如做了一个光怪陆离的梦，尽管他性格坚强、头脑灵活，也难以理清纷纭的思绪。经过了一连串的激动，此刻上马车坐到高老头身边，但老头异乎寻常高兴的滔滔话语传到他的耳鼓，却像梦中听到的一样。

"今早一切都已准备停当，咱们就要坐在一起吃饭了，一起，您明白吗？我和我的但斐纳，我的小但斐纳没在一起吃饭已经有四年了。这回她整个晚上都要属于我了。我们从早上就在你屋里。我脱了外衣，亲自动手，帮忙搬家具。噢，您不知道，她在饭桌上可照顾人啦，她会忙着招呼我：'嘿，爸爸，您吃这个，这好吃。'我一定吃不过来。啊，我没安安静静地和她在一起多久了！"

"难道今天世界翻了个儿？"欧也纳说道。

"翻了个儿？"高老头说道，"不过世界从来没有这样好，在大街上，我见到的净是快活的面孔，大家握手、拥抱，好像都要到女儿家吃饭，美美地撮一顿似的。她当着我的面向英国咖啡馆的总管点了菜。不过，只要在她身边，黄连也会甜如蜜。"

"我觉得自己又活过来了。"欧也纳说。

"喂，车夫，走哇。"高老头打开前面的玻璃喊道，"走快点儿，你知道我上哪儿，如果你十分钟内赶到，我给你五法郎小费。"车夫听见有赏钱，便策马如飞，穿过巴黎的大街小巷。

"这车夫根本不是在赶车。"高老头说道。

"您到底领我上哪儿？"拉斯蒂涅问道。

"到您家呀。"高老头回答。

车在阿图瓦街停下。高老头第一个跳下来，扔了十个法郎给车夫，出手大方得像个没有家室之累的人，兴之所至，什么都不在乎。

"咱们上楼吧。"他说着领拉斯蒂涅穿过一个院子，直奔一所挺好看的新房子后面，上楼来到第四层的一个单元。不用按铃，德·纽沁根夫人的女仆泰蕾丝已经前来开门。欧也纳眼前一亮，发现自己置身于一套精美的房间，单身汉居住是最合适不过了，有门厅、小客厅、卧室和一个俯瞰花园的书房。小客厅的家具和陈设漂亮大方，无与伦比。烛光下，他看见但斐纳从壁炉旁一张双人沙发上站起来，把手中的遮热扇放在壁炉上，含情脉脉地对他说："先生好不懂道理，非去请才肯来。"

泰蕾丝走了出去。大学生把但斐纳紧紧地搂在怀里，高兴得流下了眼泪。一天之中多少令人紧张的事已使他心力交瘁，和眼前所见的一切相比，反差如此强烈，拉斯蒂涅的神经变得特别容易激动。

欧也纳精神疲惫地软瘫在沙发上，一句话也说不出来，不明白眼前这一切是如何一下子变出来的。

"您倒是来看看哪。"德·纽沁根夫人边说边拉起他的手，把他引进一间卧室，里面的地毯、家具以及哪怕最小的陈设无一不使他想起但斐纳的闺房，只是规模略小罢了。

"缺一张床。"拉斯蒂涅说道。

"不错，先生。"她脸一红，握着他的手说道。

欧也纳看着对方，他虽然还年轻，也明白女人动了真情，一颗心尚有羞耻之念。

"您这样的女人真值得人爱一辈子。"他凑到她耳边说道，"是的，我敢这样说，因为咱们彼此非常了解：爱情越是强烈和真诚，就越应该隐而不露，给人点儿神秘感。咱们的秘密对谁也不谈。"

"噢，我，我可不是外人。"高老头不满地哼哼。

"您要知道，您就是我们，您……"

"对！我就希望这样。你们不会防我，是吗？我来来去去，像一个善良的精灵，无所不在，人们肉眼虽然看不见他，却深知他的存在。嘿，我的小但斐纳，纳纳，但但！我以前对你说过：'阿图瓦街有一套漂亮的房间，咱们为他置备家具吧。'不是说对了吗？当时你不干。瞧，你的生命是我给的，你今日的快乐也是我给的啊。做父亲的要想得到幸福就必须永远给。永远给，这就是父亲之所以是父亲的道理。"

"什么？"

"是的，她最初不干，担心人家飞短流长，仿佛大家的意见抵得上她的幸福似的！但她所做的正是所有女人梦寐以求的事……"

正当高老头自言自语时，德·纽沁根夫人已经把拉斯蒂涅带进书房，于是传来了两人很轻的一声亲吻。书房的陈设和其他部分一样豪华，这套房间实在已应有尽有。

"一切都合您的意吗？"她边问边走回客厅，准备吃饭。

"当然，"他回答道，"很合我意。不过，豪华无缺，美梦成真，青春年少的风流和诗意，对此我充分体会，不至于配不上。但我不能从您那里接受这一切，我还太穷，不能……"

"好哇，您已经不买我的账了。"她半严肃半嘲讽地说道，同时娇媚地把小嘴一撅。女人遇到过分认真的男人往往会这样对付。

欧也纳那一天思想斗争很厉害，伏脱冷的被捕使他知道自己差一点儿跌进万丈深渊，高尚的情操和自尊心再度抬头，对方的娇嗔也未能使他让步。他内心只感到无限忧伤。

"怎么！"德·纽沁根夫人说道，"您不肯接受？您知道这种拒绝意味着什么？这表明您觉得前途没有保证，不敢和我有什么瓜葛。难道您害怕有朝一日会对我变心。如果您爱我，而我……也爱您，为什么这么点儿小意思也不敢接受？如果您知道我在为您布置这套房间时心里是多么快乐的话，您就不会犹豫不决，反而会向我道歉了。您有钱在我这里，我把它用到该用的地方，仅此而已。您以为自己伟大，其实不尽然。您要求的更多……唉！"说到这里，她发现欧也纳的目光充满了情意，"而对鸡毛蒜皮的事推三阻四。如果您不爱我，那好，您可以不接受。我的命运取决于您一句话。说吧。"停了一会儿，她转过身来，对她父亲说："喂，父亲，您好好开导开导他。难道他以为他顾体面，我就不顾体面了吗？"

高老头看着、听着他们这场有情有义的拌嘴，只是一味地傻笑。

"您还是个未入世的孩子！"她抓住欧也纳的手又说道，"您发现前面有障碍，许多人都难以逾越，现在有个女人替您搬开了，您却畏缩不前！但您是一定会成功的，一定会发大财，您饱满的天庭充分说明了这一点。那时候，不就可以把我今天借给您的还给我了吗？从前的贵族女人不是向她们心爱的骑士赠送盔甲兵刃和骏马，好让他们在比武场上为自己增光吗？欧也纳，我送给您的是现今这个时代的武器，要成个人物所必需的工具。您住的那个阁楼能像爸爸住的卧房就不错。瞧，难道咱们不吃饭了？您想扫我的兴是吗？您说呀！"她边说边使劲儿摇欧也纳的手。"我的上帝，爸爸，叫他拿主意吧，否则我甩手就走，而且永远不再见他。"

"我要叫您打定主意，"高老头清醒过来，说道，"亲爱的欧也纳先生，您会向犹太人借钱，是吗？"

"啊。"他回答道。

"好，我知道您的意思了。"老人说着掏出一个用旧了的破皮夹子，"我就来充当犹太人，钱都是我付的，发票都在这里。数目不多，充其量五千法郎。算我借给您！您不会拒绝吧，我又不是女人。您找张纸给我写个借据，日后还给我便是。"

欧也纳和但斐纳顿时热泪盈眶，惊讶得面面相觑。欧也纳紧紧握住老人的手。

"嘿，怎么啦？难道你们不是我的孩子吗？"高里奥说道。

"可是，可怜的爸爸，"德·纽沁根夫人说道，"您的钱是怎么弄来的？"

"对，咱们谈到这问题上来了。"他回答道，"我说服你留他在你身边以后，看见你像办嫁妆似的买东西，我心里就想：'她该有困难了！'律师说，你和你丈夫打官司想要回你的财产，但案子六个多月才能判。好吧，于是我就把一千三百五十法郎长期年金卖掉。用一万五千法郎存了一份一千二百法郎的终身年金。剩下的钱便付了你们的账，我的孩子。至于我，我在楼上租了一间每年租金二百五十法郎的房间，每天有两个法郎便能生活得像王侯一样，还能有富余哩。我什么都用得很省，几乎不必添置衣服。半个月以来，我一面偷偷笑一面对自己说：'他们将来一定很幸福！'可不，你们现在不幸福吗？"

"啊，爸爸！爸爸！"德·纽沁根夫人扑上去，坐到父亲膝上，拼命地吻他，金色的头发在他两颊上蹭来蹭去，点点珠泪滴落在老人那张焕发着光彩的脸上。

"亲爱的爸爸，您真是一个父亲！像您这样的父亲，天下找不到第二个。欧也纳过去已经非常爱您，现在就更爱了！"

"噢，孩子们，"已经有十年没和女儿这样心贴着心亲热的高老头说道，"噢，小但斐纳，你叫我高兴得要死，我可怜的心脏要乐炸了。嘿，欧也纳先生，咱们两不欠了！"老头像疯了似的使劲儿搂着女儿。但斐纳叫道："哎，你把我弄疼了。""我把你弄疼了？"老头说着脸都白了，露出非常痛苦的表情看着她，要清楚描绘这位慈父基督的面容，必须去看看美术大师们生花妙笔下救世主为人间受难的图像。高老头轻吻女儿刚才被自己手指搂得太紧的纤腰，笑嘻嘻地问她："没有，没有，我没弄疼你，倒是你那么一叫使我怪不好受的。"接着，他又轻轻吻着女儿的耳朵，低声说："花的钱不止这些，但要瞒着他，否则他会生气的。"

高老头父爱无边，欧也纳神为之夺，只是呆呆地看着他，这种天真的钦佩之情，在他这样的年龄，完全是由衷的表现。

"我一定不辜负所有这一切。"他大声说道。

"噢，我的欧也纳，您说得太好了。"德·纽沁根夫人亲了亲大学生的额头说道。

"他为了你，拒绝了泰伊番小姐和她的百万家财。"高老头说道，"是的，那姑娘喜欢您，现在她哥哥已死，她就和克雷苏斯一样有钱了。"

"噢，您提这个干吗？"拉斯蒂涅叫道。

"欧也纳，"但斐纳咬着他耳朵说道，"今晚我觉得还有一点儿美中不足。啊，我会很爱您的，永远爱您。"

"你们姐儿俩结婚以来，今天是我最快活的日子，"高老头大声说道，"仁慈的上帝叫我怎么受苦都可以，只要不是你们让我受的就行。我会对自己说：'今年二月的某个时刻，我尝到了别人一辈子也感受不到的幸福。'"然后，他对女儿说："小斐纳，你看着我！"接着问欧也纳："她很美，不是吗？那么请您告诉我，在您碰见过的女人当中，有她那样的肤色和小酒窝的多吗？不多吧，对吗？那好，这个美人是我生的。今后如果她觉得和您在一起幸福，会变得更加漂亮百倍。我的邻居，如果你们需要我的那部分天堂，我就给你们，我可以下地狱。"他不知道再说什么好了，只是重复："咱们吃吧，吃吧。一切都是咱们的。"

"可怜的父亲！"

高老头站起来向她走去，搂着她的头，亲她的头发，说道："你不知道，要使我幸福真是太容易了！经常来看看我，我就住在上面，你走两步就到了。答应我吧，你说呀！"

"我答应，亲爱的爸爸。"

"再说一遍。"

"我答应，我的好爸爸。"

"别说了，要是依着我，会叫你说上一百遍。现在咱们吃饭吧。"

整个晚上他们都像小孩子般打打闹闹，高老头的疯劲儿绝不次于他们。他躺在女儿脚下亲她的脚，久久盯着她的眼睛看，还把头在她的衣服上蹭来蹭去，总之，疯疯癫癫的，像一个既年轻又温柔的情人。

"您看见了吧？"但斐纳对欧也纳说道，"和父亲在一起的时候，就得整个儿属于他。有时也够烦人的。"

这句话是一切不孝之源，但欧也纳无法责备她，因为他自己早就有几分妒意了。

"房间什么时候能布置完？"欧也纳环视了一下屋内问道，"今晚咱们难道还要分手？"

"是，不过明天您来我这儿吃饭，"她狡黠地说道，"明天是意大利剧院有演出的日子。"

"我去楼下的池座。"高老头说道。

时间到了午夜，德·纽沁根夫人的马车早已等着。高老头和大学生回伏盖公寓，一路上，两人谈论但斐纳，越谈越起劲儿，争着抒发心里强烈的感情。欧也纳没法不承认，个人的利害关系绝影响不了父爱，这种爱始终不渝，广阔无边，远远超过自己的情人之爱。对父亲来说，偶像永远纯洁美丽。过去和将来的一切都能增加他的崇敬之情。回到公寓，他们发现伏盖太太坐在炉子旁，在西尔维和克里斯朵夫之间，像马里乌斯坐在迦太基的废墟之上。

她一面等着仅剩的两位房客，一面向西尔维大吐苦水。拜伦写塔索的哀叹尽管很美，但就其真实和深刻而言，远不及此时伏盖太太的自怨自艾。

"明天早上，准备三杯咖啡就够了，西尔维。唉！公寓空荡荡的，怎不叫人心碎？没有了房客还算什么生活？什么都不是。现在公寓里人都走了，生活就靠这些人。这样祸不单行，我到底做什么对不起老天爷的事了？我们的豌豆和土豆足够二十个人吃的。无端警察上门，以后我们只能吃土豆了！我只好把克里斯朵夫辞了！"

克里斯朵夫已睡着，闻言突然惊醒，忙问："太太有什么吩咐？"

"可怜的小伙子，就像条看家的狗。"西尔维说道。

"现在是淡季，大家都有地方落脚，哪来的房客？我非急疯了不可。米旭诺那个老巫婆把波阿雷也拐跑了！她到底施了什么妖法，使那个人像狗一样乖乖地跟她走？"

"噢，当然！"西尔维点点头说道，"这些老姑娘可有一套。"

"可怜的伏脱冷被他们说成逃犯，"寡妇又说道，"嘿，西尔维，我觉得太过分了，到现在还难以相信。像他那样一个乐天派，每个月喝十五法郎的掺酒咖啡，而且从不赊账！"

"花钱又大方！"克里斯朵夫说道。

"一定弄错了。"西尔维说道。

"没弄错，是他自己承认的，"伏盖太太说道，"再说这些事都出在我的公寓里，这个区连只猫也不经过的呀！老天爷，难道我在做梦。因为，你看见了，咱们眼见路易十六出事，皇帝下台，然后又回来，又下台，这一切事情的发生都是可能的，但凭什么让平民公寓倒霉呢？皇帝可以没有，饭却不可不吃。一个龚弗朗家出生、安分守己的女人好吃好喝地招待别人，除非世界末日到了……对啦，世界末日到了。"

"想想米旭诺小姐，给您惹了这么大的祸，据说她马上便能拿到三千法郎的年金。"西尔维大声说道。

"别提了，这女人不是东西！"伏盖太太说道，"还搬到比诺公寓去！她什么都干得出来，以前准不干好事，杀人，偷东西。关进监牢的应该是她，而不是那个好人……"

这时，欧也纳和高老头按响了门铃。

"噢，我那两个有良心的房客回来了。"寡妇叹了口气，说道。

那两个有良心的房客把公寓出的事几乎已经忘得一干二净，老实不客气地向他们的女房东宣布要搬到昂丹大道去。

"啊，西尔维！"寡妇说道，"我最后的王牌也完了。先生们，你们要了我的命了！简直是照肚子捅了我一棍，那棍子就杵在我这里。

"这一天要叫我少活十年。我准要疯了，没错！那些豌豆怎么办？啊，好，如果这里只剩下我一个人的时候，你明天也该走了，克里斯朵夫。再见了，先生们，晚安。"

"她怎么啦？"欧也纳问西尔维。

"咳，出了事大家一走，她脑子就糊涂了。可不，我听见她在哭，哭出来倒舒服点儿。打我给她干活儿以来，她还是头一次哭鼻子。"

第二天，伏盖太太按她自己的说法，想通了。尽管由于失去了所有房客，生活乱了套，神态很伤心，但仍然头脑清楚，表现出来的是一种真正的切肤之痛，一种利益被损害、习惯被破坏的痛苦。当然，一个人最后看一眼已经人去楼空的情妇住处，也不比伏盖太太望着空荡荡的桌子时目光更凄惨。欧也纳安慰她说，毕安训在医院实习再有几天便完了，肯定会来填补他的位置，还说那位博物馆职员常常表示希望住库蒂尔太太那套房间，用不了几天，公寓的房客便会补齐的。

"但愿上帝听到您的话，亲爱的先生！不过，晦气进了屋，不出十天，死神便会降临，您看着吧，"她用悲惨的目光环视了一下饭厅，说道，"不知该轮着谁呢？"

"还是搬家的好。"欧也纳低声对高老头说。

"太太，"西尔维满面惊慌地跑来说道，"我有三天没看见弥斯蒂格里了。"

"啊，天哪，要是我的猫死了，要是它离开了我们，我……"

可怜的寡妇说不下去了，她双手合十，仰面靠在扶手椅的靠背上，完全被这个可怕的不祥之兆压垮了。

　　为满足情妇的虚荣心，拉斯蒂涅终于为她发放参加贵族名流盛会的请柬。在拉斯蒂涅准备搬入新居前，高老头两个女儿先后来到伏盖公寓。毫无廉耻、不顾亲情的姐妹争斗，让身无分文、急火攻心、始终为两个女儿活着的高老头，终于中风病倒了。早已把父亲搜刮干净的两个女儿却不再露面，而是由两个大学生房客轮流照看着老人。拉斯蒂涅的表姐鲍赛昂夫人举行的盛大舞会如期召开。其实所有的参加者都知道，这是她被情人抛弃后准备告别巴黎前的最后"疯狂"。每个应邀来宾都像看"处决犯人一样"拥入了这里。

中午时分，邮差来先贤祠这一区送信。欧也纳收到了一个很精美的信封，上面的火漆印着鲍赛昂家的纹章，里边装着一份请帖，是给德·纽沁根先生和夫人的，邀请他们参加一个月前便已经宣布要在子爵夫人府举行的盛大舞会。随请帖送来的还有一张给欧也纳的短笺，上面写着：

先生，我想您一定很高兴替我向德·纽沁根夫人致意。兹送上您问我要的请帖。我将非常高兴认识德·雷斯托太太的妹妹。所以请带这位美人前来，别让她占尽您的感情，我帮了您的忙，您该回报我的多着呢。

德·鲍赛昂子爵夫人

　　"唔，德·鲍赛昂夫人分明是告诉我，她不欢迎德·纽沁根男爵。"欧也纳将信又看了一遍，自言自语道。他立即去见但斐纳，高高兴兴地告诉她这个好消息，心想自己没准能如愿以偿哩。德·纽沁根夫人正在洗澡。拉斯蒂涅在她的内室客厅里等着。他热情似火，两年来的心愿就是弄到个情妇，自然急不可待，那是年轻人一辈子也不会有第二次的激动。男人对自己第一次遇到的、女人味十足而又符合巴黎社会美艳标准的女子，自然认为她无与伦比。巴黎的爱情和别处全然不同。为体面计，人人都说自己的感情并无任何利益的考虑，这种冠冕堂皇的陈词滥调，男男女女都不会相信。在这个社会，女人不仅必须使男人获得身心的满足，她还十分清楚她有更大的责任去满足生活里成千上万种虚荣的需要。尤其在这里，爱情主要是吹牛、无耻、浪费、招摇撞骗和故意摆阔。路易十四宫廷中的贵妇名媛都羡慕德·拉瓦利埃小姐，此姝工于狐媚，曾经使那位伟大的君王不惜撕破价值一万二千法郎的袖套，好让未来的韦尔芒杜瓦公爵顺利地降生。朝廷命妇尚且如此，对其他人还能要求什么呢？你一定要年轻、有钱和有爵位，而且地位越高越好。如果你有偶像，越给它烧香，它就越保佑你。爱情是一种宗教，信奉它比信奉其他任何宗教代价更高。它转瞬即逝，经过时和淘气的孩子一样，总得打碎点儿东西。爱情这种奢侈品，住阁楼的穷小子只能在诗里才能见到，请问囊箧不丰又何来爱情呢？这是巴黎严酷的法则，如果有什么例外，除非是置社会流俗于不顾的心灵在孤寂中相遇，他们身边有一股清泉，水流虽急而永不枯竭。他们守着溪边的绿荫，乐于倾听无垠世界的话语，这种话语存在于天地万物，也发自他们的内心。他们感叹世事之无常，耐心地等待自己的飞升。拉斯蒂涅却和大部分年轻人一样，预先尝到了权势的滋味，想全副武装，杀上上流社会的战场。他已染上这个社会的狂热，也许觉得自己有驾驭这个社会的力量，但既不知道这种野心的目的，也不知道实现这种野心的手段。一个人即使没有纯洁神圣的爱情来充实自己的生命，对权力的渴望也可能成就其事业。只要能摆脱个人利益，以国家的前途为目标便行。但大学生并未达到能观察和判断生活的程度。在外省长大的孩子头脑里总有一些清新甜美的想法环绕他们青春的理想，此刻他尚未能完全摆脱其魅力，踌躇犹豫，未敢越此雷池。虽然对巴黎充满好奇，但仍留恋一个外省贵族在城堡里的幸福生活。可是前一天一旦走进属于自己的房间时，他最后的顾虑消失了。长期以来，他只体验到出身好有好处，受人尊敬，现在，财富又从物质上给他创造了优越的条件，于是便把外省人的皮囊干脆甩掉，美滋滋地登上一个前途似锦的位置。因此，在他懒洋洋地坐在几乎已是他的漂亮小客厅里等待但斐纳的时候，自觉已非去年初来巴黎之际可比，不禁扪心自问，是否还是从前的自己。

"夫人在寝室里。"泰蕾丝来通知他，把他吓了一跳。

他进去一看，但斐纳躺在双人沙发上，神态悠闲，鲜艳欲滴。身下绣被如波，恍如一株印度的奇葩，花未凋零而中间已长出果实。

"瞧，咱们又见面了。"她激动地说道。

"您猜猜我给您带来了什么。"欧也纳说着在她身旁坐下，捧起她的胳膊吻她的手。

德·纽沁根夫人看着请柬不由得满心欢喜。虚荣心得到满足之后，她把一双水汪汪的眼转向欧也纳，像疯了似的用手搂着他的脖子，把他拉过来。

"多亏了您啊，"她说着又凑到他耳边加了一句，"多亏您给了我幸福！不过泰蕾丝就在我洗手间，咱们得当心点儿！是的，我说这是幸福，因为是您给我的，这比满足自尊心更深一层了。谁也不愿意把我引进这个社会。您此刻可能觉得我既渺小又轻浮，像巴黎的普通女子一样，不过，朋友，请您想想，我准备为您牺牲一切，我之所以比任何时候都热切希望进入圣日耳曼区，是您在那里的缘故。"

"您不认为德·鲍赛昂夫人的语气是想告诉咱们说，她不打算在她的舞会里看到德·纽沁根男爵吗？"欧也纳问道。

"这我知道，"子爵夫人边说边把信还给欧也纳，"这些夫人放肆起来还真有一套本事。不过没关系，我照样去。我姐姐一定也去，我知道她准备了一套漂亮的行头，欧也纳，"她压低声音又说道，"她去是免得别人怀疑。您不知道外面有关她的谣传？今早纽沁根对我说，昨天聚会时，大家都毫无顾忌地谈这件事。我的上帝，女人和家族的名誉太容易受损了！我可怜的姐姐受辱，我也脸上无光。据某些人说，德·特拉伊先生签过几张总数达十万法郎的借据，全部已经到期，马上要被人追讨，我姐姐万般无奈，只好把她的钻石卖给一个犹太人，这些美丽的钻石您见她戴过，是她婆婆给她的。总之，这两天大家谈论的只是这件事。我明白了，阿娜斯塔齐定做一件金丝银绣的衣服，想戴上钻石在德·鲍赛昂夫人家露面，让所有人的目光都看着她。但我怎肯输给她？她总是想踩我，从没对我好过，可我帮过她多少忙，她没钱的时候，我总有钱给她。得了，别管那么多了，今天，我要好好地乐一下。"

凌晨一点，拉斯蒂涅还在德·纽沁根夫人家里，临别时夫人依依不舍，约定来日再图欢聚，快快地对他说："我又害怕，又迷信，无论你怎样笑话我也好，我只担心会乐极生悲。"

"真是个孩子。"欧也纳说道。

"噢，今晚倒是我成孩子了。"她大笑着说道。

欧也纳返回伏盖公寓，打算明天就搬出去，一路上做着美梦，年轻人初尝幸福时大抵都是如此。

"怎么啦？"拉斯蒂涅走过房门时高老头问他。

"好吧，明天把一切都告诉您。"

"全告诉我，对吗？"老头儿大声问道，"睡去吧，明天开始，咱们过幸福的生活。"

第二天，高里奥和拉斯蒂涅只等搬运工人来便好离开公寓。快到正午，圣热内维埃弗新街忽然传来一阵马车声，车子正好停在伏盖公寓门口。德·纽沁根夫人从车上下来，询问她父亲是否还在公寓。得到西尔维肯定的回答之后，她便迅速登上楼梯。欧也纳在自己房间里，而他的邻居并不知道。吃午饭的时候，他请高老头把他的行李搬下去，说好四点钟在阿图瓦街见。老头去找人搬行李时，欧也纳匆匆去学校报了到，又悄悄返回和伏盖太太结账，他不愿让高里奥替他办，怕老头固执起来，一定要替他付款。房东太太没在，欧也纳又上楼到自己房间，看忘了什么东西没有，一看之下，不禁庆幸自己转了这个念头，原来桌子抽屉里还留下他签给伏脱冷的没写抬头的借据，那天还钱以后就随手扔在那里。屋内没火，他正想将借据撕掉，忽然听见有人说话，而且是但斐纳的声音，便不吭声地停下来谛听，以为她不会有什么秘密瞒着自己。但听了头几句，便觉得他们父女之间的谈话关系重大，不得不仔细听下去。

"噢，父亲，"她说道，"感谢天老爷，您及时想到去问问我有多少钱，否则我非破产不可！我可以说话吗？"

"可以，屋里没人。"高老头连声音都变了。

"您怎么啦，父亲？"德·纽沁根夫人问道。

"你真是给了我当头一棒，"老头子回答道，"上帝饶恕你，我的孩子！你不知道我多么爱你，如果你知道，就不会突然对我说这样的话，何况事情还不到绝望的地步。我们马上就要到阿图瓦街了，到底有什么急事，你到这里来找我？"

"唉，父亲，大难临头，谁又能想得到那么多？我已经六神无主！祸事不久就要发生，幸亏您的律师早一步告诉了我们。现在我们需要您过去做买卖的经验，所以我便来找您，像一个快淹死的人抓住树枝一样。但维尔先生看见纽沁根和他无理取闹，便威胁要和他打官司，说庭长很快便会受理。纽沁根今早到我那儿来问我是否想我和他统统破产。我回答他说，我对这一切全都不懂，我有一笔财产，我应该拥有我的财产，任何纠纷都是我律师的事，我一概不知，全不明白，不是您叫我这样说的吗？"

"是的。"高老头说道。

"于是，"但斐纳接着说道，"他告诉我他买卖的情况。他把他所有的资金和我的钱都投进了某些企业，买卖刚刚开始，需要把大笔钱放在外面。如我硬要他把我的妆奁还给我，他只好清盘，而如果我肯等上一年，他以名誉保证，必能双倍或三倍奉还，因为他将我的钱拿去经营地产了，只要期限一到，我便能全部取回。亲爱的父亲，他说得很实在，把我吓坏了。他请求我原谅他的行为，表示还给我自由，让我随意行事，只要我肯让他全权管理我名下的财产。为了证明自己是真心诚意，他还答应，要是我想知道确定我所有权的那些文件是否写得明白无讹，我随时可以请但维尔先生来检查。总之，他捆住自己的手脚，全交给我。他还求我让他再管两年家，要我除了他给的钱之外，不要另外花钱。他向我证明，他目前只能做到维持表面的体面，他已经把他包的舞女打发走，准备默默地节衣缩食，好熬到他的投机买卖结束而不损及他的信誉。我跟他吵，什么都不相信，好逼他吐出更多的情况：他拿出账本给我看，最后他急哭了。我从没见过一个男人落到如此地步。他昏了头，说要自杀，胡言乱语，怪可怜的。"

"他胡说你也相信？"高老头大声说道，"他可会演戏啦！我做买卖遇到过一些德国人，几乎个个都诚实、憨厚。可是一旦装出老实善良的样子来蒙骗你，却比其他人坏得多。你丈夫哄骗你，觉得被逼到无路可走便装死，认为打着你的旗号比他自己出面更有把握。他要利用这种做法来躲过买卖上的风险。他既狡猾又恶毒，是个坏家伙。不，不，我的女儿变得一无所有，我死不瞑目。对于做买卖我还略懂一二。他把钱投放到企业里，就一定有证券、债券和合同！要他拿出来，和你把账结清。然后咱们选择最好的机会去投资，在商业上碰运气，弄几份认可的文书，写上：但斐纳·高里奥，纽沁根男爵之妻，财产与乃夫分开的字样。不过，难道他把咱们当傻瓜不成，这家伙？难道他以为一想到你没财产、没面包，我能一连两天沉住气？我一天、一夜、甚至两小时都受不了！果真如此，我绝对活不了。什么，我一辈子苦干了四十年，扛口袋，出大汗，节衣缩食，都是为了你们哪，我的小天使，一想起你们，什么活儿、什么重担都变得轻松了。可到了今天，我的财产，我的一辈子，霎时间尽付东流，能不把我气死。以天地神灵起誓，咱们非把事情弄清楚不可！要查账，查数，查买卖。我可以不睡觉，不休息，不吃饭，非有证据证明，你的财产一分不短才算罢休。感谢上帝，你的财产是独立的，又幸亏有但维尔先生做你的律师，他是个正人君子。上帝明鉴，你一定要有你那一百万财产，五万法郎的年金，一直到死，否则我就在巴黎闹个天翻地覆，哼，哼，如果法庭判咱们败诉，我就告到国会两院。只有知道你在金钱方面平安无虑才能减轻我的痛苦，清除我的烦恼。钱是命根子，有钱什么都能办到。他跟咱们胡诌些什么，那个阿尔萨斯大树墩子？但斐纳，半分钱也别让给这个胖猪，他把你锁得那么紧，将你弄得那么苦。如果他来求你，咱们就好好训他一顿，让他规规矩矩。我的上帝，我的头像着了火一样，脑壳里似乎有些东

西在烧。我的但斐纳睡麦草！啊，我的斐斐！你！见鬼！我的手套在哪
儿？来，咱们走，我要去看个明白，账本、买卖、钱数、来往信件，说看
就看。非有证据向我证明你的财产不再有风险，而且我亲眼看到，我才能
安心。"

"亲爱的父亲！您要谨慎才好。如果您在这件事上心存报复，过分
咄咄逼人，那我就完了。他是了解您的，当然认为我对自己的财产不放心
是受了您的影响。我敢打赌，他霸占着我的财产，而且早就想霸占了。这
恶棍会把我们扔下卷走所有的资金潜逃的！他知道，我认为家丑不可外
扬，不会去告他。他外强中干，我全看透了。如果把他逼急了，我会破
产的。"

"这么说，他是个骗子？"

"没错，我的父亲。"说着，她倒在椅子上，哭了起来，"过去我不想跟
您说，免得您因为把我嫁给这样的人而伤心！他的私生活和良心、灵魂和
肉体，都一个德性！太可怕了，我既恨他，又看不起他。是的，听了他跟
我说的那番话，我再也不敬重他了。一个在买卖中能做出他所说的那种勾
当的人是没有任何廉耻的，我看透他的心思，所以才害怕起来。我丈夫明
确地建议给我自由，您知道这意味着什么吗？就是要我在他出问题的时候
做他的工具，代他受过。"

"但是有法律哩！沙滩广场还有位置留给这种女婿哩。"高老头大声说
道，"如果没有刽子手，我就亲自把他脑袋砍下来。"

"不，父亲，没有法律能对付他。他说话拐弯抹角，但您听听，中
心思想就是这两句：'要不一切全完，你一个里亚也得不到，破产了事，
因为我不能抛开你而另找同伙；要不你就让我干，直到成功为止。'您
清楚吗？他还黏着我。我的为人他放心，知道我不会要他的财产而只满
足于要我的那一份。这种合伙一点儿不光明正大，无异于抢掠，但我只
好同意，否则便会破产。他收买我的良心，代价是任由我做欧也纳的情
妇。'我允许你犯错误，但你得让我犯罪，让那些倒霉蛋破产！'这两句
话不是更清楚了吗？您知道他所谓的买卖是什么？他用自己的名义买进

空地，然后让几个替身去盖房。这些家伙和所有的承建商订立长期付款合同，并同意低价把房子卖给我丈夫，归我丈夫所有，然后，便宣告破产，把上当的承建商甩掉。纽沁根银行这块牌子把可怜的建筑商都骗了。这我是懂得的，我还懂得，在必要时，为了证明曾经付出大笔款项，纽沁根把大量有价证券存放到阿姆斯特丹、伦敦、那不勒斯和维也纳。咱们怎样能弄回来呢？"

欧也纳听到了沉重的一声响，大概是高老头腿一软，跪倒在房间的地板上了。

"我的上帝，我怎么得罪你了？我女儿落在这浑蛋手里，他便能对她予取予夺。女儿啊，原谅我吧！"老头子大叫道。

"是啊，如果我跌下深渊，也许是您的过失。"但斐纳说道，"我们女人结婚时都太没有理智了。社会、买卖、男人、风气，我们哪样懂得？做父亲的理应替我们考虑才对。亲爱的父亲，我一点儿也不怪您，原谅我说这样的话。一切都是我的错。别，您别哭，爸爸。"她边说边吻父亲的额头。

"你也别再哭了，我亲爱的但斐纳。把眼睛伸过来，让我亲一亲，擦掉你的眼泪。好，让我的头脑冷静一下，把被你丈夫搞得乱糟糟的事情理出个头绪来。"

"不，让我来吧，我能对付他。他爱我，那好，我就利用我对他的魅力要他将部分资金立即投放到不动产上。或者叫他在阿尔萨斯以我纽沁根夫人的名义购买，他喜欢阿尔萨斯。不过，明天您要来查他的账和他的买卖。但维尔先生对商业一窍不通。不，明天您别来，我不愿大动肝火。德·鲍赛昂夫人后天开舞会，我想打扮得漂漂亮亮、从从容容，为我亲爱的欧也纳争脸！现在，咱们去看看他的房间吧。"

这时候，一辆马车在圣热内维埃弗新街停下。楼梯间传来了德·雷斯托夫人的声音问西尔维："我父亲在吗？"这一来倒救了欧也纳，他正想赶紧躺到床上装睡哩。

"对，父亲，有人和您提到阿娜斯塔齐了吗？"但斐纳认出姐姐的声音，问道，"她家好像也出了不寻常的事。"

"什么!"高老头说道,"真是要我的命了。祸不单行,我可怜的脑袋受不了啦!"

"你好,父亲,"伯爵夫人边说边走了进来。"噢,但斐纳,你在这里。"

德·雷斯托夫人与妹妹不期而遇,有点儿不好意思。

"你好,娜齐,"男爵夫人说道,"我在这里你觉得奇怪吗?我每天都来看父亲。"

"是从什么时候起的?"

"如果你来,就知道了。"

"别逗我了,但斐纳,"伯爵夫人可怜兮兮地说道,"我倒霉透了,我完了,可怜的父亲!噢,这一次可是真完了。"

"你怎么啦,娜齐?"高老头喊道,"孩子,把一切都告诉我们。她的脸煞白,但斐纳,快去扶扶她,好好照顾她,这样我就更爱你了。"

"可怜的娜齐,"德·纽沁根夫人边扶姐姐坐下边说道,"你说吧,我们是你仅有的两个亲人,我们永远爱你,无论你干了什么都会原谅你的。你瞧,骨肉之情才是最可靠的啊。"说着给她闻了闻嗅盐,伯爵夫人醒过来了。

"把我急死了。"高老头说道,接着拨了拨炭火,"来,你们俩都过来。我觉得冷。娜齐,你怎么啦?快说呀!真要了我的命了……"

"好吧,"可怜的女人说道,"我丈夫全知道了。父亲,您想想,不久以前,您记得马克西姆那张借据吗?那可不是第一张,我已经替他还了不少了。一月初,我见德·特拉伊先生满脸愁云,压根儿不和我说话。但是爱人的心事好猜,一点儿小事便足够了,何况还加上预感。总之,他对我爱得从来没有那么热烈、那样温柔,我感到越来越幸福。可怜的马克西姆!他对我说,他在思想上正跟我诀别,想饮弹自尽。我又是跟他闹,又恳求他,一连两个小时跪在他的面前。他告诉我,他欠了十万法郎的债!啊!爸爸,十万法郎啊!我简直疯了。您拿不出这笔钱,而我又把钱全败光了。"

"是,"高老头说道,"我拿不出这笔钱,除非去偷。不过,我会去偷的,娜齐,我一定去。"

这句话像一个人临终时一声凄凉的叫喊，说明做父亲的已经身心交瘁，姐妹两人听了一时说不出话来。绝望的呼喊仿佛石子投向无底之洞，回声深不可测，哪个自私自利的人听了能无动于衷？

"为了筹到这笔款子，我动用了不属于我的钱。"伯爵夫人说着泪如雨下。

但斐纳心情激动，头靠在姐姐的脖子上也哭了。

"这样说，全都是真的了？"她问姐姐。

阿娜斯塔齐低下头，德·纽沁根夫人搂着她，温柔地吻着，把她紧紧拥在胸前，对她说："我的心永远爱你，绝不怪你。"

"我的两个小宝贝，"高里奥用微弱的声音说道，"为什么你们有难才讲和呢？"

"为了救马克西姆的命，总之，为了挽救我的全部幸福，"伯爵夫人看见父亲和妹妹对自己如此温柔体贴，便鼓起勇气说道，"我把德·雷斯托先生心爱的家传钻石，他的和我的，总之，所有钻石都卖了，卖给一个名叫高布赛克的高利贷者，此人您也认识，是铁石心肠的地狱恶鬼。我把钻石全卖了！您明白吗？马克西姆得救，我却完蛋了。雷斯托全知道了。"

"是谁告诉他的，怎样告诉他的？我要把这个人宰了！"高老头大叫道。

"昨天，他派人把我叫进他的房间。我去了……'阿娜斯塔齐'他的声音……（哼！一听他的声音我就猜到了）您的钻石哪儿去啦——'在我房间里呀'——'不对，'他定睛看着我，说道，'在那儿，我的衣柜上。'说着，他把手帕掀开，让我看那首饰匣，问我：'你知道是哪儿来的吗？'我跪倒在他跟前……哭着问他要我怎么死。"

"你这样说了？"高老头大叫道，"凭上帝的名字发誓，只要我活着，一定要将害你们的人慢慢折腾死！不错，要将他凌迟碎剐，像……"

高老头嗓子堵住，说不下去了。

"总之，亲爱的，他要我做的事比死还难办。老天爷，但愿别的女人听不到那样的话！"

"我要把这个家伙宰了，"高老头不动声色地说道，"可惜他只有一条命。后来呢?"他盯着阿娜斯塔齐又问道。

"后来,"伯爵夫人停了停又说道,"他看着我,对我说:'阿娜斯塔齐,我不张扬出去,咱们仍然一起过,咱们有孩子。我不会杀特拉伊,因为枪不一定打得中,用别的办法又会触犯刑律。在你怀抱里把他打死,叫孩子们如何见人?但是如果你不想亲眼见到你孩子,还有他们的父亲和我丢掉性命,你要满足我两个条件。首先要回答我:'有没有一个孩子是我的?'我说有。'哪个?'他又问。'爱乃斯特,大的那个。'他说:'好,现在,你发誓答应我一件事。'我起了誓。'我若要你在出售产业的卖契上签字,你得签。'"

"你别签,"高老头大喊道,"千万别签。好啊,德·雷斯托先生,既然您不懂得使一个女人幸福,那她就自己去找,您愚钝无能,反倒要惩罚她……且慢,有我在这儿哩!我要拦住他的去路。娜齐,你就放心吧。哼,他还想要他儿子!好,好,我就掐死他的儿子,糟糕,那是我外孙啊。这小家伙,我可以看看他吗?我要把他带回老家,好好照顾他,你就放心吧。我要叫这个魔鬼投降,对他说:'咱俩摊牌!如果你想要你儿子,就把财产还给我女儿,让她自由行动。'"

"父亲!"

"是的,我是你父亲!而且是一个真正的父亲。这贵族流氓休想欺负我女儿。妈的!我的气真是不打一处来,我像老虎一样,恨不得生吞了那两个家伙。啊,孩子们,难道你们能这样生活?可我比死还难受。如果我死了,你们会怎么样?做父亲的应该活得和孩子们一样久才对。我的上帝,这个世界你安排得大有问题!据说你也有个儿子,你不应该让我们因孩子而受罪。我亲爱的天使,什么,难道你们要等痛苦的时候才向我现身?我看到的却只是你们的眼泪。不错,你们爱我,我看得出来。你们来吧,来这里诉苦吧!我心胸宽广,什么都能容纳得下。是的,即使你们刺透我的心,但每一块碎片依然是一颗父亲的心。我恨不得能够替你们受难受苦。唉!你们小时候多么幸福……"

"我们也只有那时才过着好日子,"但斐纳说道,"在谷仓一袋袋面粉上滚下来的幸福时光一去不复返了。"

"父亲，事情还没完呢，"阿娜斯塔齐凑到老头子耳边说，把老头吓了一跳，"钻石卖不到十万法郎。马克西姆被人告了。咱们只有一万两千法郎可以还债。他答应我以后安分守己，不再赌钱。在这个世界上，除了他的爱，我已一无所有，我付出的代价太大了，失去他的爱，我只有死了。为了他，我牺牲了财产、名誉、安宁和孩子。啊，您至少想想办法使马克西姆不必坐牢，保全他的名誉，给他机会，让他在社会上有一席之地。现在，我的幸福、孩子们将来的命运，全系于他的安危，他一进圣佩拉吉监狱，一切就都完了。"

"我没有这笔钱啊，娜齐。什么都没有了，都没有了！真是世界末日到了。啊！毫无疑问，天要塌了。你们走吧，快逃命去吧！唉！我还有几个银扣、六套刀叉，那是我最早买的。最后，我只有一千二百法郎的终身年金……"

"那么您的长期债券上哪儿去了？"

"我都卖了，只留下这一点点收入做生活费。我给斐斐弄了套房子，花掉一万二千法郎。"

"你的住处，但斐纳？"德·雷斯托问妹妹。

"哦，这有什么？"高老头又说道，"反正那一万二千法郎已经花了。"

"我猜那是为德·拉斯蒂涅先生准备的吧。"伯爵夫人说道，"唉，可怜的但斐纳，算了吧，看我成了什么样子。"

"亲爱的，德·拉斯蒂涅先生不是把情妇弄破产的那种人。"

"谢谢你，但斐纳。我山穷水尽，本以为你会同情我。不过，话又说回来，你从来没爱过我。"

"不对，她是爱你的，娜齐，"高老头大声说道，"刚才她还说来着。我们谈到你，她一再对我说，你是天生的美，而她不过是打扮得漂亮罢了！"

"她？"伯爵夫人又说道，"一个冷酷的美人。"

"就算是这样，"但斐纳脸一红，说道，"你对我又怎样呢？你不承认我这个妹妹，怂恿我要去的人家对我闭门不纳，总之，你从不放过任何机会和我作对。我呢，我像你一样把可怜的父亲一千法郎一千法郎地榨干，将他弄成今天这般田地了吗？这就是你的孝道，我的姐姐。至于我，我一有可能就来看父亲，我没有把他扫地出门、到了需要他的时候又来舐他的手。他为我花了一万二千法郎，事先我根本不知道。我不乱花钱你是知道的。虽说爸爸送东西给我，我却从未伸手要过。"

"你比我幸福。德·玛赛先生有钱，你心里有数。你像钱一样俗气。再见吧，我没有你这个妹妹，也没有……"

"住嘴，娜齐！"高老头大吼了一声。

"只有像你这样的姐姐才说得出别人都已不相信的话，你是个魔鬼。"但斐纳反唇相讥道。

"孩子们，我的孩子们，都别说了，否则我就死在你们面前。"

"算了，娜齐，我不和你计较，"德·纽沁根夫人继续说道，"你是倒霉，但我心眼儿比你好。你竟对我说这种话，而我正想豁出一切帮助你，甚至进入我丈夫的房间，那是我绝不会干的，不管是为我，还是为……这总对得起你了，九年来你害得我好苦。"

"孩子们，孩子们，你们拥抱吧！"父亲说道，"你们是两个天使啊。"

高里奥一把抓住伯爵夫人的胳膊，而她则拼命挣脱父亲的怀抱，大叫道："不，放开我！她比我丈夫对我还狠心。可千万别说她是一切道德的模范。"

"我宁愿别人说我欠德·玛赛的钱，而不愿承认在德·特拉伊先生身上花了二十多万法郎。"德·纽沁根夫人说道。

"但斐纳！"伯爵夫人跨前一步，对她大喝道。

"尽管你污蔑我，我对你说的却是真话。"男爵夫人冷冷地反驳道。

"但斐纳，你是一个……"

高老头冲上前拉住伯爵夫人，用手捂住她的嘴，不让她说。

"我的上帝！父亲，您今早碰了什么东西了？"阿娜斯塔齐对他说道。

"是啊，我不对，"可怜的父亲边说边把手往裤子上蹭，"我实在不知道你们会来，我正在搬家。"

他乐得引来这一声责备，把女儿的怒火引到自己身上。

"唉！"他坐了下来，说道，"你们把我的心都撕碎了。孩子们，我要死了！脑袋里像有堆火在烧。你们应该和和气气，彼此相爱！否则我真活不下去了。但斐纳、娜齐，你们两人有对也有错。喂，但但儿，"他眼泪汪汪地转向男爵夫人又说道，"她要一万二千法郎，咱们想想办法。你们别这样瞪着眼睛啊。"他在但斐纳面前跪下，凑到她耳边说道："让我高兴高兴，向她道个歉。她最倒霉了，不是吗？"

但斐纳看见父亲脸上痛苦得要发疯的表情，简直吓坏了，赶紧说："可怜的娜齐，我错了，吻吻我吧……"

"对了！这样我的心才好受一些，"高老头大声说道，"可是到哪里找一万二千法郎呢？我去代替别人当兵怎样？"

"啊，父亲，别，别。"两个女儿拥着他喊。

"您有这种想法上帝一定保佑您，我们一辈子也报答不了您的恩情！不是吗？娜齐。"但斐纳说道。

"再说，父亲。这不过是杯水车薪。"伯爵夫人说出了自己的看法。

"难道把命豁出去也毫无办法？"老头子绝望地大喊道，"娜齐，只要有人能救你，我愿为他卖命、替他杀人。像伏脱冷一样，去蹲监牢！我……"他突然像遭到雷击般停住了，接着又撕扯着自己的头发，说道，"什么都没有了！如果我知道上哪儿去偷就好了，想偷也不容易啊，而且要抢银行也得有人有时间才行。唉，我应该死，只有去死了。是的，我不中用了，当不了父亲了！不行了！她问我要，她需要钱！可我，一个穷光蛋，什么也没有。唉！你这个老混蛋，把钱存了好拿终身年金，你还有女儿呀！难道你不爱她们？你死去吧，像条狗那样死去吧！是的，我连狗也不如，狗也不会这样做！啊！我的脑袋，我的脑子要开锅了！"

"噢！爸爸！"两个女儿大叫着拦住他不让他把头往墙上撞，"您要理智一点儿。"

他大哭起来。欧也纳慌了手脚，赶紧拿出签给伏脱冷的借据，上面贴的印花所代表的款项本来就大得多，他把数更改了一下，成了一张抬头是高里奥的一万二千法郎的正式借据，接着便走了进去。

"夫人，您要的钱在这儿，"他边说边把借据递了过去，"刚才我正睡觉，被你们的谈话吵醒，这才知道我欠高里奥先生多少钱。这张票据您可以拿去周转，到期我一定还钱，一个子儿也不少。"

伯爵夫人接过借据，先是一愣，然后脸色发白，气得浑身哆嗦，终于大发雷霆地说道："但斐纳，上帝作证，我什么都可以原谅你，可是这件事！怎么，你明知先生在这里，却用那么卑鄙的手段来报复，让我把我的隐私，我的生活，我孩子们的生活，我的荣辱，统统都暴露在他面前！去你的吧，我从此和你一刀两断，我恨你，要尽可能地整治你，我……"她气得嗓子都干了，说不出话来。

"可他是我的儿子，咱们的孩子，你的兄弟和救星啊！"高老头大叫道，"拥抱他吧，娜齐，瞧，我拥抱他了。"他发狂地紧搂着欧也纳又说道，"啊！我的孩子！我何止是你的父亲，我要做你所有的家人。我要成为上帝，将宇宙扔在你的脚下。来，亲他呀，娜齐，他不是个凡人，而是天使，一个不折不扣的天使。"

"父亲，别理她，现在她已经疯了。"但斐纳说道。

"我疯了，我疯了！你呢，你又是什么东西？"德·雷斯托夫人问道。

"孩子们，如果你们继续这样，我就去死。"老人像中了枪一样边喊边倒在床上，自言自语道："她们把我逼死了。"

欧也纳被这紧张的一幕惊呆了。但斐纳急忙替父亲把背心解开。伯爵夫人根本不管老人，兀自死死地盯着欧也纳。她的姿势、声音和目光都在询问："先生？"

欧也纳不等她问便回答道："夫人，我一定还清借款，而且会守口如瓶。"

"娜齐！你把父亲气死了！"但斐纳给姐姐指了指已经昏过去的老人，说道。娜齐赶紧溜了。

"我原谅她，"老头睁开眼睛说道，"她处境太惨，头脑再好的人也没有办法。安慰安慰她吧，对她和气点儿，你父亲要死了，你就答应他吧。"说着他使劲儿握着但斐纳的手。

"您怎么了?"但斐纳慌了,忙问道。

"不要紧,不要紧,"父亲回答道,"很快就会好的。有什么东西压着我的脑门,是偏头疼。可怜的娜齐,将来够惨的!"

这时,伯爵夫人又跑了回来,跪在父亲面前喊道:"原谅我吧!"

"唉,"高老头说道,"看见你,我现在更难受了。"

"先生,"伯爵夫人噙着眼泪对拉斯蒂涅说道,"我太痛苦,冤枉了好人。您愿做我的兄弟吗?"她说着向他伸出了手。

"娜齐,"但斐纳一把搂着她,说道,"我的小娜齐。咱们把一切都忘掉吧。"

"不,"她说道,"我一定永远记住!"

"天使们啊,"高老头大叫道,"你们拨开了我眼前的雾障,你们的声音使我重获新生。你们彼此再拥抱一下吧。我说,娜齐,这张借据能救你一命吗?"

"但愿如此。不过,爸爸,您能签上字吗?"

"瞧,把这个也忘了,我不是糊涂嘛!不过,我刚才有点儿不舒服,娜齐,千万别恨我。麻烦一解决就派个人来告诉我。不,我自己来。噢,不,我不来,我不能再见到你丈夫,我会登时杀了他的。他想霸占你的财产,有我哩。孩子,你快去,让马克西姆放老实点儿。"

欧也纳看得目瞪口呆。

"这可怜的阿娜斯塔齐是火暴脾气,"德·纽沁根夫人说道,"不过她心肠是好的。"

"她是为了背书才回来的。"欧也纳凑到但斐纳耳边说道。

"您这样认为?"

"我真希望不是。对她,您得防着点儿。"说着,他抬眼望天,似乎想把不敢说出来的想法告诉上帝。

"是啊,她永远像是在演戏,脸上的表情总让我可怜的父亲上当。"

"您好吗,好心肠的高里奥老爹?"拉斯蒂涅问老头子。

"我真想睡觉，"老头子回答道。

欧也纳帮助高里奥躺下。等老头子攥着女儿的手睡着后，但斐纳便走了，临行对欧也纳说：

"今晚意大利剧场见，到时你把父亲的情况告诉我。先生，明天，您就搬家吧。看看您房间。哎呀，糟透了！"她边走进去边说道，"您住得比我父亲还差。欧也纳，你行为很高尚，若有可能，我会更加爱您，可是，我的孩子，如果您想发财，就不应把一万二千法郎这样往兜外扔。德·特拉伊伯爵是个赌徒，我姐姐不愿正视这一点。一万二千法郎，他自会去他一掷千金、一赢过万的地方去想办法。"

这时他们突然听见一声呻吟，便赶紧回到高里奥房里，看见他还在熟睡。但当两个情人走近时，却听见他说："她们并不幸福！"不管他是醒是睡，这句话的语气深深打动了他女儿的心，使她不禁走近父亲躺的破床，在老人的额上吻了一下。老人睁眼一看说："是但斐纳！"

"唉，您觉得怎样？"女儿问道。

"挺好，"他说道，"你别担心，我可以自己出去。行了，行了，孩子们，你们玩开心点儿。"

欧也纳一直把但斐纳送回家，但心里惦记高里奥，不肯留下来陪她吃饭，而是返回伏盖公寓，发现高老头已经起来，准备去吃饭。毕安训找了个合适的地方坐下，好观察面条商的脸。当他看见高里奥拿起面包来闻、看面粉的质量时，大学生觉得他已经完全失去了所谓的行动意识，便做了个绝望的姿势。

"实习医生先生，你坐到我这儿来。"欧也纳说道。

毕安训乐得换个位置，因为这样能离老头子更近。

"他怎么啦？"拉斯蒂涅问道。

"如果我没弄错，他完蛋了！他的身体有点儿异乎寻常，恐怕马上会大中风。虽然脸的下半部分还没什么，但上半部分已经往上扯了，你看！另外，眼睛也不对劲儿，说明血清已经流进大脑，瞧他的眼睛不是像被薄薄一层尘土遮住了吗？明天早上就可以见分晓了。"

"有什么药可治吗？"

"没药可治。如果能想办法将反应限制在末梢，比如在腿部，也许还可以拖一段时间。但如果明天晚上症状还在继续，人就完了。你知道这病是什么事引起的吗？他一定是遭到了重大打击，精神一下子就垮了。"

"对。"拉斯蒂涅说道。他想起了两个女儿吵架，一次又一次地伤父亲的心。他暗想：

"至少但斐纳是爱她父亲的。"

晚上在意大利剧院，拉斯蒂涅竭力小心，以免吓坏德·纽沁根夫人。

"您不必担心，"拉斯蒂涅一开口她便说道，"我父亲身体棒着哩。不过今天早上，我们的确也给了他点儿刺激。我们的财产出了问题，您知道灾难有多大吗？是您的爱使我对什么都不在乎，否则早愁死了。爱情使我感受到生活的乐趣。今天我只有一种担心，就是怕失去这种爱情。除此之外，我什么都无所谓，在这个世界上，我别无所爱，您就是我的一切。如果说，有钱使我感到幸福，那是因为这样我便更能讨您喜欢。不怕你笑话，在我身上，男女之爱超过儿女之情。为什么？连我也不知道，我把生命都托付予您。父亲给了我一颗心，而使这颗心跳动的则是您。您是无权怪罪我的，只要您能为我开释我因情不自禁而犯下的罪过，纵使天下人责备我，我也不在乎。您以为我是个不孝的女儿吗？噢，不是的！我们的父亲那么好，怎能不爱？我们的婚姻如此可悲，我又怎能不让他看到其最终的必然后果？这样的婚姻他为什么当初不加以阻止？他难道不应该为我们想想吗？我知道，今天他和我们一样难受，但我们又有什么办法？安慰他吗？我们没有什么可安慰他。我们听天由命，但这比责备他和埋怨他更使他难受。人生在世，有时候事事都叫人伤心。"

这番出自真情的坦率表白，使欧也纳十分感动，一时无言以对。巴黎女子虽然往往虚伪、虚荣、自私、风骚、冷酷，但一旦动了真情，却比其他女人更为痴心，从卑鄙一变而为伟大和崇高。当女人心有所属，背离了亲人之情，一旦回过头来对之进行批判时，所表现出的深刻和中肯不禁使欧也纳暗暗吃惊。德·纽沁根夫人见他默然不语，心中不快，问道：

"您到底在想什么？"

"我在琢磨您的话，直到目前为止，我一直认为您爱我不如我爱您之深。"

她微微一笑，竭力掩藏心中的快乐，使谈话不致越出常规。她从未听见过年轻人这样真诚而动人心弦的爱情表白，再听几句，她便难以自持了。

"欧也纳，"她话头一转，说道，"您真的不知道出了什么事？明天，巴黎所有人都会拥到德·鲍赛昂夫人家去。罗什菲德家和阿瞿达侯爵约好了不走漏风声。王上明天便会签字批准婚约，而您可怜的表姐却还蒙在鼓里。她不能取消舞会，而侯爵是绝不会出席的了。大家都在谈这件事。"

"大家取笑这件丢脸的事，却还要去掺和，您不知道德·鲍赛昂夫人会气死吗？"

"不会的，"但斐纳笑着说道，"您不了解这种女人。但全巴黎的人都要到她家去，我也去！这全托您的福。"

"巴黎的谣言满天飞，这次兴许又是什么无中生有的事？"

"咱们明天便知道是真是假。"

欧也纳没有回伏盖公寓。他下不了决心不享受一下他的新居。如果说他前一天不得不在午夜一时离开但斐纳，今天倒是但斐纳凌晨两点才与他告别回家。第二天他起得很晚，中午时分等德·纽沁根夫人来和他一起吃午饭。年轻人都贪图快乐，他几乎把高老头忘得一干二净了。屋里这么多华贵东西现在已归他所有，逐一受用可真够他乐一阵子的。德·纽沁根夫人在场，一切东西都平添了身价。到了四点左右，这对情人才猛地想起高老头，想到他打算来这儿享享清福的事。欧也纳提出如果老人家病了便必须把他接过来，说完，他立即撇下但斐纳，赶回伏盖公寓。大家都在吃饭，唯独看不见高老头和毕安训。

"哦，"画家对他说，"高老头病了，毕安训在楼上照料他哩。老家伙见过他女儿德·雷斯托拉马伯爵夫人。接着又出去，回来病情加重。这个世界就要失去一件漂亮的装饰品了。"

拉斯蒂涅急步奔向楼梯。

"嘿！欧也纳先生！"

"欧也纳先生！太太叫您哩。"西尔维叫道。

"先生，"寡妇说，"高里奥先生和您，你们本应在二月十五日搬出去，现在已经超过三天，都十八号了，你们两人该多付我一个月房租，不过，如果您肯给高老头作保，那只要说句话便行了。"

"为什么？您不相信他？"

"相信！如果老家伙糊涂了，死了，他的两个女儿是一个子儿也不会给我的，他的全部家当也不值十法郎。今天早上，他把他最后几套餐具也带走了，不知什么缘故。脸色像年轻人一样。上帝饶恕，我以为他还抹上胭脂，返老还童了哩。"

"一切都包在我身上。"欧也纳慌得直哆嗦，担心出了事。

他上楼走进高老头的房间。老头子躺在床上，毕安训坐在他身旁。

"您好，老爹。"欧也纳说道。

老人向他温柔地笑了笑，眼神模糊地转向他，问道："她怎么样？"

"很好，您呢？"

"不错。"

"别让他累着。"毕安训边说边把欧也纳拉到房间的一角。

"怎么啦？"拉斯蒂涅问道。

"他有没有救只能靠奇迹了。他脑溢血很严重，给他敷了芥子膏，幸亏他还能感觉，药起作用了。"

"能把他挪个地方吗？"

"不行……必须留在这儿，避免任何挪动和精神刺激……"

"我的好毕安训，"欧也纳说道，"咱们两个人照料他。"

"我已经把我们医院的主任医生请来看过了。"

"怎么样？"

"明天晚上才有结果。他答应我下了班就来。可惜这倒霉的家伙今早又不老实，问他也不说，犟得像头骡子。我和他说话，他装作没听见，闭上眼睛装睡不回答，或者睁开眼便哼哼。天亮时他出去过，在城里不知什么地方乱跑。他把所有值钱的东西都带走，不知做了什么鬼交易，弄得筋疲力尽！他的一个女儿来过。"

"是伯爵夫人?"欧也纳问道，"一个身材高挑、棕色头发、眼睛水灵灵的很好看，柔软的腰肢，还有纤巧的双脚，是不是?"

"正是。"

"让我单独和他待一会儿，"拉斯蒂涅说道，"我来问他，他会把一切都告诉我的。"

"我趁这时候去吃饭。不过注意别让他太激动了，咱们还有点儿希望。"

"你放心吧。"

等房间里没有其他人的时候，高老头对欧也纳说：

"她们明天一定玩得很高兴，他们去参加一个盛大舞会。"

"老爹，今早您干什么去了，害您今晚这么难受，非躺在床上不可?"

"没干什么。"

"阿娜斯塔齐来过了?"拉斯蒂涅问道。

"是的。"高老头回答道。

"那好，您别瞒着我。她又问您要什么?"

"唉!"高老头用尽全身力气说道，"她倒霉透了，算了吧，我的孩子!自从出了钻石那件事，娜齐就一个钱也没有了。为了参加这个舞会，她定做了一件金丝银绣的舞衫，穿在她身上就像一件首饰那样好看。但那裁缝真不是东西，不肯赊账，她女仆替她垫付了一千法郎定金。可怜的娜齐竟落到这般田地!令我心都碎了。而那个女仆看见雷斯托已经完全不信任娜齐，生怕垫款收不回来，便串通裁缝，不还一千法郎便不交出衣衫。明天是舞会，舞衫已做好，娜齐毫无办法，想借我的餐具去典当。她丈夫一定要她参加舞会，好向全巴黎的人展示据说已经被她卖掉的那些钻石。她能对这个魔鬼说：'我欠人一千法郎，你替我还了。'这样的话吗?不能。我明白这一点。她妹妹但斐纳会盛装出席舞会，阿娜斯塔齐当然不能在她妹妹之下。我可怜的女儿，她哭得像个泪人儿似的!昨天我拿不出一万二千法郎已经够惭愧的了，真想拿我剩下的这条老命来抵偿。您明白吗?过去我使尽全力把一切都挺过来了，但这最后一次缺钱伤透了我的心。啊，啊，我把心一横，东拼西凑，把餐具和腰带扣卖了六百法郎，将我的终身年金以四百法郎押给了高布赛克老头，期限是一年。完了，往后我就光啃面包！我年轻时就是这样，现在也可以。至少我的娜齐能风风光光地好好过一个晚上。那张一千法郎的钞票就在我枕头底下。一想到我的头枕着娜齐喜欢的东西，我心里便热乎乎的。她可以辞掉她那可恶的女仆维克图华，对主人都没有信心的仆人真是少见！明天我便好了，娜齐十点来。我不想她们以为我生病，否则她们便会不去参加舞会，留下来伺候我。娜齐明天会拥抱我，像拥抱她的孩子一样，她一和我亲热，我的病就会好的。再说，找药剂师不也得花掉一千法郎嘛，倒不如把这一千法郎给能治百病的医生——我的娜齐为好，至少在她穷困的时候，我能给她点儿安慰，借此来补偿一下我把钱买了终身年金的错误。现在，她跌入万丈深渊，我却再也无力拉她上来。唉，我要重操旧业，到敖德萨去买粮食，那里麦子的价钱比咱们这里的便宜三倍。麦子进口虽然是禁止的，但制订法律的先生们并没有想到要禁止麦子做的东西进口。哈，哈……今天早上我想出办法了！做淀粉买卖大有可为。"

"他疯了。"欧也纳盯着老头心里想。"好了，休息吧，别说话了……"

毕安训上楼换欧也纳下去吃饭。夜里两人轮流照顾病人，一个边看医书，一个边给母亲和妹妹写信。第二天，病人的症状据毕安训说已有缓解的迹象，但仍需继续照看，这事也只有两位大学生才能胜任，如此无微不至的照应，即使用尽当代赞美的字句，也绝非溢美之词。他们往老人瘦削的身体上又是放蚂蟥，又是敷药、泡脚，各种疗法，没有这两位强壮而热心的年轻人根本无法对付。德·雷斯托夫人没有来，只派了个信差来取钱。

"我本以为她会亲自来，不过这也不错，否则她会担心的。"老头子对女儿不来似乎反而感到高兴。

晚上七点，泰蕾丝送来了但斐纳的一封信。

我的朋友，您在干什么？难道才相爱，我便遭冷落？在我们

心心相印的悄悄话里，您的灵魂显得那么高尚，看得出你是个感情丰富而又专一的男子。正如您在听摩西的祈祷时所说："对某些人，这只不过是些音符，但对另一些人则是永恒的音乐！"您别忘了，今晚我等您一起去参加德·鲍赛昂夫人的舞会。

　　诚然，阿瞿达先生的婚约今早已在宫中签署，可怜的子爵夫人直到两点才知道。所有巴黎人都会拥到她家去，就像老百姓挤到沙滩广场看处决犯人一样。去看这个女人是否能强忍痛苦，死也死得体面，这不是太残酷了吗？我的朋友，如果我已经去过她家，这一次肯定是不会去的。但今后她可能不再接待客人了，那我的一切努力岂不前功尽弃。我的情况和别人不一样，再说，我去也是为了您。我一定等您，如果两小时内您不到我身边，我不知道自己能否原谅这种无情无义的行为。

拉斯蒂涅提笔写了下面的答复：

　　我正等医生来，想知道您父亲能否活下去，他命已垂危。我会把医生的诊断带给您，我担心凶多吉少。然后由您考虑是否去参加舞会。我爱您。

医生八点半来，说希望不大，但认为不会马上死，病情会时好时坏，老人是活是清醒要视情况而定。

"还是早点儿死了好。"医生最后说了一句。

欧也纳把高老头交给毕安训照看，自己连忙跑去把噩耗告诉德·纽沁根夫人。他还满脑子家庭观念，以为一切喜庆应该中止。

拉斯蒂涅正要出去时，一直像在昏睡的高老头猛地坐起来，冲他喊道："叫她照样去玩。"

年轻人满怀悲痛地来到但斐纳家，看见她已经梳好头、穿上鞋，就剩跳舞的衣服没穿了。可是就像画家完成作品的最后几笔，画龙点睛的功夫比用颜色打底更费时间。

"怎么？您还没换衣服？"她问道。

"可是夫人，您父亲……"

"又是我父亲，"她高声打断他的话，说道，"不用您来教导我该怎样对待父亲。我早就了解他了。您不用说了，欧也纳。等您穿扮好了我再听您说。泰蕾丝在您家里把一切都准备好了，我们车子也套好了，您就坐着去，然后再回来。咱们在去舞会的路上再谈我父亲的事。咱们得早走，否则夹在马车排的长龙里，十一点到还算是幸运的。"

"夫人！"

"快去，别说了。"她说着跑进房里去拿项链。

"您快去呀，欧也纳先生，夫人要生气了。"泰蕾丝边说边推他，年轻人简直被那位美人置父亲生死于不顾的态度惊呆了。

他一面去换装，一面沮丧地想着，眼前这个世界好比一个大泥塘，一踩进去，便会没到脖子。他心想："在这里，连犯罪也是猥琐的。伏脱冷要伟大得多。"他已经看到了社会的三种面目：服从、斗争和反抗；家庭、社会和伏脱冷。他不敢贸贸然作出决定，服从令人讨厌，反抗绝不可能，斗争也没把握。他的思想又回到了家中，想起宁静的生活、纯洁的感情，回忆起在家人当中备受宠爱的日子。这些可爱的亲人按照家庭的自然规律，生活得融融泄泄、幸福美满、无忧无虑。尽管他有这些高尚的念头，仍感到没有勇气向但斐纳灌输灵魂净化的信仰，以爱情的名义要她恪守道德。他开始接受的教育已经产生效果，他早就只顾自己的爱情了。他凭直觉猜透了但斐纳的内心，预感她哪怕要踩着父亲的尸体走过也会去参加舞会，而他既没有力量劝阻，也没有勇气得罪她，更下不了决心离开她。

他心想："在这种情况下对她讲大道理，她是绝对不会饶恕我的。"接着他又琢磨医生的话，心存侥幸地认为，高老头的病不见得有想象的那么严重。他找出一大堆理由为但斐纳不顾父亲死活的罪责开脱。诸如她不了解父亲的病情，即使她去看父亲，老头子也会要她回去参加舞会。社会的礼法往往是僵硬的公式，胡乱定罪，其实家庭中由于性格不同、利害各异，情况千变万化，表面的罪行实在情有可原。欧也纳甘愿欺骗自己，打算为了情妇牺牲良心。两天来，他的生活已经发生了彻底变化，被女人搅乱了，女人压倒了他的家庭观念，为了女人，他牺牲了一切。拉斯蒂涅和但斐纳相遇得正是时候，干柴烈火，一触即着。酝酿已久的情欲因长期压抑，现在一发而不可收。在占有这个女人时，欧也纳发现过去他只图她的美色，幸福到手之后才对她真正萌发了爱情。也许爱情不过是对欢娱的感激而已。卑鄙也好，崇高也好，他钟爱这个女人，因为他能给这个女人以欢乐，对方亦能投桃报李。但斐纳爱拉斯蒂涅好比坦塔罗斯爱前来解他饥渴的天使一样。

待拉斯蒂涅换上参加舞会的衣服回来，德·纽沁根夫人问他：

"我父亲到底怎样了？"

"糟透了，"他回答道，"如果您真有孝心，咱们就马上去看他。"

"那好吧，不过要等舞会之后，"她说道，"好欧也纳，听我的话，别教训我了，来吧。"

他们于是动身。一路上欧也纳没有吭声。

"您怎么了？"她问道。

"我听见您父亲喘气的声音。"他没好气地回答道。接着便以年轻人特有的激情，侃侃而谈，谈德·雷斯托夫人出于虚荣如何心狠手辣，做父亲的如何爱女心切而得此重病，阿娜斯塔齐的金丝舞衫付出了何等惨重的代价。但斐纳听着哭了。

"我要变难看了。"她想着赶快收住了眼泪，说道，"我要去照看我父亲，守在他的床前。"

"啊！这正是我希望的。"拉斯蒂涅大声说道。

五百辆马车的灯光将德·鲍赛昂府周围照得通明，大门两边各站着一个警察。客至如云，人人都争着来看看这位名媛贵妇的下场。当德·纽沁根夫人和拉斯蒂涅进门的时候，府里楼下的各个客厅已经挤满了人。自从路易十四撤回对大郡主婚事的批准，使宫里上下都拥到郡主家里看热闹以后，没有一出情场失意的悲剧比德·鲍赛昂夫人的失恋更引起轰动的了。尽管如此，天潢一脉勃艮第家族的这位末代女儿并没有被悲痛压倒。从前，为了庆祝她爱情的胜利，她接待这些虚荣的人，现在到了最后关头，她仍然能居高临下，傲视这芸芸众生。每个客厅里都挤满巴黎最美貌的女人，衣香鬓影，莞尔而笑。子爵夫人周围簇拥着各国的大使、各部部长、各种社会名流，他们胸前挂满了十字勋章、奖牌、五光十色的绶带。乐队奏出的音乐在金碧辉煌的府邸里回荡，但这一切在女主人的心目中已恍如一片荒凉。德·鲍赛昂夫人站在她第一个客厅门口迎接她那些所谓的朋友。她一身白色装束，简单的发辫上没有任何装饰，神态似乎很安详，既无痛苦，也无傲气，亦不假装高兴。谁也不知道她在想什么，俨然一尊尼俄柏的石像。有时候，她向亲密的朋友投去一丝带嘲讽意味的微笑，但对其他人来说，她依然和平时一样，仿佛依旧笼罩在幸福的光辉里，即使最冷漠的人看了也非常钦佩，恍如古罗马的少女为含笑而绝的角斗士欢呼一样。上流社会似乎盛装而来，向他们的一位女王告别。

"我真担心您不来呢。"她对拉斯蒂涅说。

"夫人，"拉斯蒂涅以为这句话意含责备，便声音激动地回答道，"我打算最后一个走。"

"好，"她拉着他的手说道，"您也许是在场的人中我唯一能信任的了。朋友，对一个女人能够永远爱下去您就要爱下去，不要始乱终弃。"

她挽起拉斯蒂涅的胳膊领他走进客厅，在一张双人沙发上坐下。客厅里的人正在打牌。

"您去侯爵家，"她对拉斯蒂涅说道，"我的仆人雅克会带您去，还会把一封信交由您带给侯爵。我向他要回我的书信，我想，他会把信全交给您，您拿到后便上楼到我房里来。有人会通知我的。"

这时，她最亲密的女友德·朗热公爵夫人来了，她站起身来迎接。拉斯蒂涅去罗什菲德府找阿瞿达侯爵，据说他当晚在那里。他果然找到了。侯爵领他回家，交给他一个盒子，对他说："都在这里了。"他似乎想和欧也纳谈谈，也许想问他有关舞会和子爵夫人的情况，或者想告诉他自己对婚姻已经感到失望，后来果然如此。但突然骄傲地目光一闪，硬着头皮，丝毫不透露心中最高尚的感情。"我亲爱的欧也纳，在她面前千万别提到我。"说罢他神色凄然，亲切地紧握了一下欧也纳的手，示意他可以走了。
欧也纳回到鲍赛昂府，被领进子爵夫人的卧室，见到一派准备动身的景象，
他在炉旁坐下，望着那个松木盒子，沉入深深的哀愁。在他心目中，德·
鲍赛昂夫人简直和史诗《伊利亚特》中的女神一般无异。

　　"噢，我的朋友。"子爵夫人走进来，边说边把手搭在拉斯蒂涅的肩
膀上。

　　拉斯蒂涅看见表姐泪流满面，抬起眼睛，一只手瑟瑟发抖，另一只手
举起。突然，她一把抓过盒子，扔进火炉，看着它燃为灰烬。

　　"他们在跳舞。他们都准时前来，可死神姗姗来迟！嘘，我的朋友，"
她看见拉斯蒂涅想说话，便把指头放在他的嘴上把他止住，"我将永远不
再见巴黎，不再见人。凌晨五点，我便要远走诺曼底，隐姓埋名。从下午
三点起，我就不得不做各种准备工作，签署文书，料理事务。我没能派人
去……"她停了一下。"他肯定在……"她心里难受，又停住了。这时候
她痛苦已极，有些话根本说不出来。"总之，"她又说道，"今晚，我指望
您帮我最后一个忙。我想送给您一件友谊的信物。我以后经常会想起您，
我觉得您心地善良、高尚，既年轻又憨厚，在当今这个社会实在难得。但
愿您经常想到我。给，"她环视了周围一眼，说道，"这是我放手套的盒
子。每当我去跳舞或者把手套拿出来的时候，都觉得自己很美，因为那时
我是幸福的，每次碰到这个盒子，都感到很温馨，因为此中有我，有当年
的整个德·鲍赛昂夫人。望您收下，回头我会叫人送到阿图瓦街您的住
处。德·纽沁根夫人今晚很漂亮，您要好好爱她。您一直对我不错，我的
朋友，如果我们今后见不着了，请相信，我会为您祝福。咱们下去吧，我
不愿意他们以为我掉眼泪。来日方长，我一个人可以哭个痛快，没有人会
来问我究竟。再看一眼这个房间吧。"她停住没往下说，然后用手捂住两
眼，抹了抹，又用冷水洗洗，然后挽起大学生的胳膊，说道："咱们
走吧。"

　　以如此高贵的态度忍受这样的痛苦，拉斯蒂涅感受到从未有过的激动。
回到舞会以后，欧也纳和德·鲍赛昂夫人绕场一周，算是这位优雅的夫人

对大家最后的致意。

不一会儿，他看见了德·雷斯托夫人和德·纽沁根夫人两姊妹。伯爵夫人戴上了她的全部钻石，果然光彩照人，不过，这些钻石大概有点儿烫人，而且也是她最后一次戴了。尽管她爱情热烈，心高气傲，但也受不了丈夫的逼视。这种情景叫拉斯蒂涅看了更加难受。他在舞会中看见一位意大利大校便想起了伏脱冷，此刻在两姊妹的钻石下面却仿佛看到正躺在破床上的高老头。子爵夫人误会了他忧郁的神态，便放下挽着他的胳膊说道：

"去吧，我不愿您为了我牺牲欢乐。"

欧也纳很快便被但斐纳邀过去，她出尽风头，得意非凡。本来她就想得到上流社会的承认，现在既已如愿，便急着向大学生报功。

"您觉得娜齐怎样？"她问欧也纳。

"她连父亲的老命都要了。"欧也纳回答道。

凌晨四点左右，客厅里的人逐渐稀少。不久，音乐也停了。偌大的客厅里只剩下德·朗热公爵夫人和拉斯蒂涅。德·鲍赛昂先生要去睡了，子爵夫人和他道别。他一再说："亲爱的，您错了，您这样的年纪便闭门谢客。还是留下来和我们在一起吧。"之后，子爵夫人回到客厅，以为那里只有大学生一个人。

看到公爵夫人也没走，她忍不住叫了一声。

"克拉拉，"德·朗热夫人说道，"我猜到了，您打算一去不回，但您走之前，一定要听我说说，咱们要好好谈谈心里话。"说着，她挽起女友的胳膊，领她走进隔壁的客厅，满眼含泪地看着她，又把她搂在怀里，亲她的面颊，"亲爱的，我不想冷冰冰地让您走，否则我会后悔不已的。您可以像相信自己一样相信我。今晚您表现得很伟大，我自信也不比您差，我要向您证明这一点。过去，我有的地方对不起您，亲爱的，我有时对您不够好，原谅我吧。我说过伤您的话，现在我一律收回。同样的痛苦拉近了我们两人的心，我不知道我们中间谁最痛苦。德·蒙特里沃先生今晚没来，您明白吗？克拉拉，在今天舞会上见过您的人永远不会忘记您。我嘛？我还要做最后一搏。如果失败，便进修道院。您呢？您要到哪里去？"

"到诺曼底库尔塞勒去，去爱，去祈祷，直到上帝把我从这个世界召回去的那一天。"

"来吧，德·拉斯蒂涅先生。"子爵夫人想起那年轻人还等着，便激动地对他说。大学生把膝一弯，握着表姐的手吻了一下。"安东奈特，再见了。"德·鲍赛昂夫人又说道，"祝您幸福。至于您，您已经幸福了，您年轻，有奔头，"她对大学生说道，"在我离开这个社会的时候，想不到周围还能有几位有心人送行，就像一些弥留的幸运儿还有修女诵经超度一样。"

拉斯蒂涅看着德·鲍赛昂夫人登上轿式旅行马车，眼泪汪汪地和他做最后的告别。可见地位显赫的最高层人物，并非如某些讨好老百姓的人所说，能够逃脱感情的折磨，生活得无忧无虑。凌晨五点左右，欧也纳冒着又湿又冷的寒气步行返回伏盖公寓。他的教育完成了。

"可怜的高老头没救了。"欧也纳走进邻居的房间时，毕安训这样对他说。

"我的朋友，"欧也纳看了看正在熟睡的老人，对毕安训说道，"既然你能克制一己的私欲，甘走贫贱的道路，那你就继续走下去吧。至于我，我已经身在地狱，而且非留在地狱不可了。不论别人说上流社会怎么坏，你尽管相信就是，没有一个讽刺作家，能写尽金银珠宝掩盖下的丑恶。"

中风后的高老头，已经身无分文。而让他牵肠挂肚、倾尽所有的两个女儿，却一个也没来看他。弥留之际，只有两个公寓中的大学生照料着随时都会死去的高老头。拉斯蒂涅当了情妇刚刚送给自己的怀表（也是高老头花钱订制的），以最简朴的方式给高老头送了终。两个女儿在父亲临入土前都没能与父亲见上最后一面。目睹了金钱关系下的人情冷暖与世态炎凉的拉斯蒂涅，更加坚定了自己向上爬的人生奋斗目标，并开始了"向社会挑战的第一个行动"。

第二天约莫下午两点，毕安训来叫醒他，说自己有事要出去，请他看着高老头，原来早上老人的病情大大地加重了。

"老头子活不到两天，也许活不到六个小时了。"医科学生说道，"可是病还是要继续治，费用还挺贵。咱们可以做他的护理，但我没有钱。他的口袋、衣柜，我都翻过了：一分钱也没有。他清醒时我问过他，他说自己不名一文。你呢，你有钱吗？"

"我还有二十法郎，"拉斯蒂涅回答道，"我拿它去赌，我准能赢。"

"如果你输了呢？"

"我就向他女婿和他女儿要钱。"

"如果他们不给你呢？"毕安训又问道，"目前最要紧的并不是弄钱，而是必须用滚烫的芥子泥给老人从脚一直敷到大腿中间。如果他叫唤，那就有希望。你知道该怎么办。再说，克里斯朵夫可以帮你一把。我嘛，我到药剂师那里负责赊账配药。可惜不能把他抬到我们那个医院，否则就会好多了。来，我告诉你该站哪个位置，我回来以前，对他要寸步不离。"

两个年轻人走进老人躺的房间。老人满脸病容，既苍白又抽搐。

"怎么了，老人家？"他俯下身子问道。

高里奥抬起一双无神的眼睛，仔细看着欧也纳，却认不出来是谁。大学生一阵心酸，泪水在眼睛里直转。

"毕安训，窗上要不要挂上帘子？"

"不用。天气变化已经对他没有什么影响。如果他觉得冷或者觉得热，那倒好了。不过，咱们还得生火，好熬药和准备其他东西。我会叫人给你送些柴草来，咱们凑合着用到弄来木柴再说。昨天一昼夜，我把你的柴和老头子的泥炭都烧光了。天气潮湿，墙都滴水，我好不容易才把房间烤干了。克里斯朵夫又扫了扫地，简直像牛圈一样。我烧了点儿刺柏，房间太臭了。"

"我的天！"拉斯蒂涅说道，"可是他两个女儿！"

"听着，如果他要喝水，就给他这个，"医科学生说着指给拉斯蒂涅看一个大白壶，"要是听见他哼哼，肚子又热又硬，你就叫克里斯朵夫帮你，让他方便……这你知道。要是万一来了精神，说个没完，总之，有点儿糊涂，不要管他。那倒不是个坏现象，但你要派克里斯朵夫到医院来。我们的医生，我的同学和我会来给他炙一下。今天早上你还在睡的时候，我们做了一次会诊，参加的有加尔博士的一个学生，市立医院的主治医生和我们的主治大夫。他们认为症状有点儿奇怪，要注意病情的发展，以便弄清楚几个医学上的重要问题。其中一位认为，如果血清的压力在某个器官上更显著，就可能出现一些特殊的现象。所以如果老头子说话，你就要好好听着，看他的话属于哪类思想，是记忆、思考、还是判断起作用，是物质还是感情的问题，看他是在计算还是在回忆，总之，要想办法给我们一个准确的报告。但病情可能会来个总暴发，他会像现在这样浑浑噩噩地死去。这一类病奇怪得很！如果在这里发作，"毕安训指着病人的枕骨说道，"就会有些奇异的现象。大脑会恢复某几种动能，病人不会立即死亡。浆液会偏离大脑，流向何方只有解剖才知道。瘤疾患者收容所有个痴呆的老头，浆液沿着脊椎流，痛苦万分，可是能活着。"

"她们玩得开心吗？"高老头认出是欧也纳便问道。

"唉！他只想着女儿。"毕安训说道，"昨夜他不止一百次对我说：'她们跳舞了，她有了舞衣了。'他喊她们的名字，抑扬顿挫地，真要命，我都禁不住哭了。他这样喊：'但斐纳！我的小但斐纳！娜齐！'说真的，"医科学生说道，"谁听了都会掉眼泪。"

"但斐纳，"老头子说道，"她在这儿，不是吗？我知道。"他的眼睛骨碌骨碌地直瞧着门和墙壁。

"我下楼告诉西尔维，叫她准备芥子泥，"毕安训大叫道，"这是给他敷药的好机会。"

屋子里只有拉斯蒂涅陪着老人。他坐在床脚，两眼盯着老人那张又可怕又痛苦的脸。

"德·鲍赛昂夫人逃了，这一个又快不行了。"他说道，"好人在这个世界上活不长。伟大的感情怎能和这个庸俗、狭隘、肤浅的社会合得来呢？"

晚会的欢乐景象又浮现在他的脑海，与眼前垂死的病人形成了鲜明对比。毕安训突然跑回来，说道：

"喂，欧也纳，我刚见过我们的主任医生，我是跑着回来的。他说，如果老头子有清醒的迹象，如果他开口说话，你就在他身下铺一层芥子泥，用芥末把他从颈窝到腰下面裹住，然后派人来喊我们。"

"亲爱的毕安训。"欧也纳说道。

"唉，这是有科学根据的。"医科学生说道，笃信的样子就像一个刚刚皈依基督的异教徒。

"得，"欧也纳说道，"那么只有我是纯粹凭感情来照顾这可怜的老头子了。"

"假如你看见我今早的样子，你就不会说这话了。"毕安训一点儿都不恼，说道，"开业的医生只看到病，而我还看见病人哩，亲爱的小伙子。"

他走了，撇下欧也纳和老头子在一起，欧也纳真担心病马上又会发作。

"啊，是你呀，我亲爱的孩子。"高老头说道，他认出了欧也纳。

"您好点儿了吗？"大学生拿起他的手问道。

"是的，刚才我的头像钳子夹着那么疼，现在松开了。您看见我女儿了吗？她们快要来了，一知道我生病，她们会立即赶来的。以前在瑞西安纳街，她们把我照顾得可好了！我的上帝！真想把房间弄干净好接待她们。有个年轻人把我的泥炭都烧光了。"

"我听见克里斯朵夫的声音了。"欧也纳说道，"他正把那个年轻人送给您的木柴搬上来。"

"好！可是柴钱怎么付呢？我一个子儿都没有了，我的孩子。我把一切都给出去了，一切。我只能靠人施舍了。那条绣金的舞裙还好看吧？（哎，真疼！）谢谢，克里斯朵夫。上帝会补偿你的，好小伙子，我嘛，我什么也没有了。"

"我会给你和西尔维赏钱的。"欧也纳凑近小伙子的耳朵说道。

"克里斯朵夫，我的女儿告诉你说她们快来了，是吗？你再去一趟，我给你五法郎。告诉她们我感觉不好，想拥抱她们，临死前想再见她们一面。告诉她们这个，但别太吓着她们。"

拉斯蒂涅使了个眼色，克里斯朵夫走了。

"她们快来了，"老头子又说道，"我了解她们。但斐纳心地善良，如果我死了，她该多难受啊！娜齐也是。我不想死，不想让她们哭。我的好欧也纳，死就再也见不着她们了。要去的那个地方我会闷坏的。对一个做父亲的来说，下地狱就意味着失去孩子，自从她们结婚，我就有过这样的体会。我的天堂就是瑞西安纳街。您说说，如果我上了天堂，魂魄还能回到世上她们的身边吗？这样的事我听说过，不知是不是真的？我好像又看见她们，就仿佛在瑞西安纳街一样。她们早上下楼，说'爸爸早'。我把她们抱在膝上，逗她们，跟她们开玩笑。她们也乖乖地和我亲热。我们每天一起吃早饭，一起吃晚饭，我是父亲，享尽天伦之乐。在瑞西安纳街时，她们不犟嘴，她们还不懂人事，她们很爱我。我的上帝！她们为什么要长大呢？（哎，疼极了，头跟扯着一样。）哎，哎，对不起，孩子们！我难受极了，这回可是真疼了。你们早就把我锻炼得不怕疼了。我的上帝！只要能用手握住她们的手，我就一点儿也感觉不到疼了。您想她们会来吗？克里斯朵夫真笨！我应该亲自去。他会见到她们的。您昨天参加舞会了。告诉我，她们怎样？她们根本不知道我生病，是吗？否则，她们就不会跳舞了，可怜的孩子！啊！我再也不想生病了。她们太需要我了。她们的财产完蛋了，她们的丈夫真不是人！把我治好吧，把我治好吧！（啊！疼死我了！哎！哎！哎！）您明白吗？一定要把我治好，因为她们需要钱，而我知道上哪里挣钱。我会去敖德萨做面粉生意。我很精明，能挣好几百万。（哎！疼死我了！）"

高里奥不出声了，仿佛集中全身的力量忍受痛苦的煎熬。

"如果她们在，我就不叫苦了，"他说道，"为什么叫苦呢？"

他又迷迷糊糊地过了好一会儿。克里斯朵夫回来了。拉斯蒂涅以为高老头睡着了，让仆人大声汇报办事的经过。

"先生，"仆人说道，"我先是到伯爵夫人府，夫人正和丈夫有重大事情商量，根本没法和她说话。我一再坚持，德·雷斯托先生亲自出来，这样对我说：'高里奥先生要死，那最好不过了。我有重要事情需要德·雷斯托夫人办。等一切完了，她会去的。'他看来很生气，这位先生。我正要出去，夫人从一扇我没发现的门走进前厅，对我说：'克里斯朵夫，你告诉我父亲我正和我丈夫商量事，腾不开身。这关乎我孩子们的生死问题。等一切结束，我一定去。'至于男爵夫人，那又是另外一回事！我根本见不到她，也没能和她说话。'唉，'她的女仆说，'夫人五点一刻才从舞会回来，现在正睡哩。如果我在中午十二点以前把她叫醒，她会骂我的。等她拉铃叫我的时候，我告诉她，她父亲情况不妙就是。既是坏消息，什么时候告诉她都不嫌晚的。'我求了半天也没用！唉，是啊！我后来要求见男爵，他已出门去了。"

"他两个女儿竟没有一个来，"拉斯蒂涅大叫道，"我来写信给她们两个。"

"一个也不来。"老头子支起身子说道，"她们有事，她们在睡觉，她们不会来的。我早就知道了。直到死才知道儿女是什么东西。唉！朋友，千万别结婚，千万别生孩子！你生了他们，而他们却要你死。你让他们进入上流社会，他们却把你从上流社会赶出来。不，她们不会来的！十年前我就知道了。我有时心里这样想，但一直不敢相信。"

他每只眼睛都涌出一颗泪珠，淌到红眼边上，没掉下来。

"唉！如果我有钱，如果我留着财产，没有给她们，她们便会来，会来亲吻我的脸！我会住进高楼大厦，会有舒适的房间和仆人，会有炉火。她们会泪如雨下地带着她们的丈夫和孩子来。这一切我都会有。可现在什么也没有。钱能给人一切，甚至女儿。啊！我的钱，我的钱在哪里？要是我身后还能留下金银财宝，她们就会来救护我、照料我，我就能听到她们的声音、看到她们了。唉！我亲爱的孩子，我唯一的亲人，我宁愿被抛弃，穷困潦倒，一个穷鬼如果有人爱，至少他心里知道有人爱他。不，我希望有钱，这样便可以见到她们了。天啊，谁知道啊？她们两个真是铁石心肠，我太爱她们，到头来她们反而不爱我了。做父亲的应该永远有钱，应该紧紧攥住儿女的缰绳，像对付劣马一样，我却向她们下跪。混账东西，十年来，她们对我的态度现在可谓到了登峰造极。您知道吗？她们刚结婚的时候，对我可真是体贴入微啊！（哎哟，疼死我了！）当时我给她们每人将近八十万法郎，她们连同她们的丈夫都不敢对我无礼，都好好接待我。好爸爸这儿来，好爸爸那儿来。她们家里永远有我一份刀叉，总之，我和她们的丈夫同桌吃饭，他们对我毕恭毕敬，因为看样子我还有点儿家底。为什么这样？我没有提我买卖的事。一个能给女儿八十万法郎的人当然应该侍奉。他们对我无微不至，那是为我的钱哪。这个世界并不美好，这一点我亲眼看到了！他们用马车送我去剧场，在晚会里爱待多久就待多久。总之，她们承认是我的女儿，承认我是她们的父亲。我还算机灵，哼，什么都逃不过我的眼睛。这一切巧妙得很，我的心像刀剐一样。我看得出这都是假装的，可你还无可奈何。在她们家还不如坐在楼下桌子旁舒服。我什么话都不会说。所以，交际场上有些人便凑近我两个女婿耳朵问：'那位先生是谁？''是财神爷，可有钱啦。'对方就说：'哦，是这样！'于是便恭敬地看着我，正像恭敬地看着钱一样。有时我碍他们的事，他们也能原谅。再说，谁又能十全十美呢？（我脑袋跟裂了一样！）现在我疼得要死要活的，亲爱的欧也纳先生，不过，阿娜斯塔齐第一次瞪我比这还难受得多。当时她怪我说了句蠢话，丢她的脸。她那一眼跟刀子一样，把我的血管都捅破了。我真想什么都会，但我只知道，我在这个世界上是多余的。第二天，我去但斐纳家想找点儿安慰，不料又做了件蠢事，把她弄火了。我气得跟疯了一样，整整一个星期不知道该怎么办。又不敢去看她们，怕她们责备。就这样被轰出了女儿的大门。啊！我的上帝！既然您知道我受过的苦难，既然您清楚我遭受到的切肤之痛，如今已老态龙钟，头发花白，面目全非，不久人世，为什么还让我受这个罪呢？即使我溺爱她们有罪，但已经遭到了足够的报应。她们以怨报德，像刽子手那样折磨我。唉，做父亲的真傻！我太爱她们了，每次都返回去哄她们，像赌徒返回赌场一样。女儿成了我的癖好、我的情妇，总之，我的一切！她们两个都需要首饰什么的。她们的女仆告诉我，我为了得到她们的好接待，便买来送给她们！但我在上流社会的举止照样招来她们的申斥，唉！连第二天也等不到。她们又开始为我感到脸红。这就是让儿女接受良好教育的报应。像我这样的年纪是不能去上学的了。（疼死我了，我的上帝！快叫医生来！快叫医生来！把我脑袋劈开我也许会好受些。）我的女儿！我的女儿！阿娜斯塔齐！但斐纳！我要见她们。派警察叫她们来，押她们来！法律在我一边，公理、良心也都在我一边。我要抗议。如果做父亲的都被踩在脚下，国家就会灭亡。这是明摆的。社会、世界靠父爱才能转动，如果子女对父不孝，天就会塌下来。啊！看见她们，听见她们，不管她们对我说什么，只要能听见她们的声音，我的痛苦就能减轻，尤其是但斐纳。等她们来了，要告诉她们，别像平时那样，用冷漠的眼光看我。唉！欧也纳先生，我的好朋友，您不知道，看见她们金灿灿的目光突然变得像铅那样灰白，我心里是什么滋味。自从她们眼睛的光芒再也不照射在我身上，我在这里就一直像在冬天一样，只有苦水可咽，我居然咽下去了！受委屈、被侮辱成了我的家常便饭。我太爱她们了，为了从她们那里得到一点点可耻的快乐，我甘心忍受她们给我的一切羞辱。做父亲的竟要偷偷摸摸地去看女儿！我把一辈子都给了她们，可她们今天连一小时也不给我。我又饥又渴，心如火烧，我感觉到我快死了，她们却不来缓解一下我临终的痛苦。难道她们不知道从父亲尸体上踩过去意味着什么吗？天上有上帝，不管我们做父亲的愿意不愿意，他都会替我们报仇的。啊！她们会来的！亲爱的，你们快来呀！快来吻我，给我最后一吻作为你们父亲临终的圣体，这样，他就会为你们祈祷，会告诉上帝说，你们一直都很孝顺，会替你们说好话！归根结底，你们并没有罪。我的朋友，她们是没有罪的呀！这一点，您要告诉大家，以免人们因为我而怪罪她们。一切都是我的错，是我使她们养成了把我踩在脚下的习惯。我喜欢这样，这与人无关，也不触犯人间和上天的法律。上帝如果因我之故而判她们有罪，那是不公平的。我不会做人，糊涂到把自己的权利都放弃了。为了她们，我甚至连堕落也心甘情愿！有什么办法呢？再好的天性，再优秀的本质也经不起父亲这样的溺爱。我是个浑蛋，我罪有应得。我女儿的堕落都是我一个人造成的，我太娇惯她们了。今天，她们要寻欢作乐，就像从前她们要糖果一样。从她们是小姑娘起，她们要什么我都满足她们。十五岁，她们便有了马车！要什么就给什么。都是我一个人的罪过，而罪过都因爱而起。她们的声音使我心花怒放。我听见了，她们来了。啊！对，她们一定会来的。法律规定要给父亲送终的，法律会替我做主，再说，只要跑一趟罢了，我给车钱。写封信告诉她们，我有好几百万留给她们！我敢发誓，将来一定去敖德萨做意大利面条，我会这种手艺。我算计好要挣几百万。这一点谁也没想过。那不会像麦子或者面粉那样在运输途中变坏的。唔，唔，做淀粉吗？可以赚几百万哩！告诉她们有好几百万，您这绝对不是撒谎。就算是她们因为贪心才来，我也宁愿上当受骗。这样便能见到她们了。我要我的女儿！她们是我的亲骨肉，她们是我的！"他说着坐了起来，让欧也纳看他满头蓬松的白发并竭力装出威胁的样子。

"得了，"欧也纳说道，"您还是躺下吧，我的好老爹，我这就给她们写信。如果她们不来，等毕安训一回来，我就亲自去找她们。"

"如果她们不来？"老人哽咽着重复了一句，"那我就要死了，气，气死了！我气又上来了！这个时候我才看清楚自己这一辈子。我上当了！她们并不爱我，也从来没爱过我！这是明摆的。如果她们现在没来，以后就更不会来了。她们越拖延就越下不了决心。我的悲伤、我的痛苦、我的需要，她们从没有半点儿体会，更想不到我会死。连我内心对她们的慈爱也不知道。是的，我明白了，我一向对她们有求必应，她们也予取予求，所以我做的一切她们也不当回事了。如果她们提出要挖我的眼睛，我也会跟她们说：'你们挖好了！'我真傻。她们以为天下的父亲都像她们的父亲一样。任何时候都必须有自己的价值。她们的子女会替我报仇的。她们来可是对她们有利的啊。你去告诉她们，这样她们会不得好死的。罪莫大于不孝。您去呀，去告诉她们，如若不来，等于弑父！她们忤逆的罪行，不算这桩，已经够多的了。您要像我这样对她们大喊：'喂，娜齐，喂，但斐纳，过去，父亲待你们多好，现在他很难受，快去看看他吧！'没用，谁也不来。难道我要像一条狗那样死去？我被女儿抛弃，这是我的报应。她们真是没心肝，不要脸，我恨她们，诅咒她们。我死后夜里也要从棺材里爬出来咒骂她们。朋友们，我做错了吗？她们的所作所为太不像话了，不是吗？我说什么来着？您不是告诉过我说但斐纳在这儿吗？两人之中还是她好。您是我的儿子，欧也纳，您要爱她，像父亲那样爱她。另外那一个可倒了霉了。还有她们的财产！哎，我的上帝！我要死了，疼死我了！把我的脑袋切下来，把心留给我便行了。"

老头的呻吟和喊叫让欧也纳吓慌了，大喊道：

"克里斯朵夫，快去找毕安训，顺便叫辆马车来。"

"老人家，我这就去找您的女儿，领她们来看您。"

"要强迫，强迫她们来！去叫警卫队、军队、什么都行。"他说着看了欧也纳最后一眼，目光还算清醒，"您告到政府，告到王家检察官那里去，叫人把她们带来，说是我要的。"

"可是刚才您还咒她们哩。"

"谁说的？"老头子闻言一愣，说道，"您知道，我是爱她们，疼她们的！只要看见她们，我的病就好了……去吧，我的好邻居，我亲爱的孩子，去呀，您，您心肠好，我真想谢谢您，但我快死了，除了祝福，没有什么可给您了。唉，我真想见到但斐纳，要她替我报答您。要是那个不能来，就把这个叫来。告诉她，如果不愿来，您就不再爱她。她很爱您，一定会来。给我点儿水喝吧，我肚子里跟着了火一样！拿些东西放在我头上吧，最好是我女儿的手，我觉得这样一来，我就有救了……我的上帝！如果我走了，谁给她们弄钱呢？为了她们，我愿意去敖德萨，去敖德萨做面条。"

欧也纳把垂死的老人扶起来，用左臂搂着他，左手端起一杯药，说道："把这个喝了吧。"

"您，您一定很孝顺您的父母！"老人用无力的双手握着欧也纳的手，说道，"我看不见女儿会死的，您明白吗？口渴但又没有水喝，十年来我就是这样活过来的……我的两个女婿害死了我的女儿。是的，把她们嫁出去以后，我就没有女儿了。当父亲的人啊，你们要叫上下两院制订一条婚姻的法律！总之，你们要是爱你们的女儿，就别把她们嫁出去。女婿都是坏蛋，会毁掉你女儿，玷污一切。再也别有婚姻嫁娶这些事，因为那会把我们的女儿抢走，到死也见不着。关于当父亲的死亡问题，你们也要订出一条法律。这太可怕了！我要报仇！是我的两个女婿不让她们来。杀死这两个女婿！处死雷斯托！处死纽沁根那个阿尔萨斯人！他们都是杀害我的凶手！他们想保命就得把我的女儿还给我！唉！完了，我到死也见不着女儿了！我的女儿！娜齐，但斐纳，你们来呀！你们的爸爸要走了……"

"高里奥老人家，您冷静点儿，别激动，好好地待着，什么也别想。"

"见不到她们，我的死期不远了！"

"您会见到她们的。"

"真的！"老头子昏乱地叫道，"啊！看见她们！我就要见到她们，听见她们的声音了。我死也瞑目了。啊，对，我再也不要求活下去了，我不想活了，我疼得越来越厉害。可是能见到她们，摸摸她们的衣服，唉，只要摸摸她们的衣服，我就这么点儿要求。得让我摸着她们点儿什么啊！让我握住头发……发……"

他像挨了一棒，头沉重地倒在枕上，两手在被上乱抓，似乎想抓住两个女儿的头发。

他挣扎着说："我祝福她们，祝福她们。"

他颓然倒下，恰好毕安训跑了进来。

"我碰见克里斯朵夫了，"他说道，"他马上就给你雇辆车来。"接着，他看了看病人，用力扒开他的眼皮。两个大学生看到的是一双暗淡而毫无生气的眼睛。毕安训说："他醒不过来了，我看是不行了。"他给老人把了把脉，摸了摸，又把手放在老人胸口。

"机器还转，不过看他目前的情况，这样反而受罪，倒不如死了的好。"

"天啊，可不是。"拉斯蒂涅说道。

"你怎么啦？脸白得跟死人一样。"

"朋友，我刚才听见他又是叫，又是呻吟。世界上一定有个上帝，对，一定有个上帝。他给我们创造了一个更美好的世界，咱们这个实在太荒谬了。情形要不是这么壮烈，我非哭出来不可。简直揪我的心，揪我的肺。"

"得了，要做的事多着哩。到哪里弄钱去？"

拉斯蒂涅掏出了怀表。

"给，快拿去当了。我不想在路上停留，怕耽误时间，我还等着克里斯朵夫。我身上一分钱也没有，回程还要付车费。"

说罢，他奔向楼梯，动身去海尔德街德·雷斯托夫人家。路上想起刚才自己亲眼目睹的可怕景象，不禁怒火中烧。他走进前厅，求见德·雷斯托夫人，得到的回答是夫人不见客。

"可我是从她父亲那儿来的，他父亲快死了。"他对仆人说道。

"先生，伯爵先生严格吩咐我们……"

"如果伯爵先生在家，请你们把他岳父目前的情况告诉他，通知他我必须立即和他谈谈。"

欧也纳等了很久。

"没准他就在这个时候死了。"他心里想。

仆人引他进第一个客厅。德·雷斯托先生站在没有生火的壁炉前，见了他也没有让座。

"伯爵先生，"拉斯蒂涅对他说道，"您的岳父快死了。他躺在一间肮脏的屋子里，连买木柴生火的钱也没有。在这垂死之际，他要求见见他的女儿……"

"先生，"德·雷斯托伯爵冷冷地回答道，"您大概看得出，我对高里奥先生没有什么好感。他带坏了我妻子，造成我生活的不幸。我把他看做破坏我安宁的敌人。他的死活，跟我毫无关系。这就是我对他的感情。世人可以责备我，但我对别人的看法不在乎。现在我有更重要的事情要办，没时间管傻瓜或者闲极无聊的人对我有什么想法。至于德·雷斯托夫人，她目前不能出门。再说，我也不愿意她出门。请您告诉她父亲，等她尽了对我和对我孩子的责任以后，便会马上去看他。如果她爱她的父亲，几分钟之内，她便能获得自由……"

"伯爵先生，您是您妻子的主人，我无权对您的行为发表意见，但我起码可以相信您是诚实的吧？那好，我只请您向我保证告诉她，她父亲活不到一天了，看见她不在自己床前，已经诅咒她了。"

欧也纳的口气透着悲愤的感情，德·雷斯托心里一动，回答道："您自己跟她说好了。"

拉斯蒂涅在伯爵带领下走进伯爵夫人平时常在的客厅，看见夫人趴在一张安乐椅里，泪流满面，痛不欲生，心里颇有点儿不忍。她在看拉斯蒂涅之前，先怯生生地看了丈夫几眼，神情流露出无论在精神和肉体方面都完全屈服在丈夫的淫威之下。伯爵点了点头，她才敢说话：

"先生，我全听见了。请告诉我父亲，如果他知道我目前的处境，他一定会原谅我。我没想到会受这种罪，我简直受不了，先生，但我会一直挺到底。"她对她丈夫说道，"我也是个做母亲的人。请您告诉我父亲，不管表面如何，我对他是问心无愧的。"她绝望地大声对欧也纳说。

欧也纳猜出她内心痛苦、有口难言，便嗒然告辞，离开他们夫妇。从德·雷斯托先生的语气，他知道求也没用，同时也明白，阿娜斯塔齐此刻已失去了自由。于是便跑去找德·纽沁根夫人，发现她还没起床。

"我可怜的朋友，我病了，"她说道，"那天从舞会出来便着了凉，我担心得了肺炎，正等医生来……"

"就算您快死了也必须撑着去看您父亲。"欧也纳打断她的话，说道，"他正喊您哩！要是您听见他的呼喊，哪怕再轻，您就不会感到自己有病了。"

"欧也纳，我父亲的病也许不像您所说的那么严重。不过，我不想在您眼里有什么过错，否则我就难受死了。我听您的话去做就是。可是我知道，如果我抱病出门因而病情恶化，他会伤心死的。好吧，医生一来，我立即便去。咦，您的表上哪儿去了？"她看见系表的链子没了，便问道。欧也纳的脸陡地红了。"欧也纳！欧也纳，您是不是把它卖了，或者丢了……哎呀！这可不好。"

大学生俯身趴在但斐纳床上，凑到她耳边说道：

"您想知道吗？那好，我就告诉您。你父亲连今晚入殓的尸衣也没钱买，所以把您的表拿去当了，因为我已经一无所有。"

但斐纳闻言突然跳下床，奔向书桌，抓起钱包，递给欧也纳。她拉铃叫人，而且大声叫道："我去，我去，欧也纳。让我把衣服穿好。我真不是人了！您先走，我会赶在您前面到的！泰蕾丝，"她向女仆大嚷，"去叫老爷上来，立刻，我有话和他说。"

欧也纳很高兴能告诉垂死的老人说有一个女儿能来看他，几乎是兴高采烈地回到了圣热内维埃弗新街。他打开钱包找钱，好立刻付车费，发觉那个如此雍容华贵的少妇钱包内只有七十法郎。上得楼来，他看见毕安训扶着高老头，医院的外科医生正当着内科医生的面给病人治疗，在他后背用艾绒熏。这是医学上最后和最无效的一招了。

"您有什么感觉吗？"内科医生问道。

高老头模模糊糊瞧见了大学生，便问：

"她们来，是吗？"

"还有救，"外科医生说道，"他说话了。"

"是的，"欧也纳回答道，"但斐纳随后就来。"

"行，"毕安训说道，"刚才他叫他的女儿，像坐在尖桩上受刑的犯人嚷着要水喝一样……"

"别做了，"内科医生对外科医生说道，"一切办法都试过，他没救了。"

毕安训和外科医生把垂死的病人又平放在脏兮兮的破床上。

"得把他身上的衣服换了，"内科医生说道，"他虽然毫无希望，也要讲讲人道啊。毕安训，我去去就来，"他对大学生说道，"如果他还叫疼，就在他肚子上涂点儿鸦片。"

两个医生都走了。

"唉，欧也纳，拿出勇气来，小伙子！"当房间里只剩下他们两个人时，毕安训对欧也纳说道，"咱们给他穿件白衬衫，换条床单。你去叫西尔维拿被单上来，帮咱们点儿忙。"

欧也纳下得楼来，看见伏盖太太正忙着和西尔维摆刀叉。拉斯蒂涅一开口，那寡妇便跑过来，装出一副殷勤又无奈的样子，活像一个心怀鬼胎的买卖人，既不想失去赚钱的机会，又不想得罪顾客。

"亲爱的欧也纳先生，"她回答道，"您和我一样清楚，高老头已经没有钱了。把被单给一个正在伸腿瞪眼的人，等于白扔，何况将来还要牺牲一条做尸布。即便如此，您已经欠我一百四十四法郎了，加上四十法郎的被单和其他零碎东西，还有一会儿西尔维要给您的蜡烛，一共至少二百法郎。一个像我这样的孤老婆子哪能受得了这样的损失。唉，欧也纳先生，您也该说句良心话，打从晦气进了我的家门，五天以来我的损失已经够多的了。如果这家伙像您所说的那样这几天走，我宁愿出三十法郎。他惊扰我的住客。我情愿花点儿钱送他到医院去。总之，您设身处地替我想想。首先要保住我的公寓，这是我的命根子啊。"

欧也纳快步上楼，回到高老头的房间。

"毕安训，当表的钱呢？"

"在桌子上，还剩三百六十多法郎。咱们欠的钱都还清了。当票在钱下面。"

拉斯蒂涅连忙下楼，不屑地说道："给，夫人，请把我们的账算清，高里奥先生在您这儿也待不长了，至于我……"

"是啊，他已不久人世了，怪可怜的。"伏盖太太半喜半忧地数了二百法郎。

"咱们快点儿吧。"拉斯蒂涅说道。

"西尔维，拿单子来，去楼上帮帮这几位先生。"

"别忘了西尔维，"伏盖太太凑到欧也纳身边说道，"她两夜没合眼了。"

欧也纳一转身，老寡妇立即奔向厨娘，在她耳边吩咐："把七号翻过面的单子拿去。老天爷，用在死人身上，这已经够好的了。"

欧也纳已经上了几级楼梯，没听见女房东这几句话。

"来，"毕安训说道，"咱们给他穿上衬衫。你把他扶直。"

欧也纳站在床头，扶起垂死的病人，毕安训脱下病人的衬衫。老人做了个手势，像要抓住胸前什么东西，同时语音不清地哼哼，仿佛野兽的哀号。

"对，对，"毕安训说道，"他要一条发辫，和一个挂在胸前的小圆盒，是刚才咱们给他敷药时拿掉的。真可怜，得把发辫还给他，就在壁炉上。"

那是一条金色带灰白的发辫，大概是他老伴的。欧也纳拿了过来，又见小盒的一面刻着阿娜斯塔齐，另一面刻着但斐纳。这是永远留在他心上的钟爱的形象。盒内的卷发柔细异常，大概是两个女儿褓褓时剪下来的。小盒一碰到胸口，老人便长长地哼了一声，样子很可怕，却表示一种满足。这是他感觉的回光返照，然后似乎又回到发出和接受同情的神秘的中心，一张抽搐的脸露出病态的笑意。两位大学生目睹这一感情力量的可怕光辉，思想已殁而感觉仍存，不禁流下了热泪，滴在濒危的老人身上，使他高兴得叫了起来道：

"娜齐！但斐纳！"

"他还活着。"毕安训说道。

"活着又有什么用？"西尔维道。

"好受罪呀！"拉斯蒂涅回答道。

毕安训向同伴示意叫他跟着做，然后自己跪下来，将手臂伸进病人的腿弯子，拉斯蒂涅在床的另一边也跪下来，手臂插进老人的背部下面。西尔维站在那里，准备等病人一被托起，便撤下床单，换上她带来的单子。大学生的眼泪大概使高里奥产生了错觉，他用尽最后的力量张开手，在床的两边碰到了两位大学生的头，便使劲儿抓住他们的头发，声音微弱地喊道："啊！我的天使！"这句话仿佛内心迸发的一声呻吟，随着他的灵魂一起飞走了。

"真是可怜而又可爱的人。"西尔维被这声呼喊感动了。因为这一声呼喊虽因受无心的欺骗而发出，却是一种崇高的感情流露。

这位父亲的最后一声叹息应该说是欢乐的叹息，他整个生涯的体现，他还在欺骗自己。大家把高老头恭恭敬敬地放在他的破床上。从这一刻开始，他脸上虽还留有生与死搏斗的痛苦痕迹，身体这部机器却再也没有喜怒哀乐的意识，彻底崩溃也只是时间问题了。

"他还可以这样撑几个小时，然后神不知鬼不觉地死去，甚至连咽气的声音也没有。脑子准是都充血了。"

这时楼梯响起了一个气喘吁吁的年轻女子的脚步声。

"她来得太迟了。"拉斯蒂涅说道。

来的并非但斐纳,而是但斐纳的女仆泰蕾丝。

"欧也纳先生,"她说道,"可怜的夫人为父亲向丈夫要钱,两个人吵得很厉害,夫人晕了过去,医生来了,说要给她放血。她一个劲儿喊:'我父亲快死了,我要见我爸爸!'总之,叫得人心都碎了。"

"够了,泰蕾丝,即使她现在赶来也是多余的了。高里奥先生已经没有知觉。"

"可怜的先生,他病得真的这么严重?"泰蕾丝说道。

"你们用不着我了,已经四点半,我该去准备晚饭了。"西尔维说着走向楼梯口,险些和雷斯托夫人撞个满怀。

伯爵夫人的出现使气氛显得沉重而可怕。房里只有一支蜡烛,模模糊糊地照着死人的床。她看着父亲那张在弥留时刹那间还微微颤动的脸,不禁泪如雨下。

"我没能早点儿脱身。"伯爵夫人对拉斯蒂涅说。

大学生悲伤地点点头。德·雷斯托夫人,拿起父亲的手亲吻。

"父亲,宽恕我吧!您说过,我的声音能把您从坟墓中喊回来,那现在您就回来一会儿,祝福您正在后悔万分的女儿吧。请您听我说,这太可怕了!从今以后,这个世界上只有您祝福我了。大家都恨我,只有您爱我。连我的孩子将来也会恨我。把我带走吧,我会爱您,照顾您的,他听不见我的话,我疯了。"她双膝跪倒,精神错乱般盯着遗体。"我什么罪都受够了,"她望着欧也纳说道,"德·特拉伊先生跑了,留下一大堆债务。我知道他一直在骗我。我丈夫永远不会原谅我的。我把所有的财产都交给了他。我的幻想已经全部破灭。唉,我背叛了唯一热爱我的这颗心(她指了指她父亲),为的是谁啊!我不理解他、嫌弃他,使他受尽千般磨难,我真不是人!"

"他知道。"拉斯蒂涅说道。

这时高老头睁开了双眼，但那只不过是肌肉抽搐使然。伯爵夫人一惊，重新燃起了希望，她的动作和老人的眼神一样，看了使人毛骨悚然。

"他听见我说话了？没有。"她自言自语地在床边坐了下来。

德·雷斯托夫人表示愿意看着她父亲，欧也纳便趁机下楼吃点儿东西。房客已经全到齐了。

"这样说来，"画家说道，"咱们楼上似乎有死人拉马，对吗？夏尔。"欧也纳对他说道："我认为您想开玩笑也该找件不那么凄惨的事开。"

"那咱们在这里连笑都不成了？"画家又说道，"既然毕安训说那家伙已经没有知觉了，那有什么关系？"

"这么说，"那位博物馆职员又说道，"他会死得与他活着时一个样。"

"我父亲死了。"伯爵夫人大叫了一声。

西尔维、拉斯蒂涅和毕安训听见这一声凄厉的叫喊，赶紧奔上楼，发现德·雷斯托夫人已经晕倒。他们把她救醒以后，将她抬进了正等待着她的马车。欧也纳把她托付给泰蕾丝，吩咐将她送到德·纽沁根夫人家。

"啊，他的确死了。"毕安训跑下楼来说道。

"喂，诸位，入席吧，"伏盖太太说道，"汤快凉了。"

两个大学生并排坐了下来。

"现在该怎么办？"欧也纳问毕安训。

"我已经将他的眼睛合上，身体也摆放停当了。等市府的医生来验过，证明我们报告的死亡属实，然后便用布把他裹上缝好，抬去埋掉。你说还能怎样？"

"他不能再闻他的面包了。"一个包饭客人模仿老头，扮了个鬼脸。

"真够饿，诸位，"那位当助教的学生说道，"你们别再谈高老头好不好，已经议论了一个钟头了。巴黎这个城市就有这点儿好处，一个人可以在这里生出来、活着、死去，没有人会注意你。那么咱们就利用一下文明所带来的好处吧。今天死了六十个人，难道你们都想去哀悼这些巴黎的亡灵不成？高老头死了，这对他倒是件好事。如果你们爱他，就去给他守灵吧，让我们其他人安安静静地吃顿饭。"

"噢，说得对，"寡妇说道，"他还是死了的好！这个可怜虫一辈子似乎吃了不少苦。"

欧也纳认为高老头代表着父爱，可死后所得到的仅仅是上面这几句悼词。十五位客人像往常一样聊天。刀叉和汤勺的声音、谈笑声，还有众人认为事不关己、照旧狼吞虎咽的冷酷表情，使欧也纳和毕安训看得心都凉了。他们赶紧吃完饭，出去找位神父夜里来为死者守灵和超度。钱不多了，为高老头办后事必须精打细算，量入为出。晚上九点左右，遗体被捆放在板床上，旁边点上两支蜡烛，房间里别无他物，只有一位神父坐在床边。欧也纳去睡以前，向神父打听了超度和出殡的费用，然后给德·纽沁根男爵和德·雷斯托伯爵写了封短信，请他们派管事的来付丧葬费，打发克里斯朵夫把信送去。他累极了，一躺下便睡着了。第二天早上，毕安训和拉斯蒂涅只好亲自去市府死亡处登记，快中午才把手续办完。到了两点，仍然没有一个女婿把钱送来，也没派任何人来。拉斯蒂涅只好自己掏钱把神父打发走。西尔维要了十法郎给老头子缝裹尸衣。欧也纳和毕安训计算了一下，如果死者的亲属不管，他们尽其所有也仅够支付各种费用。医科学生负责到他工作的医院，以最便宜的价格买一口穷人用的棺木，差人送来，亲自把遗体入殓。

"给那些浑蛋开个玩笑，"他对欧也纳说道，"你去拉雪兹神父公墓买一块地，以五年为期，去教堂和殡仪馆订一套三级丧礼。如果做女婿和女儿的拒绝还钱，你就在墓碑上刻这样的字眼：

德·雷斯托伯爵夫人和德·纽沁根男爵夫人之父高里奥先生之墓。两位大学生斥资代葬。"

欧也纳在向德·纽沁根夫妇和德·雷斯托夫妇两家求告无门之后才接纳了朋友的意见。两家的门房都接到严令，使他不得其门而入。他们说：

"先生和夫人不会客。老太爷刚去世，他们悲痛欲绝。"

欧也纳很懂巴黎上流社会的规矩，知道坚持也没有用。看到连见但斐纳一面也不可能，感到一阵心酸，便在门房那里给她写了一句话："您只消卖掉一件首饰，您父亲便能体面地安息。"

他封好字条，请男爵家的门房托泰蕾丝转交给她的女主人。谁知门房把字条交给了男爵，被男爵扔进了火炉。一切安排妥当以后，欧也纳于三时左右回到公寓。看见门前一副棺木仅有一幅黑布覆盖，摆在两把椅子上，停放在冷寂的街头，此情此景，使他不禁掉下了眼泪。镀银的铜盘上装满了圣水，泡着一把破刷子，谁也没有碰过。门上也没挂黑纱。穷人办丧事一切从简，既没有随从，也没有亲戚朋友。毕安训在医院不能来，写了个字条给拉斯蒂涅，向他汇报和教堂交涉的结果，告诉他做台弥撒太贵，只能做一次晚祷，而且已经派克里斯朵夫送了信给殡仪馆。欧也纳看完毕安训匆匆写下的条子时，忽然看见伏盖太太手里拿着藏有老头子两个女儿头发的有金圈装饰的胸盒。

"您怎敢拿这个？"他问道。

"老天爷！难道要一齐埋了不成？"西尔维说道，"那是金子做的呀。"

"当然！"欧也纳生气地说道，"至少该让他带走唯一一件能代表他两个女儿的东西啊。"

灵车来了，欧也纳叫人把棺木抬上去，起出钉子，恭恭敬敬地把但斐纳和阿娜斯塔齐还年轻、纯洁、未嫁时的画像放在老人家的胸前，两姐妹当时还像老人临终叫喊中所说，"还不会犟嘴呐。"除了两个装殓工以外，只有拉斯蒂涅和克里斯朵夫随着灵车走向离圣热内维埃弗新街不远的圣艾蒂安·托·蒙教堂。到了以后，遗体被送到一个低矮阴暗的小灵堂。大学生四面看看，找不到高老头的两个女儿或者她们的丈夫。只有他和曾经得过他不少小费，认为应该最后给他尽点儿心意的克里斯朵夫两个人。两位教士、唱圣诗的孩子和教堂执事还没有到。拉斯蒂涅握了握克里斯朵夫的手，一句话也说不出来。

"是的，欧也纳先生，"克里斯朵夫说道，"他是个好人，从来没大声说过一句话，没害过人，也没做过坏事。"

两位神父、唱圣诗的孩子和教堂执事来了。当时教会钱还不多，不能免费给人办事。他们就按七十法郎的规格做了该做的事，唱了一首圣诗，念了《追思已亡经》和《哀悼经》。仪式进行了二十分钟。只有一辆丧车，让一位神父和唱圣诗的孩子乘坐，他们同意载欧也纳和克里斯朵夫一起去。

"没有送葬队伍，"神父说道，"咱们可以走快些，以免耽搁时间，已经五点半了。"

可是，当遗体上了灵车以后，来了两辆有爵徽但没人坐的马车，那是德·雷斯托伯爵和德·纽沁根男爵的车子，随着灵柩一直来到拉雪兹神父公墓。六点钟，高老头的遗体被放进了墓穴，周围站着他两个女儿家的管事。大学生花钱买来的简短的经文念完，管事们和神父便马上溜了。两个掘墓工铲了几把土扔在棺木上以后便直起腰来，其中一个向拉斯蒂涅要赏钱。欧也纳翻遍口袋，一个钱也没有，只好向克里斯朵夫借了一个法郎。这件事虽然小，却使拉斯蒂涅伤心不已。夕阳西下，潮湿的暮霭挑起他满怀愁绪。他看了看坟墓，掩埋了他青年人的最后一滴眼泪，这是神圣的感情从一颗纯洁的心里释放出来的眼泪，一经落地便溅回高高的上空。他双手交叉放在胸前，凝视着浮云。克里斯朵夫看见他这样，便悄悄地走了。

拉斯蒂涅一个人向公墓的高处走了几步，看见蜿蜒曲折地躺在塞纳河两岸的巴黎已是华灯初上。他的眼睛几乎是贪婪地紧盯着旺多姆广场的圆柱和荣军院的拱顶之间，那便是他企图进入的上流社会所在地。他向这个嗡嗡作响的蜂房看了一眼，似乎想吸尽其中的蜂蜜，同时喊出了这样一句豪言壮语："好，现在咱们来较量较量吧！"

接着，作为向社会挑战的第一个行动，他径直到德·纽沁根夫人家吃晚饭去了。